Une nuit avec l'héritier

Irrésistible alchimie

RACHEL BAILEY

Une nuit avec l'héritier

Traduction française de
HÉLÈNE ARNAUD

PASSIONS

HARLEQUIN

Collection : PASSIONS

Titre original :
THE LOST HEIR

HARPERCOLLINS FRANCE
83-85, boulevard Vincent-Auriol, 75646 PARIS CEDEX 13
Service Clients — www.harlequin.fr
ISBN 978-2-2804-9534-9 — ISSN 1950-2761

Édité par HarperCollins France.
Composition et mise en pages Nord Compo.
Imprimé en mai 2024 par CPI Black Print (Barcelone)
en utilisant 100% d'électricité renouvelable.
Dépôt légal : juin 2024.

FSC
www.fsc.org
MIXTE
Papier issu de sources responsables
FSC® C159065

Pour limiter l'empreinte environnementale de ses livres, HarperCollins France s'engage à n'utiliser que du papier fabriqué à partir de bois provenant de forêts gérées durablement et de manière responsable.

1

Freya Wilson se réveilla en sursaut. Quelque chose avait changé. Un détail semblait étrange. Décalé...

Elle pressa une main sur son front douloureux et observa la chambre inconnue remplie de lumière, depuis ses meubles dépareillés jusqu'à son haut plafond. Ce n'était pas sa chambre. Soudain, la mémoire lui revint. Elle avait voyagé jusqu'à l'autre bout du monde, dans la ville côtière australienne de Noosa. Mais elle n'était pas dans un hôtel. Elle ravala sa salive, la gorge sèche, un goût amer dans la bouche. De toute évidence, elle avait trop bu, la veille, et ne se souvenait pas de sa soirée.

Elle se redressa. Le drap bleu ciel glissa sur son corps, et elle comprit qu'elle était nue. Dans un autre pays, dans une maison étrangère, sans chemise de nuit. Elle jeta un regard affolé autour d'elle. L'autre côté du lit était vide, mais l'empreinte d'un corps s'y devinait toujours. Aucun bruit ne lui parvenait, dans l'appartement. Elle était seule, mais *où* ?

Elle avait atterri en Australie, deuxième étape de la quête folle confiée par sa marraine, Sarah Rutherford : retrouver l'héritier perdu de la colossale fortune Bellavista. D'après leurs dernières informations, cinq personnes éparpillées dans le monde auraient pu être Joseph Rutherford II ; dont le propriétaire d'une salle de sport en Nouvelle-Zélande – qu'elle venait d'éliminer de la liste – et le patron d'un bar de Noosa, Heath Dunstan. Ce dernier n'avait aucune présence sur les réseaux sociaux et, contrairement au

Néo-Zélandais, ni photo ni détail personnel ne figurait dans son dossier – à part l'adresse de son bar.

Elle se souvint peu à peu du taxi venu la chercher à l'aéroport de Brisbane pour la conduire à Noosa Heads. Le bar avait été facile à trouver, et le barman l'avait accueillie avec un grand sourire, les yeux pétillants. Elle s'était mise à l'aise sur un tabouret haut et lui avait posé quelques questions au sujet de son patron. Hélas ! il n'avait pu lui apporter beaucoup de réponses. Elle avait donc renforcé sa couverture en tant que touriste afin de pouvoir revenir régulièrement à la pêche aux informations. Puis... quoi ?

Elle trouva sa robe vert sauge par terre et l'enfila avant de s'approcher de la fenêtre. Une mer scintillante bordée d'une plage de sable blanc s'étalait devant elle. Même à une heure aussi matinale, nageurs et surfeurs émaillaient la surface de l'eau. Elle sourit. Le barman lui avait dit qu'il sortait sa planche chaque matin...

Soudain, son estomac se noua. Oh non ! Elle n'avait quand même pas... ? Elle jeta un nouveau coup d'œil à la chambre, en quête d'un détail pouvant lui indiquer chez qui elle se trouvait.

Le barman si sexy – Karl ? Kelly ? Cody ? – était la seule personne à qui elle avait parlé.

Son cœur s'emballa, et son estomac se noua de plus belle. Elle n'était pas faite pour ce genre de travail et l'avait répété à Sarah avant son départ. Elle travaillait au service des fraudes financières du FBI, elle n'était pas enquêtrice de terrain. Elle aimait les chiffres et n'était jamais plus heureuse que devant une pile d'écritures comptables. Rien ne l'avait préparée à traquer des fugitifs.

Une clé tourna soudain dans la serrure, et elle se figea. Elle aurait pu attraper – non, *trouver* – son sac et sa valise pour s'enfuir dès que la porte serait ouverte. Ou bien la jouer cool. Ou encore profiter de cette opportunité pour tenter d'en savoir plus sur Heath Dunstan afin de le rayer de sa liste et de quitter la ville. Ou alors...

La porte s'ouvrit dans un grincement, et le barman de la veille entra, torse nu, une serviette sur l'épaule et une planche de surf sous le bras.

— Bonjour, dit-il avec ce sourire qui hantait ses souvenirs flous. Je ne savais pas si tu serais toujours là à mon retour.

Elle fit de son mieux pour se concentrer sur ses yeux, et pas sur son torse musclé aux reflets de cuivre.

— Euh... si.

Il cala la planche contre le mur et s'essuya les cheveux à l'aide de sa serviette.

— L'eau est délicieuse, ce matin.

Freya jeta un coup d'œil dehors, le temps de réfléchir, mais le soleil raviva sa migraine. Des images flottaient au bord de sa mémoire, hors de portée. Pourtant, si elle avait couché avec cet apollon, elle aurait dû s'en souvenir, non ? Le destin n'était pas si cruel !

Le barman sexy posa les mains sur ses hanches, au niveau de l'élastique de son short.

— Laisse-moi le temps de me doucher, puis nous pourrons descendre prendre un petit déjeuner ou boire un café, si tu t'en sens capable.

— D'accord, dit-elle d'un ton presque interrogateur.

— Est-ce que tout va bien ?

Elle ne pouvait plus tergiverser. Autant lâcher le morceau.

— Écoute, dit-elle en inspirant profondément, pour être honnête, je ne me souviens plus de ce qui s'est passé, hier...

Elle s'interrompit en voyant son air horrifié.

— Tu n'avais pourtant pas l'air si ivre, dit-il en se massant le menton avec gêne. Tu sais, je ne t'ai pas...

— Je ne t'accuse pas ! l'interrompit-elle très vite. Je suis juste embarrassée.

— Veux-tu un verre d'eau ?

Il s'empressa d'aller lui en chercher un.

— Tu m'as dit que le décalage horaire te jouait des tours. Peut-être que les cocktails que tu as bus ont aggravé les choses.

Il lui tendit le verre avec agitation. Elle le prit, reconnaissante, et le vida d'une traite avant de le lui rendre.

— Merci. Oui, le décalage horaire doit faire partie du problème. J'ai l'impression d'avoir passé des jours en l'air. New York, Los Angeles, la Nouvelle-Zélande où je n'ai passé qu'une nuit, puis maintenant l'Australie...

— Les voyages et le manque de sommeil ne font pas bon ménage.

Il se massa la nuque, et elle ne put s'empêcher d'admirer la contraction de ses muscles. Ce spectacle fit naître un frisson d'excitation sous sa peau, et elle se souvint que le même geste l'avait hypnotisée, la veille. Elle avait passé les doigts sur son biceps et sentait presque encore la douceur de sa peau. Remobilisant ses neurones endormis, elle fit de son mieux pour raviver ses souvenirs.

— À mon arrivée, je t'ai demandé les spécialités du bar.

Heureusement, il laissa retomber la main et fourra les poings dans ses poches, brisant le charme.

— Et je t'ai fait un daïquiri à la mangue, puis tu as enchaîné avec un ou deux gin-tonics jusqu'à la fermeture. On a un peu flirté. En fait, beaucoup.

Oui, elle se souvenait du daïquiri - une boisson tropicale assortie au décor - et appréciait toujours un bon gin-tonic. Mais ce n'était pas suffisant pour causer une amnésie, même avec le décalage horaire.

— Je n'ai pas l'habitude de boire ou de voyager. Je crois que je ferais bien de ne plus mélanger les deux. Alors... Qu'a-t-on fait, ensuite ?

— Tu as dit que tu n'avais pas d'hôtel, et c'est la pleine saison. Donc les chambres libres sont rares. Je t'ai proposé mon canapé pour la nuit.

Le canapé ? Elle haussa un sourcil, sceptique.

— Je me suis réveillée dans ton lit. Nue.

Il tressaillit à son tour.

— Tu es restée après la fermeture. J'ai sorti notre meilleur gin, et nous avons bu un verre de plus au bar.

— Et les choses ont dérapé ?

Était-ce la description de la soirée, ou les souvenirs qui lui revenaient peu à peu ? Elle se vit presque assise au bar, en train de chanter de vieux tubes des années 1990, encouragée par la sono.

— Aurions-nous fait du... karaoké, par hasard ?

— Toi, oui, répondit-il avec un petit sourire. Mais je n'ai pas réussi à suivre. Tu étais déchaînée, avec le micro.

Oui, les souvenirs lui revenaient plus nettement, à présent. Elle avait chanté, debout sur...

— Où étais-je, pour chanter ?

— Sur le bar, dit-il avec un nouveau sourire qu'il tenta vainement de cacher.

Mortifiée, elle se laissa aller contre le mur.

— Et je t'ai dit de monter...

— C'est ça. J'ai honte de l'admettre, mais c'était la première fois que je grimpais sur ce bar en cinq ans.

Elle l'avait attrapé par le col de sa chemise et l'avait plaqué contre lui.

— Je t'ai embrassé, murmura-t-elle, choquée.

Chez elle, elle était toujours stable, raisonnable. Ennuyeuse. Et, la veille, elle avait soudain eu besoin de faire quelque chose de fou. Elle était à l'autre bout du monde, dans une ville où elle ne connaissait personne. C'était l'endroit idéal pour se lâcher, ne plus réfléchir. Elle l'avait embrassé, oui, et lui avait dit de la conduire chez lui. Son visage s'embrasa. Une part d'elle avait honte. Une autre était étrangement fière.

— On a échangé des baisers, confirma-t-il en baissant les yeux sur ses lèvres, et c'était assez incroyable.

Une vibration sensuelle émanait de lui, et elle en eut le souffle coupé. Il lui fallut un moment pour se reprendre.

— Puis nous avons...

Elle indiqua le lit d'un geste gêné.

— Carrément. Deux fois. Tu as vraiment oublié ?

— Je n'ai que des flashs, mais ça me revient en parlant.

Il parut si déçu qu'elle se sentit obligée d'ajouter :

— Désolée. Je suis sûre que c'était génial.

Le barman lâcha alors un grand éclat de rire.

— Mon ego te remercie.

Ses paroles auraient pu paraître condescendantes, mais ses yeux bruns pétillaient d'humour, et elle rit aussi.

— Le pire, c'est que j'ai même oublié ton nom...

— Heath, dit-il en lui tendant la main. Heath Dunstan.

La pièce parut soudain basculer. Non, non, non. Ça ne pouvait *pas* être lui. Pour une fois qu'elle baissait la garde, elle...

— Heath, dit-elle, la bouche sèche. Je croyais que tu t'appelais Kyle, ou Cody, ou quelque chose comme ça.

— Ah ! Tina, la serveuse, me surnomme Kelly à cause du surfer Kelly Slater. Elle dit que j'ai le même style.

— Mais tu es Heath Dunstan, répéta-t-elle dans l'espoir d'avoir mal entendu.

— Le seul et l'unique. Est-ce un problème ?

— Oui. Enfin, pas vraiment. Peut-être.

Au moins, il ne ressemblait pas aux autres Rutherford, avec leurs cheveux bruns et leurs visages oblongs. Avec un peu de chance, il n'était pas l'héritier perdu. Elle se raccrocha à cet espoir.

— Que veux-tu dire ? demanda-t-il, soudain méfiant.

— Je te cherchais. C'est pour ça que je suis en Australie.

D'un seul coup, il se raidit et déclara froidement :

— Tu devrais partir.

Il attrapa son sac sur le comptoir de la cuisine et le lui fourra dans les mains.

— Je suis content de t'avoir connue, mais ne reviens pas.

Puis, ouvrant la porte, il la poussa dehors, sur une mezzanine qui surplombait le bar. Un escalier en colimaçon descendait dans la salle. D'un seul coup, elle prit conscience de l'ampleur du désastre. Comment allait-elle expliquer ça à sa marraine ?

« Désolée, j'ai couché avec ma cible avant de comprendre qui il était, et maintenant il refuse de me parler. »

C'était sans doute la chose la moins professionnelle qu'elle ait faite de sa vie et, pis, elle allait décevoir Sarah...

Quand il voulut refermer la porte, le désespoir envahit Freya, et elle cala le pied dans l'embrasure.

— Heath, je suis désolée. Je n'ai pas bien géré la situation. J'ai la pire gueule de bois de ma vie, ma tête est sur le point de se fendre en deux, mais je dois absolument te poser une ou deux questions. Ce ne sera pas long.

— Jamais, répliqua-t-il, les dents serrées.

Ses yeux, encore tendres un instant plus tôt, étaient de glace. Accusateurs. Elle n'avait pas le choix : elle devait tout lui dire.

— Tu es peut-être milliardaire sans le savoir !

Il se relâcha, et elle en profita pour pousser un peu plus la porte afin d'y glisser un bras.

— Accorde-moi dix minutes pour tout t'expliquer, puis je te laisserai. Je te le promets.

Il la fixa, les sourcils froncés. Le monde s'arrêta de tourner tandis qu'elle attendait sa réponse. Enfin, il soupira.

— Tu as cinq minutes. Ensuite, je ne veux plus te voir.

— OK, dit-elle, espérant réussir.

Heath jura entre ses dents tandis qu'il laissait entrer la belle rousse aux yeux caramel qui l'avait fait grimper aux rideaux quelques heures plus tôt. S'il avait tout gâché, après tous les sacrifices de sa mère et les années qu'ils avaient passées à se cacher, il ne se le pardonnerait pas.

Les règles que sa mère lui avait répétées toute sa vie le rendaient en général prudent, et il n'invitait jamais d'inconnue chez lui, mais il avait tellement eu envie d'une distraction qu'il avait baissé la garde. Le jour de l'anniversaire de leur mère, sa sœur, Mae, et lui se rendaient dans la campagne, là où ils avaient dispersé ses cendres quatre ans plus tôt mais, cette année-là, il avait eu un souci de dernière minute avec son personnel. Mae avait proposé de repousser leur pèlerinage, et il avait refusé, insistant pour qu'elle y aille seule, puisqu'il devait rester au bar.

Maintenant que Freya – si c'était bien son prénom – l'avait trouvé, il était content que Mae soit absente. S'ils devaient déménager encore une fois et changer de nom, mieux valait que sa sœur, au moins, reste inconnue de leurs poursuivants.

Freya s'approcha de la baie vitrée donnant sur la plage, puis se retourna vers lui en jouant nerveusement avec la sangle de son sac. Il consulta sa montre.

— Cinq minutes, lui rappela-t-il. Parle vite.

— C'est un peu délicat. Devons-nous vraiment...

— Je n'ai pas envie de t'écouter, l'interrompit-il, donc tu devrais être heureuse que je t'accorde ce délai.

Soudain, un soupçon l'assaillit.

— Cette nuit... Était-ce une partie de ton plan ? M'as-tu séduit exprès, pour feindre une amnésie ensuite ?

Elle tressaillit, et ses taches de rousseur disparurent sous la rougeur de ses joues.

— Non, pas du tout. Ça n'aurait jamais dû arriver.

— Nous sommes au moins d'accord sur un point : ça n'aurait pas dû arriver. Dans ce cas, dis-moi ce qui t'amène. Tu as quatre minutes et demie.

— Très bien. Je cherche quelqu'un, et tu figures sur la liste des personnes qui pourraient être ma cible.

Elle passa nerveusement d'un pied sur l'autre.

— Je sais que c'est très direct, mais comme tu as insisté pour que je fasse vite, je n'ai pas le choix. Je sais que ton acte de naissance prétend que tu es originaire du Mexique. Mais y a-t-il une probabilité que tu aies été adopté là-bas ? Que tu sois en réalité né aux États-Unis, d'un autre père ?

Elle avait vu son acte de naissance et le remettait en question ? La situation devenait très dangereuse. Il la dévisagea sans ciller.

— Je ne vois pas pourquoi je te donnerais des informations si personnelles. Je ne sais pas qui tu es.

— Je m'appelle Freya Wilson et je travaille au service des fraudes du FBI.

Un frisson glacé le parcourut.

— Le FBI me recherche ?

— Non, je suis en congé. C'est... une faveur pour quelqu'un qui m'est cher, dit-elle en haussant les épaules.

— Laisse-moi comprendre. C'est une mission personnelle, tu n'as aucune autorité ici, tu as couché avec la personne que tu es censée retrouver, et tu voudrais que je te raconte l'histoire de ma vie ? Au lieu de poser des questions, je pense que tu devrais commencer par m'expliquer ce qui se passe.

Il y avait encore une faible possibilité pour que cette histoire ne le concerne pas, et il refusait de lui livrer la moindre information qui pourrait attirer l'attention du FBI sur lui ou sa sœur. Il croisa donc les bras et attendit.

— Très bien. Je cherche un homme né Joseph Rutherford II. On l'a déjà cherché, par le passé, sans succès. C'est la première fois qu'on me demande mon aide sur cette affaire.

Heath fit un effort pour ne pas réagir, ne pas se trahir.

— J'ai l'impression que ce Joseph Rutherford II ne veut pas être retrouvé.

— Sa mère s'est enfuie avec lui quand il était bébé. Peut-être ne lui a-t-elle pas tout expliqué.

— Tu dis que tu cherches un homme. Un adulte. S'il avait voulu retrouver sa famille, il aurait entamé des démarches, non ?

— Certaines informations ne lui ont pas été transmises.

— Au sujet de l'argent ?

Elle hocha la tête.

— Une somme substantielle a été mise de côté pour lui. Il a le droit de le savoir.

— L'argent ne règle pas tout.

Sa mère lui avait même appris que l'argent faisait toujours ressortir le pire chez les gens. Son bar lui rapportait suffisamment pour qu'il ne manque de rien, et il était libre de toute attache. S'il acceptait la fortune offerte par Freya, ce ne serait plus le cas.

— La femme de Joseph Rutherford l'a quitté, et je ne sais pas pourquoi. Je ne la juge pas. À présent, Rutherford est mort et, si c'était une question de peur, la menace a disparu.

— Les cinq minutes sont écoulées, répondit Heath en consultant sa montre. Je crains que tu aies voyagé pour rien : je ne suis pas ton homme.

— Heath, murmura-t-elle avec plus de douceur, je ne serai pas la dernière à frapper à ta porte. Si tu es vraiment l'héritier Rutherford, d'autres viendront après moi. Je n'ai pas dressé cette liste de candidats moi-même. Je ne fais que la suivre.

— Dis à ceux qui t'envoient que tu as fait chou blanc.

— Je ne peux pas. De plus, il ne s'agit pas que d'argent. C'est aussi une affaire de famille.

— Tu as dit que ce Rutherford était mort.

— Il avait une sœur, expliqua Freya d'un ton affectueux. Sarah. Elle a toujours espéré pouvoir aider son neveu, et c'est elle qui m'envoie.

Quelque chose se serra soudain dans sa poitrine. Il avait grandi avec une mère et une sœur qui étaient tout pour lui, mais il avait aussi toujours rêvé d'avoir une plus grande famille… Troublé, il chassa cette pensée.

— Je ne suis pas intéressé.

— Si tu es l'homme que je cherche, alors Sarah est ta meilleure chance. Elle ne veut que le meilleur pour son neveu et pourrait l'aider à appréhender les… écueils qui l'attendent, dit Freya avec bonté. Heath, penses-tu que tu pourrais être cet homme ?

Il s'écarta de la porte et alla se camper devant la fenêtre. L'océan l'avait toujours apaisé. Freya avait raison sur un point : si on les avait retrouvés, sa sœur et lui, il allait devoir affronter son passé. Sa famille biologique. Son véritable nom.

Mais il ne mentionnerait pas Mae. Freya et ses collègues avaient peut-être découvert son existence, mais leur mère avait déclaré la naissance de Mae avec un an de retard – par précaution. Ainsi, on pourrait penser qu'elle était née d'un autre père. Il devait s'assurer que les sacrifices de leur mère ne soient pas vains…

— Pour être honnête, dit-il, la gorge sèche, je n'en sais rien. Ma mère a fui un homme qui lui faisait peur, et nous avons souvent changé de nom. Elle ne m'a jamais révélé ma véritable identité, au cas où je fasse une gaffe quand j'étais enfant, et a emporté ce secret dans sa tombe.

Depuis la mort de leur mère, Mae et lui étaient bloqués en Australie, vivant sous de fausses identités. Si le gouvernement les découvrait, il pourrait les chasser. Heath aurait droit à la citoyenneté américaine, puisqu'il était né là-bas ; mais il ne connaissait pas son vrai nom pour réclamer ses papiers d'identité. Hélas ! Mae était née au Mexique – et il ne pouvait envisager une vie loin d'elle. Tout ce qu'ils désiraient, c'était se faire discrets, être de bons citoyens dans leur pays d'adoption et vivre en paix. Mais cette belle rousse aux yeux hypnotiques risquait de tout gâcher…

— Il y a deux options, dit-elle en approchant d'un pas. Soit tu n'es pas l'homme que je cherche, et un simple test ADN t'éliminera de ma liste. Nous te dédommagerons alors pour la gêne et te laisserons tranquille.

— Et si je suis ce type, Rutherford ?

— Dans ce cas, tu m'accompagnes aux États-Unis, nous réglons les questions d'héritage, et si tu ne veux vraiment pas de cet argent, tu le jettes par la fenêtre avant de reprendre ta vie ici. Mais, au moins, tu n'auras plus à regarder par-dessus ton épaule et tu auras une tante, qui rêve de te connaître…

Elle fit un pas de plus vers lui.

— Tu n'as rien à perdre et tout à gagner, Heath.

Il ferma les yeux. Elle avait raison. Il avait craint ce jour toute sa vie. Même si sa mère pensait les avoir assez bien cachés, une voix lui avait toujours murmuré que ce qu'ils fuyaient les rattraperait tôt ou tard. Le plus simple, à présent, était de jouer franc jeu et d'affronter la réalité. Ça lui donnerait au moins une longueur d'avance et une chance de contrôler la situation pour protéger Mae.

— D'accord, je vais le faire. Mais qu'une chose soit bien claire, dit-il en faisant de son mieux pour ignorer le charme ravageur de Freya, quoi qu'il arrive, il ne se passera plus rien entre nous.

Elle ravala sa salive et hocha la tête. Heath put presque voir sa vie tomber en miettes autour de lui et s'excusa silencieusement auprès de sa mère en descendant faire du café.

2

Deux semaines plus tard, Freya vit Heath apparaître dans le terminal de Los Angeles, et son cœur bondit. Elle lui fit un signe gêné, et il répondit par un sourire tendu. Elle l'avait vu préparer des cocktails dans son bar, occupant tout l'espace par sa seule présence. Elle l'avait vu dans son salon, les cheveux encore humides, ne portant qu'un short ce qui faisait ressortir son torse musclé. Depuis, elle s'était demandé s'il lui plairait autant dans un cadre moins exotique – et elle avait maintenant sa réponse. Ça n'avait pas été la plage ou le daïquiri. Heath Dunstan, le dernier homme sur Terre qui aurait dû l'attirer, était bien le seul responsable de ses frissons.

Après leur rencontre, elle avait demandé à un des avocats de Sarah de s'occuper du test ADN et, quand il était revenu positif, elle avait préparé l'arrivée de Heath aux États-Unis. Elle avait à moitié espéré qu'il ne soit pas Joseph Rutherford II, pour pouvoir tirer un trait sur leur unique nuit de passion et aborder le candidat suivant avec professionnalisme. Mais une autre part d'elle avait rêvé de lui, le soir, se souvenant de ses doigts sur sa peau, de sa bouche sur son corps... Des images floues, mais irrésistibles.

— Freya, dit-il quand il arriva à sa hauteur.

Ses yeux sombres ne croisèrent pas les siens. Il se tenait très raide, sans doute fatigué par le long vol Brisbane-Los Angeles ou gêné par sa présence. Elle connaissait bien cette sensation...

— Comment s'est passé ton voyage ? demanda-t-elle avec un grand sourire en le guidant vers l'une des sorties.

Il passa une main sur sa barbe de trois jours.

— Une fois les turbulences derrière nous, pas trop mal.

— Nous devons prendre un autre avion pour nous rendre à New York. Est-ce que ça va aller, pour toi ?

— Oui, dit-il en s'étirant. Mon estomac s'est calmé dès que nous sommes sortis de la zone venteuse. Tout va bien.

— OK, super.

Elle marchait les yeux baissés sur ses chaussures pour éviter d'admirer ses splendides bras de surfeur. Au bout d'un long silence, Heath lança avec légèreté :

— J'ai été surpris de ne pas te voir pour le test ADN ou la communication des résultats.

Elle sursauta et leva enfin la tête.

— Je pensais que tu serais plus à l'aise avec un autre interlocuteur après... ce qui s'est passé entre nous.

Elle était rentrée chez elle le lendemain de leur discussion et avait renoncé au reste de ses congés pour se plonger dans ses pages de chiffres afin de l'oublier. Si elle était présente, ce jour-là, c'était uniquement parce que Sarah avait pensé qu'un visage familier faciliterait l'arrivée de son neveu et, n'ayant pas le cœur de la détromper, Freya avait accepté.

— Tu as raison.

Il n'avait plus l'air fâché. C'était pis : il semblait au contraire indifférent, comme s'il avait tiré un trait sur elle. Ce rejet flagrant la blessa plus qu'elle ne s'y attendait, et elle dut se rappeler qu'elle aussi avait tout fait pour tourner la page sur leur folle nuit.

Une fois assis l'un en face de l'autre dans le jet privé, Heath jeta un coup d'œil au décor luxueux, aux fauteuils de cuir blanc, aux tables de bois poli et aux coussins décoratifs assortis à la moquette.

— Je n'ai pas besoin de tout ça, dit-il. La classe affaires d'un vol commercial m'aurait suffi. Réserver un jet privé pour un si court trajet est du gâchis.

Freya sourit à Andrew, le steward qui l'avait accompagnée pendant le vol aller et leur offrait à présent un verre ainsi qu'une collation. Elle le remercia d'un mot.

— C'est ton monde, désormais, Heath. Ta vie est sur le point de changer. Tu ferais mieux de t'y préparer.

Il fronça les sourcils devant cet étalage de richesse.

— Hors de question. Dès que les choses seront réglées, je rentrerai en Australie pour retrouver mon bar. Tout ça n'est pas et ne sera jamais ma vie.

Freya l'observa du coin de l'œil. Pensait-il vraiment que ce serait aussi simple ? L'héritier perdu de la fortune Bellavista était devenu une sorte de légende avec le temps et, maintenant qu'il avait été trouvé sous les traits de ce surfeur-barman sexy venu d'Australie, son apparition allait faire du bruit. Plus important encore, on allait le pousser à remplir le rôle qui lui était dévolu : attentes, apparitions publiques, toutes les tentations de la richesse... Mais elle ne dit rien de tout ça et se contenta d'un simple : « OK, si c'est ce que tu veux. » Ce n'était pas à elle de le placer devant sa nouvelle réalité. Elle n'était là que pour rendre service à sa marraine et l'escorter chez elle. Il comprendrait le reste bien assez tôt.

La voix du pilote leur parvint par le haut-parleur, annonçant le décollage. Ils ne parlèrent pas tandis que l'avion s'élançait dans les airs et prenait son allure de croisière. Heath contemplait le ciel par le hublot, visiblement perdu dans ses pensées.

Avec ses cheveux bien coiffés et sa chemise bleu nuit boutonnée jusqu'en haut, il ressemblait déjà plus à Joseph qu'à Heath. Le barman qu'elle avait rencontré à Noosa souriait à tous ses clients sans pour autant laisser les plus agités lui marcher sur les pieds. Il était charmeur, détendu dans ses jeans, ses T-shirts, et avec les cheveux en bataille. Mais l'homme qui lui faisait face maintenant était... contenu. Sa mâchoire était crispée. Il se tenait trop droit et immobile. Néanmoins, ses deux facettes avaient le don d'envoyer des vagues de chaleur sous la peau de Freya et de rendre sa respiration plus rapide. *Pourquoi* donc la troublait-il tant ?

— Heath ?

— Mmm ? répondit-il en se tournant vers elle.

Elle avait la bouche pâteuse et but une gorgée d'eau. Si elle avait accepté de venir le chercher à Los Angeles, c'était aussi pour avoir une chance de lui parler de son erreur.

— Accepterais-tu de me rendre un service ?

— Peut-être, murmura-t-il sans la quitter des yeux. Demande, et tu verras.

Elle tira nerveusement sur sa veste et, s'en apercevant, croisa les mains sur ses genoux.

— Pourrait-on éviter de parler de la nuit que nous avons passée ensemble ?

Elle avait envisagé de tout avouer à Sarah mais n'en avait pas eu le courage. Non seulement son manque de jugeote avait contrarié Heath et failli ruiner l'unique chance de retrouvailles entre tante et neveu ; mais cette nuit avait aussi eu quelque chose de tellement… intime. Personnel. Quelque chose qu'elle ne voulait pas confier à qui que ce soit.

— Personne n'a besoin de le savoir, dit-il en haussant les épaules. Nous sommes deux adultes consentants. Ça ne regarde que nous.

Freya sentit une part de sa tension la quitter.

— Merci.

Elle se mordilla un instant un ongle.

— En fait, j'ai un autre service à te demander. Peux-tu te montrer gentil avec Sarah ? C'est une femme merveilleuse, et elle t'a cherché sans relâche depuis ta disparition. Ce que tu peux penser de ton père, de ce monde huppé – « ou de moi », faillit-elle ajouter – ne devrait pas entacher votre relation future.

— Pas de souci, dit-il en se passant la main dans les cheveux, mais si nous commençons à distribuer les faveurs comme des bonbons, j'en veux une aussi.

Elle s'était attendue qu'il lui demande quelque chose. Toute personne obtenant comme lui des milliards d'un coup aurait eu une longue liste de requêtes…

— Vas-y. Je ferai de mon mieux pour te l'accorder.

— Je veux les noms et adresses de la famille de ma mère.

Elle tressaillit, choquée de ne pas y avoir pensé elle-même. Il était logique qu'il veuille rencontrer ses proches. Grâce à l'aide de ses amis du FBI, elle n'aurait aucun mal à les trouver pour lui. Ces informations étaient même sans doute déjà dans les dossiers qu'on lui avait confiés.

— Je suis sûre que ça pourra être arrangé, dit-elle.

Heath hocha la tête, puis tira un épais livre de son sac à dos et se mit à lire. L'imitant, Freya sortit des documents qu'elle devait étudier de sa sacoche, mais elle ne put s'empêcher de l'examiner par-dessus ses feuilles pendant le reste du vol. Après tout, garder un œil sur lui faisait partie de son travail, non ?

Lorsque l'avion s'arrêta sur la piste d'atterrissage, Heath rangea son roman de science-fiction et s'étira. Freya avait passé tout le vol à travailler, et ils n'avaient échangé que quelques mots. Ça lui convenait très bien.

Hélas ! il était resté douloureusement conscient de sa présence à chaque instant. Quand elle passait les doigts dans ses longs cheveux, il pouvait presque sentir leur douceur soyeuse sur ses propres mains. Quand elle se tortillait sur son siège pour trouver une position confortable, il se souvenait de son corps contre lui, sombrant dans le sommeil. Quand elle tapotait son stylo sur ses lèvres, il se noyait presque dans le souvenir délicieux de ses baisers.

Il soupira. Il *devait* trouver un moyen d'ignorer ce désir brûlant. Freya Wilson n'était pas une alliée. Il ne savait pas quel but elle poursuivait et ne pouvait pas se laisser aveugler par son attirance pour elle.

Elle se leva soudain et rassembla ses affaires.

— Bienvenue à New York, dit-elle.

Le café qu'il avait bu vingt minutes plus tôt tourna aigre dans son estomac. Quelques semaines auparavant, si on lui avait offert une semaine de vacances tous frais payés, il aurait bondi de joie. Mais ce n'étaient pas des vacances et, même si les avocats avaient payé son billet, il sentait déjà que ce voyage allait lui coûter très cher... Au moins, il avait eu deux semaines pour élaborer sa stratégie et se payer un billet retour en secret, au cas où les choses dérapent.

Andrew, qui avait apporté leurs boissons et leurs plats, ouvrit la porte donnant sur l'escalier d'acier et le tarmac.

— Il fait frais, mais la nuit est belle. Attention à la marche...

— Merci, répondit Heath en souriant.

Ses années d'expérience au bar lui avaient appris à ne jamais traiter le personnel par le mépris.

— De rien, monsieur Rutherford. J'espère que vous avez apprécié le vol.

Heath se crispa en entendant ce nom qui n'était *pas* le sien, voulut le corriger, mais se retint. Ce n'était pas la faute d'Andrew : on lui avait présenté son passager ainsi. Peut-être même travaillait-il pour les Rutherford. Il se contenta donc de répondre poliment :

— C'était très agréable. Remerciez les pilotes pour moi.

Puis il descendit les quelques marches, assailli par un vent bien plus glacial qu'il l'aurait imaginé. Apparemment, les New Yorkais et lui n'avaient pas la même définition du mot « frais ». Il remonta le col de sa veste et s'éloigna de l'appareil tandis que Freya remerciait à son tour Andrew. Une voiture noire aux vitres teintées s'approcha au pas et s'arrêta près de lui. Freya fit signe au chauffeur et rejoignit le véhicule. Heath la suivit. La femme qui conduisait, une rousse d'âge moyen aux cheveux courts vêtue d'un long manteau, sortit pour leur ouvrir la portière arrière. Freya sourit avec chaleur en l'enlaçant, empêchant Heath de voir la passagère immédiatement. Quand il l'aperçut enfin, il eut un choc. Sans doute était-ce Sarah, sa tante... Elle ressemblait à une version plus âgée de Mae, avec les mêmes cheveux bruns, les mêmes yeux sombres, des traits fins et une bouche généreuse quasiment identiques. Heath, lui, ressemblait à sa mère ; mais il comprit que sa sœur devait tenir de leur père et des Rutherford.

Heureusement, Freya ne l'avait pas croisée. Un seul coup d'œil, et elle aurait su que leur père avait eu *deux* enfants...

Sarah s'approcha de lui, essuyant ses joues humides d'un revers de la main et serrant le col de son épais manteau de l'autre. Arrivée devant lui, elle sourit.

— Bonsoir, Heath. Je suis très heureuse de te rencontrer.

Il la regarda un long moment, déchiré entre l'envie de garder ses distances et l'émotion causée par tant de chaleur.

— Bonsoir, finit-il par dire en ouvrant les bras pour l'enlacer, puisqu'elle semblait attendre un contact.

Sa tante le serra fort contre elle, et quelque chose se noua dans sa poitrine, comme si son cœur tentait de faire de la place à cette nouvelle personne malgré les efforts de Heath pour rester tout en retenue. Il ne devait pas oublier que cette femme était la sœur de l'homme qui avait poussé sa mère à la fuite. Mieux valait rester sur ses gardes.

— Je n'arrive pas à croire qu'on t'ait retrouvé, murmura-t-elle avant de s'écarter pour embrasser Freya à son tour. Merci de nous l'avoir rendu. Venez, il fait trop froid pour rester dehors.

La chauffeuse tint la portière ouverte pour eux. Sarah se glissa sur la banquette, près de Heath, tandis que Freya s'installait face à eux et dos au volant. Leurs genoux se cognèrent quand ils se contorsionnèrent pour boucler leurs ceintures, mais Heath ignora le frisson délicieux qui en résulta. Il devait rester concentré. Personne ici n'était de son côté, pas même Freya. Ils avaient tous leurs projets secrets.

Le trajet fut animé par une conversation enjouée, principalement entre Freya et Sarah, ponctuée çà et là par quelques interventions de la chauffeuse – Lauren, apparemment. Heath eut l'impression qu'elles faisaient ça exprès pour lui laisser le temps de prendre ses repères, et il apprécia cette attention. Il était très jeune quand sa mère les avait emmenés en Australie et avait passé presque toute sa vie dans des petites villes. L'immensité de New York le troublait. Il faisait trop froid, la voiture roulait du mauvais côté de la route, et le décor qui défilait n'était que gratte-ciel et lumières violentes. Sa vieille jeep pleine de sable et sa planche de surf lui semblaient bien loin...

— Où allons-nous ? demanda-t-il en songeant soudain qu'il avait été trop préoccupé par le voyage pour penser à ce qui viendrait ensuite.

— Chez moi, répondit Sarah, dans l'Upper East Side. Ce n'est plus très loin. J'ai fait préparer une chambre pour toi, et tu pourras l'occuper aussi longtemps que tu le voudras.

Il acquiesça avec un sourire pincé. Il avait pensé s'installer à l'hôtel, pas chez sa tante, et n'était pas certain que l'idée lui plaise.

— Merci, dit-il néanmoins.

Lorsqu'il eut enfin atteint l'appartement luxueux et monté ses bagages, la fatigue lui tomba dessus d'un coup. Freya s'était attardée avec Lauren, et son absence lui pesait. C'était ridicule, il la connaissait à peine.

— Veux-tu manger ou boire quelque chose ? demanda Sarah.

— Non.

Hélas ! son estomac traître gargouilla au même instant, et sa tante sourit.

— Prends quelques minutes pour te rafraîchir et rejoins-moi pour un verre dans le salon, d'accord ? Je vais faire monter une collation, au cas où tu sois tenté.

— D'accord. Merci.

Elle lui montra sa chambre, et il s'y enferma pour appeler Mae.

— Salut ! lança-t-elle. Tu en as mis, du temps. Serais-tu à l'autre bout du monde, par hasard ?

Il gloussa, pour la première fois depuis son arrivée.

— Quelque chose comme ça. J'ai l'impression d'avoir passé une semaine entière dans l'avion.

— Où t'es-tu installé ?

Il lui avait expliqué qu'il se rendait aux États-Unis pour examiner une offre commerciale. Si l'avocat des Rutherford n'avait pas menti, l'affaire y ressemblait, en tout cas. Il avait cru comprendre qu'il allait hériter d'une entreprise, ou quelque chose comme ça. Il n'avait pas étudié les détails du dossier. En fait, Mae et lui étaient des héritiers conjoints, bien que seul son nom figure sur les papiers. Une fois qu'il aurait réglé le problème et assuré la sécurité de sa sœur, il lui expliquerait tout. Leur mère l'avait rendu trop prudent pour qu'il divulgue des informations trop tôt. Mae et lui ne faisaient jamais rien sur un coup de tête et pesaient toutes les options avant d'agir. D'ailleurs, il n'allait pas renier ses instincts de grand frère juste parce que quelqu'un lui faisait miroiter une immense fortune. Quand il serait certain que Mae n'avait rien à craindre, il lui parlerait de l'héritage et le partagerait en parts égales avec elle.

— Je suis chez une connaissance.

— Et c'est bien ?

Il jeta un coup d'œil au mobilier, puis ouvrit le rideau pour découvrir une vue stupéfiante de Manhattan.

— Ouais…

Sans doute était-ce le plus bel euphémisme de l'année.

— Comment trouves-tu New York ? Raconte-moi tout !

Il fit les cent pas dans la chambre pour détendre ses muscles grippés par le voyage.

— Je n'ai pas vu grand-chose, par la vitre de la voiture. C'est… lumineux. Animé.

Mae poussa un profond soupir.

— Je n'arrive pas à croire que tu aies refusé de m'emmener. Jamais je ne te le pardonnerai, frérot.

Il rit, conscient que c'était une plaisanterie, mais cette accusation lui fit tout de même mal.

— Si tu n'avais pas décidé d'être enseignante, tu aurais pu choisir tes dates de congés plus librement. Ce sera pour la prochaine fois.

— Promis ?

Il crut soudain la revoir, à cinq ans, quémandant une crème glacée à la fin du repas, et ferma les yeux.

— Attendons de voir comment ça se passe, d'accord ? Bon, je dois y aller. On m'attend.

— N'est-ce pas le milieu de la nuit, là-bas ?

— Oui, mais j'ai dormi pendant le vol, et mon corps se croit le matin.

— OK. Appelle-moi souvent.

Au moins, il pouvait lui promettre ça la conscience tranquille.

— Juré.

Il raccrocha et fourra le téléphone dans sa poche. Il n'avait pas l'habitude de cacher des choses à Mae. En temps normal, ils œuvraient ensemble pour préserver *leur* grand secret. Ce voyage, le test ADN, la fortune... Tout ça pesait lourd sur ses épaules. Néanmoins, il était heureux d'avoir entendu sa voix. Elle lui rappelait pourquoi il faisait cela et pourquoi il ne devait pas se laisser aveugler par la tentation.

Il enleva son manteau, le suspendit à une patère et s'aspergea le visage dans sa salle de bains privée. Au moment de ressortir, il hésita. Il avait encore besoin d'un moment pour reprendre le contrôle de ses émotions. Il s'attarda dans le couloir, orné d'œuvres d'art et ouvrant à la manière d'une mezzanine sur le grand salon, au-dessous. L'appartement était impressionnant, avec ses plafonds hauts, ses innombrables fenêtres et son mobilier élégant. C'était un lieu chaleureux, accueillant, pas un musée du design impersonnel. Un endroit où l'on se sentait chez soi.

Il observa les tableaux et vit avec surprise qu'il s'agissait de photos. Des dizaines de portraits d'un bébé, semblables à celui que sa mère avait toujours gardé. Des photos de *lui*. Au milieu trônait une unique peinture de son visage poupin agrémentée du titre Joseph Rutherford II gravé sur une plaque sous le cadre. Puis, juste à côté, le plus poignant : une image de sa mère le tenant sur ses genoux. Son visage ne ressemblait pas à celui qu'il avait connu. Elle semblait plus jeune, sûre d'elle, douce et innocente. Soudain, la réalité de la situation le frappa de plein fouet, lui coupant le souffle.

Il était vraiment Joseph Rutherford II.

Il était vraiment né dans cette famille et aurait dû grandir dans une maison comme celle-ci. Il l'aurait fait, si sa mère, enceinte de Mae, ne l'avait pas emmené le plus loin possible pour assurer sa sécurité. C'était un acte de bravoure, un sacrifice qu'il avait du mal à comprendre. Ému, il effleura le visage de sa mère du bout des doigts et murmura :

— Merci. Je te promets de protéger Mae.

Quelqu'un approcha, ses pas étouffés par le tapis, et il sursauta. Il ne devait pas oublier où il était ! Plongeant les mains dans ses poches, il fit volte-face et découvrit Freya près de lui. Elle souriait timidement. Son visage rayonnait de douceur, et malgré lui Heath sentit son cœur battre plus fort. Il prit une profonde inspiration. Garder ses distances était crucial. Freya observa un instant les photos.

— Je vois que tu as trouvé notre Mur de Joseph. Celle-ci est ma préférée, dit-elle en caressant l'un des cadres.

À l'intérieur, on voyait Sarah portant un bébé sur ses épaules. Tous deux riaient, heureux. Mais Heath regarda à peine l'image, préférant se concentrer sur Freya.

— Pour une agente du FBI chargée de retrouver une personne disparue, tu as l'air de bien connaître cet appartement...

Il avait l'impression de se retrouver au cœur d'un puzzle géant, avec seulement quelques pièces en main.

— Comme je te l'ai dit en Australie, j'étais en congés. Je t'ai cherché sur mon temps libre, pas dans le cadre de mon travail.

Elle ne lui disait pas tout. Il croisa les bras et la dévisagea.

— Quels sont tes liens avec ma famille ?

— Sarah est ma marraine, et j'ai grandi ici.

Heath sentit qu'il ouvrait la bouche comme un idiot.

— Oh ! Je ne m'attendais pas à ça. T'a-t-elle élevée ?

— Non, ma mère est là aussi. Elle travaille pour Sarah.

D'un seul coup, il se souvint de la scène, sur le tarmac.

— Lauren. La chauffeuse de Sarah.

— Exactement, répondit Freya avec un sourire. Elle a commencé à travailler pour elle quand elle était enceinte. J'ai connu ta tante toute ma vie. Littéralement.

Son estomac se noua. Il avait eu raison de se méfier. Freya n'était pas une enquêtrice impartiale rendant un service à une amie. Elle faisait partie du monde de son père.

— Tu vis encore ici ?

— J'ai un appartement dans le Queens, mais je laisse toujours quelques affaires ici, au cas où je décide d'y dormir.

Il regarda de nouveau les photos, le temps d'ajouter cette nouvelle pièce au puzzle.

— Je suis désolée, Heath, chuchota Freya.

Il se retourna, surpris, et la découvrit plus proche qu'il ne s'y était attendu. De nouveau, l'air se coinça dans sa gorge sans atteindre ses poumons.

— Pour quoi ?

— Pour avoir eu tout ce dont tu as manqué. Pour avoir vécu avec ta tante alors que tu ignorais son existence.

Il éclata de rire. Penser qu'il aurait pu choisir cette vie plutôt que sa mère et sa sœur était absurde !

— Soyons bien clairs : je ne suis pas jaloux, Freya. Je ne regrette pas de ne pas avoir eu tout ça en grandissant.

Sarah semblait peut-être gentille, mais des personnes comme son père n'apparaissaient pas sans raison. Sans doute n'était-il pas le seul salaud de sa lignée.

— En fait, je ne suis même pas sûr de le vouloir, maintenant, ajouta-t-il.

Elle pencha la tête, et ses longs cheveux coulèrent sur son épaule avec souplesse.

— Que veux-tu dire ?

Il observa de nouveau le visage de sa mère, sur le mur.

— Ce monde a failli détruire ma mère. Elle a risqué sa vie pour m'en protéger, et je ne vais pas me laisser aspirer de nouveau après tous ses sacrifices, juste parce qu'on m'offre beaucoup d'argent, d'un seul coup.

— Prendre cette fortune ne serait-il pas un moyen d'obtenir justice pour ta mère, au contraire ?

Sa voix était douce, et son parfum l'enveloppait.

— Je sais qu'elle est partie sans argent en poche. Ça a dû être dur, et je suis triste qu'elle ne soit plus là pour profiter de ce à quoi elle avait droit. Mais toi, tu peux, reprit-elle en posant la main sur son bras. Prends cet argent et fais ce que tu veux avec. C'est ce qu'elle aurait voulu que tu fasses.

Il baissa les yeux sur la main de Freya, sentant la chaleur de sa peau traverser la manche de sa chemise. Elle dut se rendre compte de son geste au même instant, car elle s'écarta vite, et il dut se retenir de la rattraper. Il recula, troublé, et se tourna de nouveau vers le portrait de sa mère. Elle l'avait aimé et lui aurait offert le monde, si elle l'avait pu. Bien sûr qu'elle aurait souhaité qu'il touche son héritage, maintenant que c'était devenu possible.

— Tu as raison, dit-il en se redressant avec fermeté.

Il allait prendre cet argent, le partagerait avec Mae, et ils feraient ce qu'ils voudraient avec cette somme colossale – pas ce que les Rutherford espéraient. Et il profiterait de cette occasion pour trouver un moyen de renouer avec sa famille maternelle...

— Descendons et allons parler à ma tante.

3

Freya conduisit Heath au salon et vit Sarah l'accueillir avec une gêne évidente. Il était clair qu'elle en voulait plus, mais le sourire un peu artificiel de Heath la faisait hésiter. Au bout de quelques instants, les prenant en pitié, Freya s'approcha du bar discret, à l'autre bout de la pièce.

— Voulez-vous un verre ?

— Ça devrait aider, répondit Heath en la suivant.

Elle lui montra le contenu des étagères, et il examina rapidement les alcools à disposition.

— Tu veux un side-car ? Ou un boulevardier ? Un Manhattan ?

Freya ne cacha pas sa surprise. Elle avait prévu de lui offrir un simple whisky ou un cognac...

— Eh bien, puisque tu le proposes, je veux bien un boulevardier, dit-elle.

— Moi aussi, lança Sarah depuis le grand fauteuil bleu dans lequel elle venait de s'asseoir.

— Trois boulevardiers, alors !

Il prépara les cocktails d'un geste assuré. Ses mains bronzées offraient un contraste sensuel avec le cristal des verres qui scintillait sous les spots. Fascinée, Freya le regarda travailler, et quand il lui tendit son verre, leurs doigts s'effleurèrent juste assez longtemps pour faire briller une étincelle de magie entre eux. Mais, hélas ! Heath ne parut pas la sentir. Il servit sa tante puis s'assit à son tour devant la table basse garnie d'un plat de sandwichs. Freya l'imita.

— À la famille, déclara Sarah en levant son verre.

— À la famille, répéta-t-il avant de boire une gorgée.

— Tu sais, je n'ai jamais cessé de te chercher, reprit Sarah d'une voix douce. Par moments, les gens me pressaient d'arrêter, mais je ne pouvais pas : je sentais que ta mère et toi étiez quelque part, que vous aviez peut-être besoin d'aide.

Freya songea que Heath et sa mère avaient disparu au moment de sa propre naissance ; la quête de Sarah avait été une constante, dans sa vie. Elle l'avait si souvent vue espérer, avant de subir l'amer revers de la déception…

— Il vaut sans doute mieux que vous ne nous ayez pas trouvés, répondit Heath, les yeux plongés dans son verre. J'ai fait quelques recherches sur mon père, ces deux dernières semaines, et il avait l'air d'un tyran. Si vous nous aviez découverts, vous auriez pu le conduire à nous.

Sarah tressaillit.

— Toutes mes recherches étaient menées sous le sceau du secret, mais tu as peut-être raison. Quoi qu'il en soit, je suis si heureuse de t'avoir enfin découvert !

Freya sentit son cœur gonfler face au bonheur de sa marraine. Elle se tourna vers Heath et, devant son regard troublé, sentit son sourire s'évaporer. Il posa son verre sur la table avec soin.

— Écoutez, Sarah, je suis content d'avoir de la famille. Mae et moi n'avons pas connu ça en grandissant. Mais je crains de ne pas pouvoir combler vos attentes.

— Je te promets de ne jamais exiger de toi des choses qui pourraient te mettre mal à l'aise.

Oh ! Ce n'était pas bon. Freya s'empressa d'intervenir.

— En parlant de Mae, pourquoi ne pas l'avoir amenée ?

— Cette histoire ne la concerne pas.

Oui, elle le savait : l'acte de naissance de Mae indiquait un autre père, et elle était venue au monde longtemps après la fuite de sa mère au Mexique. Alors, pourquoi Heath paraissait-il si farouche, tout d'un coup ?

— Je pensais juste que tu aurais pu avoir besoin de son soutien. Ne m'as-tu pas dit que vous étiez proches ?

— En effet, mais Mae a sa propre vie, et ce voyage ne regarde que moi.

Dans le silence qui suivit, Freya et sa marraine échangèrent un coup d'œil gêné. Puis Sarah sourit.

— J'imagine que tu as hâte d'en savoir plus sur ton héritage, dit-elle en prenant une sacoche posée sur le guéridon voisin. J'ai entretenu les placements depuis la mort de ton père, et nous allons avoir quelques documents à mettre au clair, mais nous pourrons examiner les comptes dès que tu seras prêt. En attendant, voici un peu d'argent et des cartes de crédit pour te permettre de t'offrir ce que tu veux.

Heath prit la sacoche et examina son contenu.

— Merci. J'apprécie vos efforts, surtout concernant les placements ; d'autant plus que vous n'étiez même pas sûre de me trouver un jour.

— Tu es la seule famille qu'il me reste, Heath. J'aurais continué à te chercher jusqu'à mon dernier jour.

Il s'agita un peu, embarrassé par l'intensité de son regard.

— Excellent cocktail ! lança joyeusement Freya pour détendre l'atmosphère.

Heath eut un demi-sourire.

— Meilleur que le mélange gin-karaoké ?

Freya étouffa un rire nerveux. Sarah les dévisageait avec curiosité, mais ils ne s'expliquèrent pas, et elle se détourna. Avait-elle deviné ce qui se cachait derrière cette plaisanterie ?

— Je pensais organiser une fête pour ton retour, afin de te présenter toutes les personnes que tu devrais connaître.

Freya se cala au fond de son siège. Elle était heureuse d'avoir une bonne excuse pour éviter cette soirée. Les personnes que Heath « devrait connaître » étaient justement celles qu'elle essayait généralement de fuir. Il haussa les épaules et balaya la suggestion d'un geste.

— Inutile de vous donner tout ce mal pour moi.

Manifestement, il ne comprenait pas l'importance de la chose.

— L'héritier disparu de Joseph Rutherford est devenu le sujet de nombreuses théories farfelues, expliqua Freya dans l'espoir de rendre la situation plus claire. Tout le monde a son explication sur ce qui t'a retenu si longtemps loin de New York, et ton retour risque de provoquer des remous dans la haute société. Autant y faire face.

— C'est vrai, soupira Sarah. Mais, pour commencer, j'ai trois billets pour un gala de charité demain soir. Je pensais que nous pourrions y aller ensemble.

Freya se figea et dut se forcer pour avaler sa gorgée, tout en couvant Heath du regard. Il ne paraissait pas plus enchanté qu'elle.

— Demain ? demanda-t-elle. Si tôt ?

— J'ai pensé que Heath n'avait sans doute pas apporté de tenue de soirée et j'ai réservé une séance avec ma conseillère en image demain. Elle prendra tes mesures, fera une liste de tes préférences, et reviendra avec plusieurs smokings à te faire essayer. Le délai est serré, mais c'est pour une bonne cause : l'hôpital pour enfants de l'East River.

Heath se passa la main sur le front avec une grimace.

— Sarah, sachez que je ne suis pas le fils prodigue. Je ne resterai pas ici. Dès que nous aurons réglé cette affaire, j'ai l'intention de rentrer en Australie.

Le visage de Sarah s'assombrit, et Freya lança très vite :

— Tout le monde sait que tu as une vie, en Australie. Mais quand tu auras vu quelle existence tu pourrais mener ici, peut-être que...

— Freya, la coupa-t-il. Je ne suis pas l'homme que Sarah et toi attendiez. Je suis Heath Dunstan, propriétaire d'un petit bar en Australie. Même avec un smoking sur mesure, je ne serai jamais Joseph Rutherford II. Il est trop tard pour ça.

Il se leva d'un bond.

— Je suis navré. Je ne voulais pas être aussi brutal. Le voyage m'a fatigué, et je ferais mieux de me coucher.

— Bien sûr, répondit Sarah en se levant aussi. Passe une bonne nuit.

Il sourit, nerveusement, et quitta la pièce. Freya voulut le suivre, mais Sarah la rappela :

— Peux-tu rester un instant, s'il te plaît ?

Sa marraine souriait, et elle se figea. Avait-elle deviné ? Le gin, le karaoké ? S'étaient-ils trahis ?

— Bien sûr, dit-elle d'un air aussi détendu que possible.

Elle attendit un instant, pour être certaine que Heath ne soit plus dans les parages et dit très vite :

— Ne te sens pas obligée de m'inviter, demain soir. Maintenant qu'il est là, mon travail est fini. Je vais me faire plus discrète pour te laisser du temps avec lui.

— En fait, je tiens vraiment à ce que tu nous accompagnes. J'aimerais que tu lui apprennes les ficelles, pendant tout son séjour à New York. Plus il se sentira à son aise, plus il sera susceptible de rester…

Freya recula d'un pas, choquée. Ce n'était pas censé se passer comme ça ! Elle avait prévu de prendre ses distances, au contraire, à présent que sa mission était accomplie.

— N'est-ce pas à toi de le faire ? Tu es sa tante et tu connais bien mieux ce monde-là que moi.

— Il est sur ses gardes, avec moi. Il me jauge encore. Mais il semble te faire confiance.

— Oh non ! je peux te l'assurer !

Il avait été très clair sur ce point.

— Il se méfie peut-être un peu, mais je vois une complicité entre vous, une compréhension commune de la situation. On a vu des amitiés naître pour moins que ça.

Freya sonda son regard, à la recherche d'un soupçon.

— Je…

— Je t'en prie. Reste au moins le temps qu'il s'acclimate.

Elle soupira. Il n'y avait que deux personnes au monde à qui elle ne pouvait rien refuser : sa mère et sa marraine.

— D'accord, mais pas plus longtemps. Je vais tenter de poser les quelques jours de congés qu'il me reste. Ensuite, je devrai reprendre le travail.

— Et je ne t'en empêcherai pas, promit Sarah en l'enlaçant avec gratitude.

Freya remonta ensuite dans la chambre préparée pour elle, avec la sensation désagréable d'être tombée dans un piège. Avait-il été tendu par Sarah ou par Heath ? Elle n'aurait su le dire. Néanmoins, dans son lit, ce fut le visage du barman qu'elle vit avant de s'endormir.

Le lendemain soir, Heath se retrouva dans la voiture de Sarah, vêtu de son smoking neuf. La conseillère avait fait un travail formidable, et il lui allait comme un gant. Près de lui, sa tante portait une robe rose pâle, un collier de perles et un chignon travaillé.

— Je suis enchantée que tu aies accepté de venir, dit-elle tandis que la voiture avançait lentement.

— Avais-je le choix ?

Il ponctua sa remarque d'un sourire, mais ne plaisantait qu'à moitié. Dès le matin, il avait été aspiré par un tourbillon d'essayages de vêtements, de chaussures et de mille autres choses. Apparemment, ces galas suivaient des règles très précises – et complexes.

Freya avait passé la journée chez elle, et Sarah avait été occupée, donc il n'avait parlé qu'à la conseillère. Au moins, il pourrait appeler Mae un peu plus tard et retrouverait Freya pour la soirée. Il ne serait pas seul.

— J'ai hâte de te présenter à tout le monde, reprit sa tante alors que la voiture s'arrêtait devant un tapis rouge.

Lauren vint leur ouvrir la portière.

— Merci, dit-il à la chauffeuse en descendant.

Hélas ! celle-ci ne l'entendit pas, clairement intriguée par un détail, près de la porte. Suivant son regard, il sentit le monde s'évanouir autour de lui. Freya était là, dans une robe bleu glacier à manches longues qui embrassait les courbes de ses hanches avant de couler en plis souples jusqu'à ses pieds. Le tissu était parsemé de paillettes d'argent, qui rendaient sa silhouette parfaitement féerique sous les réverbères. Ses longs cheveux roux étaient lâchés, ondulant en boucles fluides. Il s'approcha d'elle sans même le réaliser. Depuis l'instant où elle avait fait irruption dans sa vie, au bar, il l'avait trouvée superbe. Ce soir-là, dans cette robe, devant ce porche de marbre, elle rayonnait. Une déesse éthérée. Elle sourit en le voyant, et son cœur faillit s'arrêter. Sarah les rejoignit, lui prit le bras et embrassa Freya sur la joue.

— Tu es magnifique, ma chérie. N'est-ce pas, Heath ?

Elles le regardèrent, et il eut du mal à retrouver sa voix.

— Magnifique, finit-il par confirmer.

C'était un mot bien faible pour décrire le sortilège qu'elle lui avait lancé. Encore.

Elle sourit.

— Tu n'es pas mal non plus. Sarah, ta conseillère en image mérite une prime !

— Oh ! je la paye déjà assez cher. Prends donc l'autre bras de Heath, dit sa tante avant de se tourner vers lui. Freya va... te servir de guide, ce soir.

— C'est-à-dire ?

Il leur emboîta le pas, soupçonneux.

— Disons que je pourrai t'expliquer qui sont les gens que tu croiseras et quels sont leurs intérêts, précisa Freya.

Elle lui tapota le bras, et il se pencha instinctivement vers elle. Il se reprit juste avant de faire un geste gênant. Comment allait-il survivre à cette soirée, avec cet ange à côté de lui ?

— Sarah ! lança une voix excitée, dans le hall.

— Hugo ! Je te cherchais, justement.

Elle s'éloigna, laissant Heath et Freya seuls.

— Bon, dit-il. Puisque tu es ma guide, commence par m'expliquer le but de cette fête.

— Il s'agit du gala annuel de financement de l'aile Rutherford de l'hôpital pour enfants de l'East River.

L'aile Rutherford ?

Il se tourna vers elle, sous le choc.

— Es-tu sérieuse ?

— Je suis comptable, donc toujours sérieuse, répondit-elle avec une pointe d'humour qui le fit glousser.

Le somptueux bâtiment était typique de l'âge d'or new-yorkais avec son sol de marbre, son grand escalier et ses chandeliers suspendus sous un plafond voûté. À travers le cliquetis des verres et le bourdonnement des conversations, on percevait les accords d'un orchestre classique dans la salle de réception voisine. Heath passa la première demi-heure à siroter du champagne tandis que Freya lui donnait des détails sur les invités.

— La femme en robe noire est Eleanor Morris. Elle possède une chaîne de boutiques de vêtements de luxe en ville. Elle est gentille, mais ne lui parle pas de son entreprise : elle ne s'arrêterait plus.

— Et lui ? demanda Heath en indiquant un homme aux joues rouges.

— C'est un cousin des Mornington, de la branche de Boston. Quand il aura un peu bu, il se mettra à raconter à tout le monde qu'il a couché avec les plus grandes stars de Broadway.

Heath rit, surpris d'apprécier cette soirée.

— Et ce couple ? L'homme chauve en compagnie de la femme en robe lamé or ?

Pour la première fois, Freya parut hésiter.

— Ce sont M. et Mme Leyland.

Une femme s'approcha d'eux pour leur proposer des billets de loterie. Heath fouilla sa poche à la recherche de l'argent donné par Sarah, trouva une liasse de billets et en acheta dix.

— Allons voir les enchères silencieuses, proposa Freya.

Il la suivit et examina avec elle les lots mis en vente.

— J'avoue que cette soirée est intéressante, mais pourquoi Sarah a-t-elle tant tenu à ce que je vienne ?

— Ta tante veut t'introduire dans le monde au sein duquel tu es né. Ton nom seul t'accorde une place en société, tu sais.

— Est-ce vraiment important, puisque je ne reste pas ?

Un homme aux cheveux gominés s'approcha, acheva son verre et le posa sur le plateau d'un serveur au passage.

— Freya ! s'écria-t-il d'une voix faussement surprise en entraînant sa compagne blonde avec lui. Je ne m'attendais pas à te voir, ce soir.

— Pourquoi, Dominic ? répondit-elle froidement. C'est un gala de charité pour un service de soins financé par la famille de Sarah.

L'homme – Dominic – la laissa à peine finir avant d'attirer la blonde près de lui.

— Je suis sûr que tu connais Prairie Leyland...

— Nous sommes allées à l'école ensemble, dit-elle avec le même détachement glacial. Bonsoir, Prairie.

La blonde la dévisagea avec une moue hautaine.

— Freya.

Manifestement, son impolitesse était attendue...

— Voici Heath Dunstan, annonça Freya d'un air presque résigné. Heath, permets-moi de te présenter Dominic.

Heath suivait cet échange en tentant de comprendre quels non-dits planaient sur le groupe. Il tendit la main.

— C'est un plaisir de vous rencontrer.

Dominic lui serra la main, sans quitter Freya des yeux.

— C'est comme ça que tu me présentes ? Un simple prénom ? Je suis blessé.

Heath le dévisagea. Jouait-il cette comédie pour lui ?

— Bien. Heath, voici mon ex-mari, Dominic.

L'homme s'attendait évidemment à une réaction, mais Heath ne lui donna pas ce plaisir.

— Mieux, dit Dominic. Pour être plus précis, je suis son *second* ex-mari. J'ai aperçu Milo, tout à l'heure. L'as-tu déjà croisé, ce soir ?

— Pas encore, répondit Freya.

— Oh ! Je vois quelqu'un d'autre que nous devrions saluer, intervint Heath avec diplomatie. Bonne soirée à vous deux.

Il prit Freya par la taille et l'entraîna plus loin, ne s'arrêtant que lorsqu'il aperçut un serveur portant un plateau garni de verres à martini remplis d'un cocktail bleu.

— Qu'est-ce que c'est ? demanda-t-il au jeune homme.

— La boisson de ce soir : le Prince des Galas.

Heath goûta le cocktail.

— Vodka martini avec curaçao et citron vert ?

— Exactement, confirma le serveur avec un grand sourire.

— Donnez-nous-en deux.

Il tendit un verre à Freya et leva le sien.

— À une vie sans connards prétentieux à nos basques.

Elle éclata de rire, et sa tension parut s'envoler.

— Tu as raison, dit-elle en trinquant avec lui.

Au même instant, quelqu'un tapota une cuillère sur son verre pour demander le silence, et Heath vit un homme aux cheveux blancs perché sur une estrade prendre un micro.

— Bonsoir, tout le monde. Quelle belle assemblée ! commença-t-il avec un sourire. Pour ceux qui ne me connaissent pas, je suis Hugo Beckett, le président du comité caritatif de l'hôpital, et je suis heureux de vous accueillir. Profitez bien de la soirée et dépensez sans compter !

Des rires polis traversèrent la salle.

— Comme chaque année, je vais à présent laisser la parole à notre fondatrice, l'inégalable Sarah Rutherford.

Étonné, Heath vit sa tante monter sur l'estrade sous les applaudissements. Elle ne lui avait pas dit qu'elle était à l'origine de cette organisation... Au moins, elle se servait de son influence pour aider une bonne cause. Tant mieux. Il finit son cocktail et appela d'un geste un serveur pour lui confier les deux verres vides.

Sur l'estrade, Sarah prit le micro, parfaitement à l'aise.

— Merci, Hugo. Je ne sais pas si je suis inégalable. Ce matin, tandis que je me battais pour démarrer mon nouveau téléphone portable, je me sentais plutôt incompétente...

Son humour provoqua quelques rires de plus.

— Je suis là pour vous remercier d'avoir bravé le froid de l'hiver afin de soutenir notre fondation. L'hôpital a besoin de nouveaux équipements, cette année, et nous voulons lui offrir le meilleur. Je suis certaine que nous parviendrons à lever assez de fonds pour les financer, ce soir. En tout cas, nous allons nous enivrer tout en essayant !

De nombreux verres se levèrent en son honneur, et Sarah les imita. Puis, abandonnant son sourire badin, elle posa une main sur son cœur.

— J'espère que vous allez me pardonner cette digression, mais j'ai également une annonce merveilleuse et incroyable à faire. Mon neveu, que vous connaissez sous le nom de Joseph Rutherford II, ou encore l'héritier perdu de la fortune Bellavista, est enfin revenu parmi nous.

Heath sentit son estomac se nouer. Un murmure traversa la foule, et on se tourna de tous côtés, comme si on s'attendait qu'il crie soudain : « Surprise ! »

— Savais-tu qu'elle allait faire ça ? glissa-t-il nerveusement à l'oreille de Freya.

— Non. Je te jure que j'ignorais qu'elle voulait faire l'annonce dès ce soir.

De toute évidence, il allait devoir poser des limites claires, dès leur retour à l'appartement... Sur l'estrade, Sarah posa son verre et scruta la salle en se protégeant les yeux d'une main.

— Heath ? Où es-tu ? Fais-nous un petit signe.

Bon sang ! Espérait-elle vraiment qu'il prenne part à sa propre humiliation ? N'ayant néanmoins pas d'autre choix, il leva une main au-dessus de sa tête un instant.

— Oh ! te voilà ! Sois le bienvenu.

Il répondit d'un signe de tête. Sarah enchaîna avec une litanie de remerciements envers les donateurs, mais tous les regards restaient fixés sur lui. Enfin, on applaudit la fin du discours de sa tante, et elle quitta l'estrade pour laisser la musique reprendre. Heath fut assailli de gens pressés de lui serrer la main. Il n'arrivait plus à respirer et chercha Sarah des yeux, trop exaspéré pour s'intéresser à ces inconnus soudain déterminés à faire sa connaissance. Un homme aux cheveux cendrés lui donna une grande tape dans le dos.

— Ravi de vous rencontrer, Joseph. Ou bien préférez-vous Joe ?

— Je préfère Heath, répliqua-t-il entre ses dents.

— Oh non ! Soyez fier d'arborer votre vrai nom !

Un autre homme s'approcha et l'examina avec insistance.

— Ainsi, vous prétendez être le fils de Rutherford ? Je ne vois pas de ressemblance...

Heureusement, Freya s'interposa entre eux pour discuter vivement avec le nouvel arrivant. Profitant de sa distraction, une brune en robe bordeaux se glissa près de lui.

— Bonsoir, Joseph, murmura-t-elle. Je m'appelle Elodie et je serais ravie de vous montrer la ville. Il paraît que vous venez d'arriver et que vous ne connaissez personne. C'est terrible !

Heath attrapa le bras de Freya et leva haut sa main.

— J'ai déjà une guide. Merci.

Elodie se pencha à son oreille tout en glissant sa carte dans la poche de son smoking.

— Appelez-moi quand vous aurez envie de monter en gamme, roucoula-t-elle.

Monter en gamme ?

Heath récupéra la carte pour la lui rendre avec mépris. Il n'était peut-être pas intéressé par une liaison avec Freya, mais il reconnaissait au moins sa valeur !

Il jeta un coup d'œil en direction du hall d'entrée avec envie. Quand il se retourna, il découvrit un gros homme à lunettes dorées campé devant lui. S'il souriait, son regard était chargé d'une haine farouche. Près de lui, un homme plus jeune le fusillait aussi du regard.

— Le fils prodigue ! cracha le premier avant de se tourner vers Freya. Il aurait été courtois de nous prévenir.

— Heath est arrivé il y a moins de vingt-quatre heures, dit-elle d'une voix glaciale. Cette soirée *est* l'annonce officielle. Monsieur

Newport, Sebastian, voici Heath, né Joseph Rutherford II. Heath, je te présente Christopher Newport et son fils, Sebastian. Ils sont propriétaires de la seconde moitié de Bellavista Holdings et deviennent donc tes nouveaux associés.

Le ton de Freya suffit à lui faire comprendre qu'ils ne seraient en revanche pas ses amis. Message reçu.

— C'est un plaisir, dit-il en tendant la main.

Christopher Newport la regarda mais ne bougea pas. Son fils, plus poli, la serra sans entrain. Manifestement, il n'était pas plus ravi que son père.

— Tu es donc vivant, reprit Christopher Newport. Tu te pavanes avec un verre et tu flirtes tranquillement alors que nous avons cru pendant des années que Joseph vous avait tués, ta mère et toi, avant de faire disparaître vos corps.

Il rit sans gêne, les mains sur son gros ventre. Près de lui son fils grimaça. Freya se crispa aussi, mais Heath avait assez d'expérience avec les ivrognes de son bar pour reconnaître un vantard arrogant quand il en voyait un.

— Excusez-moi de ne pas être mort bébé, monsieur Newport, mais vous savez ce que l'on dit : Ce qui ne vous tue pas vous rend plus fort.

Il laissa ces mots résonner, puis fourra nonchalamment une main dans sa poche.

— Puisque nos affaires sont liées, je suis sûr que vous verrez bientôt cette force en action.

Quelques personnes gloussèrent près d'eux. Christopher Newport ouvrit la bouche, puis la referma. Sans attendre sa réponse, Heath prit la main de Freya et joua des coudes pour atteindre un coin plus calme où il put enfin respirer.

— Je suis désolée, Heath, murmura Freya en effleurant son bras du bout des doigts. Ces gens devraient se calmer, une fois qu'ils se seront habitués à ta présence.

Il jeta un coup d'œil à sa montre et soupira.

— C’est le lever du jour, chez moi. Je donnerais tout pour être à la plage, en ce moment.

Pas de gala. Pas de smoking. Juste le soleil, sa planche de surf et lui.

— Je n’ai pas passé beaucoup de temps à Noosa, mais l’eau si bleue et si scintillante m’a laissé un souvenir formidable, dit Freya avec douceur.

Heath vit cette image prendre forme dans son esprit et sentit ses épaules se détendre un peu.

— L’eau y est chaude toute l’année, et on peut y nager été comme hiver.

Au même instant, Prairie s’approcha avec un sourire exagéré et condescendant.

— Oh ! je suis contente de te croiser de nouveau, Freya. Félicitations, tu as attrapé un gros poisson...

Elle indiqua Heath d’un signe du menton. Celui-ci dévisagea les deux femmes sans comprendre ce qui se jouait vraiment entre elles. Dominic les rejoignit.

— Prairie, tu es là ! Prête à partir, chérie ?

— Bien sûr, dit la blonde avant de se pencher vers Freya d’un air complice et d’ajouter : En même temps, je ne suis pas étonnée. Tu as toujours su attirer les hommes riches. Les garder, par contre...

Elle sourit de plus belle d’un air carnassier. Même s’il ne saisissait pas tous les enjeux, Heath sentit son sang bouillonner. Il tourna le dos à Prairie pour se concentrer sur Freya.

— T’ai-je dit à quel point tu es belle, ce soir ?

Elle sourit d’un air mal assuré.

— Oui, tu me l’as dit.

— Eh bien, je te le répète. Tu es la femme la plus stupéfiante ici, Freya Wilson. J’en ai le souffle coupé.

Il entendit un « Humph ! » dans son dos et fut rempli d’une intense satisfaction. Au bout d’un moment, Freya chuchota :

— C’est bon. Ils sont partis.

— Je n’aime pas cette femme. Et cet homme.

— Bien d'accord avec toi, dit-elle en lâchant un petit rire amer. Veux-tu qu'on s'en aille ?

Il aurait pu l'embrasser pour cette proposition !

— Seigneur, oui. Je te suis. N'importe où.

— Nous avons des coins d'où on peut voir la mer, en ville, mais il fait trop froid pour rester dehors... En fait, je crois connaître un endroit qui te plaira.

— Je suis sûr que j'y serai plus heureux qu'ici.

Il l'emmena vers la sortie avant d'hésiter.

— Devrait-on prévenir Sarah ?

Il en voulait peut-être à sa tante pour son indélicatesse, mais n'avait pas envie de lui faire peur en disparaissant sans laisser de traces. Freya jeta un regard en arrière et haussa les épaules.

— Je lui enverrai un texto depuis le taxi.

Il la prit donc par la taille et traversa la foule dense. Inconsciemment, il se rappela soudain son corps nu contre le sien, le soir de leur rencontre, et faillit trébucher sous l'intensité de ce souvenir. Ses courbes pressées contre lui, ses bras passés autour de son cou, l'odeur de sa peau qui l'enivrait. Quand une personne les percuta par accident, il attira Freya plus près de lui par réflexe, se disant que son geste était simplement nécessaire. Mais la sensation de son corps sensuel de nouveau plaqué à lui était un plaisir dont il aurait du mal à se priver une fois qu'ils auraient atteint la rue... Il savoura donc cet instant autant qu'il le put.

4

Une heure après avoir quitté le gala, ils se retrouvèrent assis dans la salle d'un bar aux lumières tamisées offrant une belle vue sur l'Hudson. Freya s'accorda enfin le luxe de se détendre. Elle appréciait cette occasion de fuir un événement de la haute société, bien sûr, et pouvoir passer quelques heures seule avec cet homme ne faisait qu'ajouter à son bonheur.

Elle jeta un rapide coup d'œil à son profil songeur.

— Ce n'est peut-être pas la plage en plein été…

Il sourit et indiqua la fenêtre d'un signe du menton.

— Une vue sur l'Hudson en hiver a aussi ses charmes.

Il leva sa bouteille de bière, et elle se concentra malgré elle sur ses lèvres, momentanément troublée. Quand elle l'avait vu arriver au gala en smoking avec Sarah, un courant électrique l'avait traversée. À présent, sa tenue était un peu plus négligée. Son nœud papillon défait pendait de part et d'autre de son cou, et les deux premiers boutons de sa chemise immaculée étaient ouverts. Un souvenir soudain lui revint. Elle se vit en train de lui ôter une autre chemise, dans une chambre obscure. D'un seul coup, elle se sentit assoiffée, et son cerveau se mit à bouillonner. Elle avala d'une traite la moitié de sa bière.

— C'était vraiment…

Heath s'interrompit, renonçant à finir sa phrase.

— Oui, carrément, répondit-elle.

— Ta vie entière ressemble-t-elle à ça ? Des fêtes, des vêtements hors de prix, du champagne et des vantardises ?

— Je n'assiste presque plus à ce genre de soirées. Ma vie est plus simple : bureau, visites à ma mère et à Sarah, café avec des amis et nuits calmes dans mon appartement.

Dit comme ça, son quotidien n'avait rien d'exaltant. Devrait-elle prendre un chat pour égayer ses journées ? Heath la dévisageait toujours comme s'il la jaugeait.

— Dans ce cas, pourquoi y être allée, ce soir ?

— Honnêtement ?

— Je préfère la franchise.

— Sarah a pensé que tu serais plus à l'aise en compagnie d'un visage connu.

— Tu étais ma baby-sitter ? demanda-t-il d'un air incrédule.

Elle ne put réprimer un petit rire.

— Disons plutôt ta guide, comme tu l'as toi-même dit.

Il eut ce sourire en coin qu'elle aimait tant, et son cœur s'emballa. Elle ne l'avait plus vu sourire avec sincérité depuis le soir de leur rencontre, quand elle s'était perchée sur ce tabouret haut pour flirter avec un barman sexy. En vue d'une nuit sans attentes, sans complications. Du moins l'avaient-ils cru. Ce sourire lui avait plus manqué qu'elle ne l'aurait pensé, et elle le savoura comme une friandise.

— Elle avait sans doute raison, soupira-t-il. Si elle m'avait proposé cette solution avant le gala, j'aurais refusé ; mais c'était bon d'avoir quelqu'un capable de m'expliquer ce qui se passait vraiment, sous les sourires de façade. Je t'ai aussi vue faire barrage pour me protéger, une ou deux fois...

— Ce n'est rien.

Elle laissa son regard vagabonder sur l'eau, dehors, puis tira une feuille pliée de son sac.

— J'ai quelque chose pour toi. Les noms et adresses de tes proches, du côté de ta mère, ainsi que leurs numéros de portables et adresses mail.

Il se figea, et pourtant son corps entier parut vibrer, tendu. Le genou de Freya effleura alors le sien par accident, sous la table. Elle le sentit répondre en pressant la jambe contre la sienne, comme s'il cherchait une ancre. En dépit des vêtements qu'ils portaient, des frissons électriques naquirent à l'endroit où ils se touchaient et parcoururent la jambe de Freya. Elle dut se concentrer pour ne pas bouger. Heath parut à peine s'en apercevoir. Il ne regardait plus que sa main. Lentement, il prit la feuille, la déplia et parcourut les noms.

— Ses parents habitent ici, dit-il sans lever les yeux. Ils sont encore en vie.

— D'après ce que j'ai découvert, aucun membre de sa famille proche n'est mort. Ils n'ont pas changé depuis son départ. Ils sont juste plus vieux et ont plus d'enfants.

Heath fit courir les doigts sur la feuille.

— J'ai des grands-parents…

— Et des tantes, des oncles, des cousins.

Il secoua la tête, comme si c'était soudain trop pour lui.

— Ma mère nous racontait des histoires au sujet de sa famille. De notre famille. Elle parlait de ces gens.

Il était si gratifiant de pouvoir offrir un cadeau d'une telle importance à quelqu'un… Freya ne dit rien, pour le laisser se remettre de son choc. Ses grandes mains bronzées étaient posées sur la table, toujours refermées sur la feuille, à quelques centimètres des siennes. Elle n'aurait eu qu'à bouger le petit doigt pour le toucher. Il avait des paumes larges, carrées, avec des doigts épais et forts. Elle les sentait encore explorer sa peau, et ce souvenir éveilla une pointe de désir en elle. Avant de laisser son trouble la submerger, elle tira un autre document de son sac.

— Il y a autre chose.

Il leva vivement les yeux. Son regard brillait trop.

— Quoi ?

Elle lui tendit un bout de papier un peu froissé.

— Le nom de ta mère.

Sa pomme d'Adam joua au yo-yo dans sa gorge. Il déplia la feuille avec soin et murmura :

— Evelyn. Evelyn O'Donohue.

— Elle ne te l'a vraiment jamais révélé ?

— Jamais, confirma-t-il en se passant nerveusement la main sur le menton. Elle n'aurait pas confié son vrai nom à un enfant, de peur que je fasse une gaffe, et nous n'en avons plus parlé par la suite. Elle est morte brusquement, renversée par une voiture en traversant la rue. Si elle avait eu l'intention de me dévoiler la vérité sur son lit de mort, elle n'en a pas eu l'occasion.

— Heath...

Que dire ? Elle n'entretenait peut-être pas des liens très étroits avec la plupart de ses proches, mais elle savait au moins qu'elle avait une famille. Elle connaissait le nom de sa mère. Finalement, Heath releva la tête.

— As-tu eu du mal à trouver tout ça ?

Elle se mordit la lèvre. Comment lui avouer la vérité ?

— Je n'ai aucune envie de gâcher ce moment pour toi, mais je pense que tu as le droit de savoir.

— Ça ne présage rien de bon...

Le bonheur dans lequel elle baignait depuis leur départ du gala s'évapora, et elle fit de son mieux pour rester neutre.

— À la mort de ton père, tu as hérité de sa fortune. Comme tu n'étais pas là, sa sœur – Sarah – a reçu ses effets personnels en tant qu'exécutrice testamentaire. Elle a entreposé des dizaines de cartons d'affaires pour toi, en attendant que tu sois prêt à faire le tri.

— Je ne veux rien garder de lui, dit-il froidement, mais j'imagine que ce n'est pas ce que tu essayes de me dire.

— Dans un tiroir verrouillé se trouvait un dossier. Un condensé de rapports émanant d'un détective privé.

Son visage pâlit quand il comprit enfin, et elle sentit son cœur se serrer. Un profond dégoût se lut dans ses yeux.

— Il faisait surveiller la famille de ma mère.

— Oui. Leurs noms, adresses, numéros de téléphone étaient là. J'ai juste eu besoin de m'assurer qu'ils étaient encore valides.

— Le salaud !

Freya était bien d'accord. Avoir la preuve que l'un de vos parents était un être répugnant devait être atroce. Et il était pire encore de savoir qu'un autre de vos proches avait pu souffrir à cause de lui – elle le savait d'expérience. Émue, elle posa une main sur la sienne.

— Heath, je suis désolée.

— Je n'arrête pas de me dire que les choses ne pourraient pas être pires, mais c'est le cas.

Il retourna la main pour mêler les doigts aux siens. Son cœur se brisa un peu pour lui. Elle était heureuse de pouvoir le réconforter ainsi, même si elle devait pour ça cacher les réactions de son corps à son contact.

— Qu'as-tu l'intention de faire ?

Il fixa un long moment leurs mains jointes, puis caressa sa paume avec son pouce. Une fois, deux fois, dans un mouvement apaisant qui fit éclater un feu d'artifice au plus profond de sa chair. Enfin, il la lâcha.

— Je ne sais pas. Les rencontrer, avant toute chose, dit-il en repliant les feuilles pour les glisser dans sa poche. Mais parle-moi un peu de tes ex. Combien de maris as-tu eus ?

Freya se redressa contre le dossier de sa chaise. Il essayait de changer de sujet, et elle n'allait pas protester. Il avait besoin de temps pour digérer toutes ces nouvelles.

— Juste deux. Dominic, que tu as rencontré, et Milo, qui était apparemment présent au gala aussi. Il lui ressemble beaucoup… en moins plaisant.

Heath parut surpris.

— Je vais avoir besoin de détails, surtout venant de la femme qui semble tout savoir de ma famille perdue.

— Très bien. Milo et moi sortions ensemble au lycée. Je pensais que c'était un homme bien, je l'aimais et j'ai ignoré les mises en garde de ma mère, de Sarah ou de mon propre instinct pour l'épouser à dix-neuf ans. En fait, il voulait juste se rapprocher de mon père et quand il a compris que notre mariage ne l'aiderait pas, que mon père risquait même de se détourner de lui à cause de ça, il m'a quittée.

La douleur et l'humiliation étaient toujours aussi vives…

Heath fusilla sa bière des yeux, les dents serrées.

— Il vaut peut-être mieux que nous ne nous soyons pas croisés, ce soir.

— En ce qui concerne Milo, ne pas le voir est *toujours* mieux.

— Dominic est arrivé ensuite ? demanda-t-il avant de commander au serveur deux autres bières et des frites.

— Dominic est arrivé, en effet, soupira-t-elle. Dès le départ, je lui ai dit que je n'étais pas une porte d'entrée pour atteindre mon père, mais il ne m'a pas écoutée. Il voulait gravir les échelons de la société et a pensé que j'avais assez de contacts grâce à mon père, sans compter les Rutherford. Il pensait s'en servir après notre mariage. Une fois encore, j'ai foncé sans écouter les conseils de mes proches, et la bombe m'a explosé au visage.

— Il est parti parce qu'il a compris que tu ne le rendrais pas riche ? demanda Heath d'une voix grondante, menaçante.

— Non. *Je* suis partie, cette fois.

Ça avait été sa seule – et faible – victoire.

— Je l'ai entendu comploter avec un ami, calculant ses chances de se servir de mon statut, et je l'ai mis à la porte.

— Tu as bien fait.

Elle leva sa bière avec un sourire.

— À une vie sans connards prétentieux à nos basques.

Ça allait sans doute vite devenir son nouveau toast préféré, grâce à Heath. Il sourit à son tour et trinqua avec elle.

— Au moins, j'ai enfin retenu la leçon. Le mariage n'est pas pour moi.

Elle n'avait jamais été tentée d'épouser un autre homme depuis ; mais si l'idée la traversait un jour, le seul souvenir de Milo et Dominic suffirait à la dissuader.

— Puis-je te poser une question personnelle ?

— Bien sûr. Comme tu l'as dit, je sais beaucoup de choses sur toi. Il faut équilibrer la balance.

— Tu m'as dit pourquoi ils ont voulu t'épouser, mais toi, qu'as-tu vu en eux ?

Elle s'était souvent interrogée à ce sujet, au fil des ans.

— Ils m'ont flattée, m'ont convaincue qu'ils m'aimaient, et j'ai été assez naïve pour les croire, admit-elle en grattant vaguement l'étiquette de sa bouteille. Pour être honnête, j'essayais d'échapper à la réalité. Pour une fille qui n'avait jamais vraiment trouvé sa place, c'était un beau rêve.

Le serveur revint avec leur commande, et Heath picora quelques frites avant de demander :

— Que fuyais-tu ?

— Dis donc, on ne t'arrête pas, ce soir.

Il la gratifia de son fameux sourire en coin.

— Dois-je te rappeler quelle révélation tu viens de me faire au sujet de ma famille ? Tout ça n'est rien, à côté.

— D'accord, gloussa-t-elle. Puisque tu insistes.

Elle mangea quelques frites et réfléchit à un moyen de commencer son récit. Par le tout début lui sembla le plus logique.

— Ma mère était femme de ménage dans une grande maison. Son patron l'a mise enceinte et quand il l'a appris, ou plutôt quand *sa femme* l'a appris, on l'a jetée dehors. Elle n'avait pas de parents proches, pas de foyer et attendait un bébé.

— Seigneur, je déteste ton monde.

— Elle avait déjà travaillé pour les Rutherford, poursuivit Freya, et Sarah avait toujours été gentille avec elle. Elle lui a donc demandé un poste. Sa grossesse ne la rendait pas optimiste, mais elle n'avait pas d'autre option. Heureusement, Sarah a accepté et lui a offert un toit. Elle l'a embauchée comme chauffeuse car, à la vérité, ma mère détestait le ménage. Puis Sarah a réussi à lui arracher toute l'histoire et a presque enfoncé la porte de mon père pour l'obliger à payer les frais de la maternité ainsi qu'une pension alimentaire.

Heath lâcha un petit sifflement admiratif.

— Je crois que je commence à beaucoup aimer ma tante.

— Elle est l'héroïne de ma mère, et la mienne aussi.

Ce jour-là, Sarah s'était attiré leur loyauté éternelle.

— J'ai fréquenté des écoles huppées, mais je n'avais pas autant d'argent que les autres enfants, et mes origines étaient un secret de Polichinelle. Apparemment, ça amusait beaucoup mes camarades, ce qui m'a poussée à garder mes distances.

— Bon sang !

Il lui prit de nouveau la main pour la serrer fort. Elle baissa les yeux, appréciant sa gentillesse tout en songeant qu'il avait pris sa main de nombreuses fois, le premier soir. Une sensation fragile et furtive passa dans son cœur.

— D'après ce que tu m'as dit de tes mariages, j'imagine que ton père ne t'a jamais ouvert sa porte.

— Pas même entrebâillé, dit-elle en riant presque à cette idée. Il avait déjà deux filles quand je suis née, et sa famille avait tellement honte de me savoir en vie qu'on m'a toujours remise à ma place sans ménagement. Je ne faisais pas partie de leur monde.

— Les vois-tu souvent ?

— Tu as croisé mon père, ce soir.

Elle se dévoilait entièrement devant lui, mais ne pouvait plus faire marche arrière. De plus, savoir Heath si proche, concentré sur elle, la poussait presque à croire que plus rien ne pourrait jamais l'atteindre.

— L'homme chauve, avec la femme en lamé or, précisa-t-elle.

Il réfléchit un instant, les yeux levés au plafond.

— Les Leyland ?

— Exactement.

Elle serra sa main, la retourna, se laissa bercer par ses caresses. Après leurs adieux, à Noosa, elle avait pensé qu'il ne voudrait plus jamais la toucher comme ça.

— Attends... Leyland... N'y avait-il pas quelqu'un d'autre portant ce nom, ce soir ?

— Ma demi-sœur, dit-elle en enfournant des frites presque sans les mâcher.

— Prairie ! Prairie est ta demi-sœur ? Et elle traîne avec ton ex ? balbutia Heath, les yeux ronds.

— C'était fait exprès, mais je ne sais pas lequel a eu cette idée. Ça peut venir de lui comme d'elle : ils me détestent tous les deux.

Heath rapprocha sa chaise et attira Freya contre lui pour la réconforter. Mais son geste eut l'effet opposé. Sa peau s'embrasa, et son cœur s'emballa. Enveloppée par son parfum, elle se laissa faire. Elle sentit vite sa respiration changer, devenir plus rapide et moins régulière.

Il recula un peu, et elle leva les yeux.

— Heath, murmura-t-elle sans savoir quoi dire d'autre.

Son prénom flotta entre eux, jusqu'à ce qu'il réponde : « Freya », et se penche pour l'embrasser.

Le brouhaha du bar s'évanouit. Sa bouche était à la fois douce, chaude et légèrement parfumée par la bière qu'il venait de boire. Pendant un instant, Freya souhaita presque que le temps s'arrête. Elle sentit la main de Heath sur sa nuque, qui la pressait contre ses lèvres, et fondit. Elle le mordilla, provoquant un gémissement étouffé.

— Freya, répéta-t-il d'une voix étranglée avant d'appuyer le front contre le sien. J'oubliais que nous sommes dans un lieu public...

Prise de vertige, elle ferma les yeux, puis les rouvrit pour jeter un coup d'œil alentour. Personne ne semblait avoir remarqué qu'elle avait temporairement perdu l'esprit. Le bar, les clients et les serveurs s'agitaient toujours. Mais elle... Elle avait l'impression que son univers entier venait de basculer. Elle se concentra sur Heath et vit qu'il la fixait avec fièvre. Il garda le silence un instant, songeur.

— Dis-moi, murmura-t-il enfin, quel crédit ai-je sur la carte que m'a donnée ma tante ?

Un petit éclat de rire faillit échapper à Freya ; elle plaqua une main sur sa bouche pour l'étouffer. Il n'y avait pas mieux pour briser la tension entre eux ! Elle reprit sa bière.

— C'est une carte de paiement sans limites. Tu peux faire ce que tu veux avec, répondit-elle.

— Même m'acheter une moto ? demanda-t-il en souriant.

— La meilleure. Fais-toi plaisir.

Il croisa les bras et hocha lentement la tête.

— Je crois bien que je vais te prendre au mot.

Heath était assis à l'arrière de la voiture de sa tante. Sarah lui résumait les activités de Bellavista Holdings. Freya lui expliquait ce qu'il avait à savoir au sujet des Newport, père et fils, tandis que sa mère le fusillait du regard dans le rétroviseur.

Depuis le gala, il avait eu quelques jours de liberté – et ça avait été un soulagement. Il en avait profité pour discuter avec Mae et s'assurer que Tina parvenait à gérer le bar en son absence. Il avait aussi exploré Manhattan pour prendre ses marques. Il avait déniché un concessionnaire et avait acheté une moto somptueuse. Suivant les conseils de Freya, il ne s'était pas arrêté au prix et avait choisi le modèle dont il avait toujours rêvé, ainsi que tous les accessoires : casques Bluetooth, veste renforcée, pantalon de cuir et gants. Il était encore surpris de découvrir que cela l'avait satisfait à ce point. Peut-être que la richesse n'était pas une si mauvaise chose, au fond... La moto lui serait peut-être livrée dès ce soir-là, et il avait hâte de l'essayer.

Il n'avait pas revu Freya avant ce matin-là et devait lutter pour étouffer son désir chaque fois qu'il posait les yeux sur elle. Était-ce pour ça que Lauren le regardait d'un air aussi rageur ?

La voiture se gara devant le siège de l'entreprise. Freya et Sarah enchaînaient les recommandations depuis le petit déjeuner et ne s'arrêtèrent pas dans l'ascenseur qui les conduisait au quarante-deuxième étage. Il aurait voulu leur dire de ne pas tant se fatiguer :

il avait juste l'intention de jeter un coup d'œil aux rapports d'activité et de vendre ses parts dès que possible. Une fois qu'il serait de retour chez lui, il ne pourrait de toute manière pas gérer une telle firme à distance.

— Oh ! encore une chose ! ajouta Sarah après sa litanie de conseils. Mon attachée de presse dit qu'elle a reçu de nombreuses demandes d'interview pour toi.

— Pour moi ? demanda-t-il, brusquement tiré de ses pensées.

— Ton histoire est fascinante. Un barman australien qui hérite de milliards... Je lui ai cependant demandé de te laisser respirer un peu avant de t'obliger à répondre aux médias. Elle a réussi à convaincre les journaux d'étouffer l'affaire pour l'instant, en échange de quelques exclusivités plus tard.

— Merci, dit-il en haussant les épaules. J'apprécie.

À la sortie de l'ascenseur, ils furent accueillis par Sebastian, qui leur tendit la main.

— Joseph, c'est un plaisir de vous revoir.

Heath tressaillit devant son sourire de façade.

— C'est Heath, le corrigea-t-il.

— Très bien, Heath. Bonjour, Sarah. Freya.

— Es-tu seul, aujourd'hui ? demanda Sarah.

— Je le crains. Mon père avait une réunion et n'a pas pu la décaler, expliqua Sebastian avant de se retourner vers Heath. D'ailleurs, permettez-moi de vous présenter mes excuses pour son comportement, l'autre soir. Il a dépassé les bornes.

— En effet, mais j'accepte vos excuses.

Il sentit son opinion de Sebastian s'améliorer – un peu.

— Commençons la visite.

Leur guide ouvrit la marche, leur montrant les bureaux, leur présentant le personnel et leur expliquant le sens des cartes affichées au mur. Tout se passa très vite. Heath hochait la tête, souriait quand il le fallait, mais son agacement ne faisait que grandir. Il ne savait peut-être rien de l'investissement immobilier ; néanmoins, ses années passées derrière un bar lui avaient appris à jauger les gens. Sebastian s'ingéniait à n'employer que du jargon obscur pour le déstabiliser. Il n'avait pourtant pas besoin de se donner cette peine : Heath n'en avait rien à faire. Il l'écoutait à peine, bien décidé à vendre dès que les papiers seraient signés et qu'il en aurait discuté avec Mae. Sarah ajoutait quelques commentaires dans le but de clarifier les choses, et cela semblait exaspérer Sebastian.

Enfin, arrivé dans une grande salle de réunion, celui-ci s'arrêta.

— Heath, j'aurais aimé échanger quelques mots avec vous en privé...

Heath faillit sourire. C'était une stratégie grossière : isoler le petit nouveau pour le priver des conseils de ses proches. Il haussa néanmoins les épaules.

— Tant que la succession n'est pas réglée, Sarah reste tutrice de mes parts. Vous pouvez parler devant elle.

Sebastian hésita, puis acquiesça.

— Écoutez, je comprends la délicatesse de votre position. Cela fait sans doute beaucoup à digérer d'un seul coup. Mais, soyons francs. Que savez-vous vraiment de l'investissement immobilier aux États-Unis ? C'est un peu comme si on me confiait soudain un bar en Australie : je me planterais. Si vous le souhaitez, je suis prêt à racheter vos parts...

Heath fit de son mieux pour rester de marbre.

— Avez-vous réellement assez d'argent pour ça ?

— Je peux rassembler le capital nécessaire, et vous seriez libre d'employer cet argent comme vous le voulez. Vous ne seriez pas lié à une entreprise qui ne signifie rien pour vous.

En effet, ce serait la solution la plus facile. Heath voulait se libérer de ce poids, et un acheteur qui connaissait déjà la société se présentait à lui... Mais quelque chose clochait. Il jeta un coup d'œil à ses deux accompagnatrices et vit Sarah se crisper.

— Vous savez, parler en privé avec quelqu'un est peut-être une bonne idée. Pouvez-vous me laisser un instant seul avec Freya ?

Sebastian ouvrit de grands yeux, mais se reprit et lança très vite :

— Cette salle est à vous, aussi longtemps que nécessaire. Sarah, voulez-vous un café ?

Dès qu'ils furent seuls, Heath posa les poings sur ses hanches. En face de lui, Freya semblait nerveuse.

— Bon, dis-moi ce qui se passe vraiment, ici.

— Pardon ?

Il songea de nouveau à la visite guidée des bureaux.

— Pour commencer, pourquoi Sarah est-elle contrariée ?

— Très bien, asseyons-nous.

Elle se laissa tomber dans l'un des grands fauteuils.

— Cette entreprise a été créée par deux hommes, qui ont fait fortune grâce à elle. Quand ils ont pris leur retraite dans leurs maisons voisines des Hamptons pour jouer au golf et siroter du whisky, ils l'ont cédée à leurs fils, Joseph Rutherford et Christopher Newport.

Heath commençait à comprendre.

— Mon père et la brute du gala.

— Exactement. Ils se détestaient et ont passé leur temps à se saboter mutuellement pour pousser l'autre à vendre. Si on ajoute à ça l'idylle de jeunesse entre Sarah et Christopher, avant qu'elle sache quel genre d'homme il est, et le fait qu'il ne lui ait jamais pardonné leur rupture, on comprend mieux la haine croissante entre les deux familles.

— Waouh ! Sarah et Christopher ? Vraiment ?

Freya hocha la tête avec une grimace.

— À la mort de ton père, Sarah a hérité de ses parts en ton absence, et Christopher n'a eu de cesse de tenter de la chasser, par tous les moyens en son pouvoir.

— Je comprends mieux sa réaction, ce matin.

— Il est sur le point de laisser les rênes à son fils, et obtenir le plein contrôle de la société serait son couronnement. Mais tu es arrivé comme un cheveu sur la soupe. Sebastian et toi allez désormais représenter la troisième génération Rutherford-Newport à posséder Bellavista Holdings.

— C'est un bon résumé, dit-il, s'attirant un bref sourire.

Il jeta un coup d'œil à l'*open space* par la vitre de la salle. Toutes ces machinations se tramant ici depuis des années… Et lui, qui ne s'était pas posé la moindre question avant de mettre un doigt dans l'engrenage.

— Donc, dit-il en se calant contre la table, je me suis pointé comme une fleur, ne pensant qu'à moi et à mes projets : vendre pour rentrer à la maison. Aussi égoïste que mon père, d'une certaine manière.

Freya ouvrit des yeux ronds.

— Maintenant que tu le dis, on pourrait faire un parallèle… Mais ce ne serait pas très juste envers toi.

Il fut touché par sa gentillesse, même si ce qu'elle disait était faux.

— Tu sais quoi ? J'ai toujours pensé que j'étais le digne fils de ma mère. Cependant, il semblerait que je sois aussi celui de mon père, en fin de compte.

— Non ! Tu es *toi*.

— Seules nos actions nous définissent.

C'était l'une des maximes préférées de sa mère. Il allait devoir réfléchir avec soin avant de prendre une décision, s'il ne voulait pas emprunter la même route que son père.

— J'admets que je veux me libérer de ce poids pour rentrer chez moi. Newport a dû le comprendre. Néanmoins, je ne peux renoncer à mon intégrité.

— Si tu prends une décision en fonction de ce que les autres pourraient vouloir, ça te mènera au désastre, déclara gravement Freya. Pense avant tout à ce qui serait mieux pour toi.

— Je ne veux pas marcher sur les pas de mon père et piétiner les autres pour atteindre mon but. Il me faut plus d'informations avant de me décider. J'attendrai.

Freya sourit avec une pointe de fierté, et il ne put s'empêcher de sourire à son tour.

— Viens. Allons dire à Sebastian que je veux réfléchir avant de vendre quoi que ce soit et sortons d'ici.

5

À leur retour, le portier de l'immeuble vint à leur rencontre. Freya avait écouté les récits de Heath au sujet de Noosa pendant tout le trajet. Mais quand le portier annonça une livraison pour lui et lui montra une magnifique moto noire, Heath s'interrompit et courut presque l'examiner. Sarah interrogea sa filleule du regard.

— Je lui ai dit de s'offrir un cadeau, expliqua Freya. On dirait qu'il m'a écoutée.

— Bonne idée, dit Sarah en souriant. Et bien joué.

Les trois femmes s'approchèrent du bolide. Sarah se fendit de commentaires approbateurs, promit à Heath de revenir le voir plus tard et s'en alla. Lauren s'assura qu'il savait conduire ce genre de véhicule, vérifia que son permis australien soit valide aux États-Unis, puis alla discuter avec le portier. Mais Freya s'appuya contre l'une des colonnes du porche pour observer Heath un instant. Il était rare de le surprendre avec la garde baissée, et elle comptait bien en profiter. Ses joues, encore parées de leur hâle australien, luisaient d'une excitation qu'elle ne lui avait pas encore vue depuis son arrivée en Amérique. Il retroussa les manches de son élégante chemise, exposant ses bras musclés recouverts d'un duvet blond foncé. Elle se souvint soudain de ces mêmes bras passés autour de sa taille, dans son lit, et un frisson délicieux lui parcourut l'échine.

Mais le détail qui serra le plus son cœur fut l'émotion sincère qui brillait dans ses yeux. Depuis qu'elle avait prononcé pour la première fois le nom de Rutherford, trois semaines plus tôt, il s'était cuirassé. Chacun de ses mots ou gestes était pesé. Pourtant, en cet instant, il était plongé dans la joie du moment, et elle fut hypnotisée. Elle dut s'empêcher de le toucher, de se réchauffer à sa flamme...

Il leva les yeux, la surprit, et elle retint son souffle. Allait-il s'enfermer de nouveau dans sa coquille ? Non, il sourit. Elle s'approcha de la machine, soulagée et intriguée.

— Tu as envie de faire un tour, n'est-ce pas ?

— Plus que tu ne l'imagines ! répondit-il en caressant le carénage. Je ne tiens plus en place.

— Tu as besoin de retrouver ta liberté.

— Oh oui !

Il se redressa, une main encore posée sur le guidon.

— Savoir que j'ai mon propre véhicule pour me déplacer où je veux est tentant, mais c'est bien la liberté qui me manque le plus.

Ce petit discours l'émut. Depuis son enfance, elle faisait toujours ce qu'on attendait d'elle. Désireuse de goûter aussi à cette liberté – et au feu qui luisait dans les yeux de Heath –, elle effleura le siège timidement. Puis elle ravala sa salive.

— Où penses-tu aller ?

— Aucune idée.

Il se passa la main dans les cheveux et regarda le flot de voitures sur l'avenue.

— Je voulais juste voir où la route allait m'emmener, mais maintenant que je connais mieux cette ville, je pense qu'un nouveau venu s'y perdrait vite. Donc... aimerais-tu faire un tour avec moi ? demanda-t-il en souriant.

Freya ne sut quoi répondre, la gorge sèche. Ce n'était pas qu'une balade, mais une ligne rouge. Allait-elle se risquer à la franchir ? Depuis l'arrivée de Heath, ils ne s'étaient préoccupés que de son héritage, même dans le bar sur l'Hudson. Ceci, en revanche... Cet homme l'invitait à aller quelque part sans raison précise. Appréciait-il donc sa compagnie ? Ou bien n'était-elle qu'une des rares personnes capables de lui servir de guide, ici ? Quoi que ce fût, elle avait très envie d'accepter, de devenir le genre de femme qui saute sans réfléchir à l'arrière de la moto d'un type sexy. Elle désirait passer du temps avec lui, explorer les rues sans but – elle le désirait terriblement.

— Je n'ai pas de tenue de moto…

— Aucun problème. Je connais un gars qui peut t'aider.

— Vraiment ? demanda-t-elle, perplexe.

— J'ai commandé une tenue complète au concessionnaire, en même temps que la moto, et je suis sûr qu'il pourrait nous en fournir une à ta taille. Après tout, je viens de faire exploser son chiffre d'affaires.

— Tu sembles t'adapter très vite à ta nouvelle fortune, plaisanta-t-elle un peu sèchement.

Elle le vit étouffer un autre sourire.

— Tu me blesses, mais je vais laisser passer cette pique et te commander un équipement quand même.

Elle lui donna sa taille, et il s'éloigna pour passer un coup de fil. Freya se retourna ensuite vers sa mère et vit qu'elle les dévisageait, adossée à la voiture. Si ses lunettes de soleil cachaient ses yeux, ses sourcils froncés, eux, trahissaient sa contrariété. Elle s'approcha d'elle, inquiète.

— Quelque chose ne va pas ?

— Par où commencer ?

Sa mère enleva ses lunettes et les coinça dans son col.

— Mon chocolat préféré, à la framboise, a été retiré de la vente. Je viens de finir une série de romans policiers et ne sais pas quoi lire maintenant. Ma dernière coupe de cheveux est ratée… Dois-je continuer ?

— Maman ! Tu sais ce que je veux dire : tu fusilles Heath du regard chaque fois que tu te crois seule. Pourquoi ne l'aimes-tu pas ?

— Pour être honnête, je le fais aussi devant les gens.

— Maman, répéta Freya plus sévèrement.

— Il a l'air gentil, mais il n'a pas l'intention de rester à New York. Cet homme va briser le cœur de mon bébé.

— Ce n'est pas comme si j'étais amoureuse, protesta Freya. Il ne me brisera pas le cœur. De toute manière, il est trop honnête pour ça.

— C'est ce que tu pensais de Prairie et Constance, quand tu les as rencontrées à l'école. Mais elles *faisaient semblant* d'être tes amies, n'oublie pas.

— Ce n'est pas juste. Heath ne leur ressemble pas.

Même petites, ses demi-sœurs avaient été atroces, mais Freya avait tellement voulu faire partie de leur monde qu'elle avait fermé les yeux. Heureusement, elle était revenue de ses erreurs et ne supportait plus la méchanceté, chez qui que ce soit.

— C'est aussi ce que tu as pensé de Milo et Dominic…

— Je suis moins naïve, dit-elle en songeant que ses ex lui avaient justement montré quel genre de personnes fuir.

— Bien sûr, mais ça ne m'empêchera pas de le fusiller du regard si j'en ai envie.

— Maman…

— D'accord, je ferai un effort pour être discrète.

Freya éclata de rire et l'enlaça.

— Tu es terrifiante, tu sais.

— Fais juste attention, ma chérie.

— Je te le promets.

Sur ce, elle retourna auprès de Heath. Une heure plus tard, elle se retrouvait perchée sur sa moto qui filait hors de Manhattan. Leurs casques reliés par Bluetooth leur permettaient de discuter, mais elle se contentait de lui indiquer l'itinéraire pour ne pas le déconcentrer. Après tout, la ville lui était étrangère, et il avait l'habitude de conduire de l'autre côté de la route. Néanmoins, rien ne la protégeait, elle, de la distraction provoquée par son corps si chaud. Les cuisses pressées contre ses hanches, la poitrine plaquée à son dos et les bras passés autour de sa taille, elle repensait sans cesse à cette nuit dans le bar de Noosa. Son corps entier se souvenait à présent de la plupart des détails - en technicolor !

Lorsqu'ils s'arrêtèrent sur la côte du New Jersey, elle frôlait déjà la combustion spontanée. Ils descendirent, et elle enleva son casque pour inspirer à pleins poumons l'air marin dans l'espoir de recouvrer ses esprits.

Ils se promenèrent, notant les différences entre les deux océans, avant de s'installer sur un banc. Heath fixa un moment les vagues, et elle fut de nouveau choquée par l'émotion qui hantait ses yeux. Ça la rendit triste. La mer avait été toute sa vie... Quand elle était partie en quête de Joseph Rutherford II, elle avait été certaine d'offrir à cet héritier perdu une plus belle existence – qui n'aurait pas voulu de tous ces milliards ? –, mais était-ce vraiment le cas ? Si elle avait déjà pensé qu'elle n'était pas la bonne personne pour remplir cette mission, elle n'avait encore jamais douté de l'importance de la mission elle-même. Jusqu'à ce jour.

— Je crois que je te dois des excuses, dit-elle.

Il lui donna un petit coup d'épaule complice.

— Parce que tu as oublié de prendre un casse-croûte ?

— Non, répondit-elle en songeant que cet oubli était dommage, en effet. Toute cette affaire n'a pas été simple pour toi. Entre le gala et ce qui s'est passé ce matin, dans les bureaux de la société...

Il haussa les épaules avec nonchalance.

— Rien de tout ça n'est ta faute.

— Peut-être, mais je t'ai retrouvé. Je t'ai traîné ici.

Il lui avait demandé de partir, avait répété que l'argent ne changerait rien. Hélas ! elle avait insisté.

— Si ça n'avait pas été toi, quelqu'un d'autre serait venu, dit-il en serrant son genou dans sa main chaude. Et quitte à devoir affronter un enquêteur, je préfère que ce soit toi.

— C'est gentil. J'avoue que je le préfère aussi.

Elle avait au moins réussi à rendre l'épreuve plus facile pour lui.

Sa main était toujours posée sur son genou, et c'était si bon qu'elle ne voulait pas le lui faire remarquer de peur qu'il s'écarte.

— Mais tu as raison : ce n'est pas une partie de plaisir, reprit-il, calé contre le dossier, les jambes étendues devant lui. Je suis content de ne pas avoir fait venir Mae. Ce gala l'aurait achevée.

Notre mère ne lui a pas fait subir autant de pression qu'à moi, pendant notre enfance.

— Que veux-tu dire ?

Elle avait encore du mal à imaginer leur vie. Isolés. Cachés. Seuls.

— Très tôt, elle m'a appris à repérer les gens qui nous observaient, ceux qui traînaient près de chez nous avec des appareils photo, ou les inconnus qui pouvaient nous suivre, jeter un coup d'œil par notre fenêtre. À Mae aussi, mais moins. Elle est restée un peu plus… confiante. Optimiste, précisa-t-il avec un sourire attendri. La faire venir dans ce monde serait comme la jeter en pâture aux loups.

Il avait expliqué tout ça calmement, comme si c'était normal. De quelle manière une telle vie façonnait-elle un enfant et l'homme qu'il allait devenir ?

— Tu le fais toujours, n'est-ce pas ? murmura-t-elle. Tu continues à identifier tous les dangers potentiels avant d'agir.

Il se retourna pour la regarder et lâcha son genou.

— Bien sûr.

— Tu sais que ça s'appelle de l'hypervigilance. C'est un réflexe post-traumatique.

Elle ne travaillait pas sur le terrain, mais sa formation au FBI lui avait enseigné certaines choses. Heath baissa les yeux, sans nier.

— Peut-être, mais l'hypervigilance de ma mère nous a protégés. En parlant de mère, j'ai l'impression que la tienne ne m'aime pas beaucoup. N'est-ce pas ?

Il détournait la conversation de nouveau, mais elle ne lui en voulait pas et le laissa faire.

— Elle a peur que tu repartes.

— Elle a raison. C'est bien mon projet.

— C'est…

Elle joua nerveusement avec l'ourlet de son blouson neuf.

— Elle m'a toujours protégée et se méfie de ceux qui m'entourent.

— Vu tes choix en matière de maris, je la comprends.

Freya lui donna un petit coup dans l'épaule.

— Je suis tout à fait capable de me débrouiller seule, merci bien. Elle a juste peur que je tombe amoureuse de toi.

D'un seul coup, le regard de Heath devint plus grave.

— Est-ce le cas ?

— Mes deux mariages ont ébranlé ma foi en l'amour. Je peux te promettre que je ne cherche pas de troisième époux. Je ne suis *pas* amoureuse, ni de toi ni d'un autre.

Elle était sincère. Ses relations passées ne lui avaient apporté que du malheur, et elle n'avait pas l'intention de recommencer. Les hommes qu'elle avait épousés s'étaient servis d'elle pour atteindre leurs propres buts. Elle n'avait été qu'un outil pour eux, et le pire c'est qu'elle les avait aimés. Tous les deux. Elle avait cru construire quelque chose avec eux et n'avait vu leurs vrais visages qu'une fois qu'il était trop tard. Peut-être était-il temps qu'elle adopte un chat pour de bon…

— Tant mieux, dit-il d'un air un peu gêné, car tomber amoureuse de moi ne serait pas une bonne idée. Je ne suis pas doué pour les liaisons au long cours. Nous avons déménagé trop souvent, quand j'étais petit, et nous avions trop de secrets pour que je me fasse des amis. J'ai appris à ne jamais m'attacher, et il est difficile de perdre cette habitude.

— Tu es du genre à laisser une traînée de cœurs brisés sur ton passage ?

Il étouffa un éclat de rire.

— Je ne suis jamais sorti avec une femme assez longtemps pour lui briser le cœur.

— En es-tu sûr ?

Elle n'avait aucun mal à croire que l'on puisse tomber amoureux de lui en une seule nuit.

— Comme je ne pouvais rien dire sur moi, les femmes me trouvaient trop distant et m'ont toujours quitté. Et puis, je n'avais pas d'exemple sous les yeux pour savoir comment mener une vie de couple. Ma mère ne voyait personne, pour les mêmes raisons, et je n'avais pas de famille. Même si j'avais voulu rester avec quelqu'un, je n'aurais pas su comment faire. Je n'ai jamais appris.

Elle aurait voulu l'interroger davantage, mais il se détourna. Il n'avait clairement pas envie d'en dire plus, et elle décida de respecter sa volonté.

— Je peux être ton alliée, ton amie, maintenant. Je peux t'aider, tant que tu seras dans ce pays.

— Qu'en retirerais-tu ?

— J'aime Sarah, et elle veut que tu fasses partie de sa vie. Si ton séjour se passe bien, tu seras plus susceptible de lui rendre visite...

C'était bien pour ça qu'elle avait accepté la demande de sa marraine, au départ.

— Et puis, ta moto est classe !

— D'accord, j'accepte, dit-il en lui tendant une main qu'elle serra avec un frisson. Soyons amis. Pour commencer, j'aurais besoin d'une bonne comptable pour m'aider à déchiffrer les documents liés à l'héritage. Je n'ai plus que deux choses à faire avant de repartir, et c'est la première.

Elle ignora sa déception à la mention de son départ.

— Je peux le faire. Quelle est la seconde chose ?

— Contacter ma famille maternelle.

Il parut soudain soucieux, comme si cette perspective ne l'enchantait pas.

Étrange.

— Sais-tu ce que tu vas leur dire ?

— Je veux surtout les voir, mais...

— Mais ?

— Ils ne savent pas encore que ma mère est morte, acheva-t-il en levant les yeux au ciel d'un air peiné. Comment leur apprendre que leur fille, leur sœur, est partie ? Ils n'ont pas eu l'occasion de la revoir, et ses cendres sont désormais éparpillées dans un autre pays...

Freya se rapprocha pour lui offrir le réconfort de sa chaleur, de sa présence.

— Je t'accompagnerai, si tu le souhaites.

— Merci, soupira-t-il. Laisse-moi juste quelques jours pour me préparer. Je veux que cette rencontre soit un succès, et je suis encore trop perturbé par les Newport, l'héritage.

— Puis-je faire quoi que ce soit pour t'aider ?

Peut-être pourraient-ils s'isoler un moment dans la maison des Hamptons de Sarah, ou faire du tourisme. Voire même aller à Los Angeles pour lui permettre de faire du surf.

— De quoi as-tu besoin ?

Il sourit amèrement.

— Je crains que rien ne puisse me faire oublier le fait que je suis Joseph Rutherford II.

Elle fut émue par le tourment qui se lisait dans son regard. Quand il se retourna vers les vagues, sa tension éveilla un autre souvenir en elle. Une bouffée de chaleur la traversa, et elle décida de l'écouter.

Advienne que pourra !

— Il y a bien une chose qui pourrait te changer les idées, mais je ne suis pas sûre que ce soit approprié, entre amis.

Il garda longtemps le silence. Allait-il répondre ? Finalement, il leva les yeux vers elle, et son regard la brûla presque. Elle fondit en voyant le sang battre fort dans sa gorge. L'air lui-même parut se mettre à vibrer.

— Je suis prêt à franchir les limites de notre amitié...

Elle dut s'humecter les lèvres pour retrouver la force de parler, et Heath suivit son geste avec fièvre.

— Dans ce cas, laisse-moi te faire tout oublier pendant quelques minutes.

— Tant que tu me promets que c'est une faveur amicale, et pas une marque d'amour, dit-il d'une voix plus rauque.

— Je te le jure.

Le souffle saccadé, il se pencha sur elle. Elle l'imita, et leurs lèvres se rejoignirent, lui donnant l'étrange impression d'avoir retrouvé son port d'attache. Elle chassa cette pensée. Ils s'étaient déjà embrassés. C'était pour ça que ce geste lui semblait si familier. D'ailleurs, ce baiser n'eut rien de l'éclat vorace des précédents. Il fut lent et tendre.

Des paumes, il enveloppa son visage, et un frisson naquit en elle sous ses mains. Elle aurait pu se noyer dans ce baiser. La tentation était si forte... Elle posa les doigts sur son torse, savourant sa puissance. Elle avait adoré le caresser, la première nuit, et aurait voulu être libre de recommencer. Quand il saisit ses hanches, sans prévenir, elle se sentit basculer et se retrouva sur ses genoux, tremblante de désir. Son sexe dressé se pressa contre elle, et elle se tortilla pour prolonger ce contact. Heath gémit. Elle se tortilla de plus belle, juste pour qu'il recommence.

— J'ai toujours envie de toi, murmura-t-il contre ses lèvres avant de déposer une série de baisers sur sa joue et le long de sa mâchoire.

— C'est une mauvaise idée, répondit-elle, bien que ses dents sur son lobe d'oreille lui fassent presque oublier pourquoi.

— Je pars bientôt.

Baiser au creux de sa gorge.

— Et je ne suis pas doué pour les relations sérieuses.

Souffle doux sur sa peau.

— Et nos familles ne sont pas en bons termes.

Nouveau baiser à la base de son cou.

— Ta mère va me tuer.

Pression de sa langue sur sa chair sensible.

— Nous vivons dans des mondes opposés.

Mordillement sous son oreille.

— Nous nous reverrons sans doute quand je viendrai rendre visite à Sarah... Je ne veux pas de gêne entre nous.

Freya fit un effort pour se souvenir du désastre qui avait suivi leur première nuit ensemble. Ils commençaient à peine à se réconcilier ; et Heath lui cachait encore des choses. S'ils sortaient ensemble et si cette liaison tournait mal, Sarah risquait de perdre le neveu qu'elle venait de retrouver. Cette pensée suffit à lui faire reprendre ses esprits, et elle s'écarta, le souffle court.

— Nous recommençons à perdre pied, hein ? dit Heath avec un faible sourire.

— Ça devient une habitude, répondit-elle d'une voix qu'elle tenta de rendre légère, en vain.

— Tu sais, je compte vraiment rentrer en Australie. Je ne voudrais pas entamer une histoire pour tout laisser tomber.

Son regard trahissait une pointe de regret. Néanmoins, sa main caressait toujours le dos de Freya, et elle frémit.

— Moi non plus.

Hélas ! la situation les dépassait tous les deux. Sarah lui avait demandé de retrouver son neveu, et elle avait couché avec lui. À présent, elle l'avait chargée de le guider dans la jungle new-yorkaise, et passer une autre nuit dans son lit rendrait leur relation encore plus complexe. Si elle échouait, elle n'oserait plus regarder sa marraine en face. Mais Heath la touchait, et elle n'avait pas la force de quitter ses genoux.

— Et si..., commença-t-elle timidement.

Il retint son souffle.

— Je t'écoute.

— Et si..., répéta-t-elle, la respiration saccadée.

— Ne t'arrête pas en si bon chemin.

Il déposa un nouveau baiser vorace à la base de sa gorge. Elle gémit. Elle ne pouvait pas lui résister.

— Et si nous rentrions chez moi pour nous adonner à cette mauvaise habitude ? Byron n'a-t-il pas dit que le seul moyen de se débarrasser de la tentation est d'y céder ?

— C'était Oscar Wilde, la corrigea-t-il, le regard brûlant. Et les raisons qui devraient nous en dissuader ? Je viens de t'en donner plein...

— Elles nous empêchent de *sortir ensemble*, dit-elle en glissant les doigts dans ses cheveux. Mais ce n'est pas ce que je te propose.

— Il est vrai que nous avons déjà couché ensemble. Ce n'est pas comme si nous franchissions un interdit.

— Et j'avais bu, la première fois, donc ce serait une revanche.

Elle… *Ils* se persuadaient peu à peu, tout en sachant qu'ils n'auraient pas dû. Hélas ! bercée par le souffle de Heath qui caressait ses joues et la chaleur de son corps contre le sien, elle ne trouvait pas la volonté de le repousser.

Il la fixa un long moment, puis glissa les bras sous ses cuisses, se leva et la laissa se lever en douceur.

— Dans ce cas, allons-y.

6

Ils parvinrent à l'appartement. Leurs corps collés sur la moto ne leur suffisaient pas. Ils montèrent à la hâte les deux étages. Heath gardait les mains sur ses hanches, autour de sa taille, tout en marchant. Elle lutta un instant avec ses clés tandis que sa respiration brûlante dans son oreille la distrayait. Enfin, la porte s'ouvrit, et ils se précipitèrent à l'intérieur en s'embrassant et se déshabillant avec fébrilité.

— Bienvenue chez moi, dit-elle, le souffle court.

— C'est sympa, répondit-il sans même regarder, avant de l'embrasser de plus belle.

Elle trouva sa boucle de ceinture et l'agrippa, les mains tremblantes.

— Café ?

Il baissa les yeux sur ses doigts, à sa taille.

— Non. Toi.

— Un verre d'eau ?

Sans doute était-ce une demande absurde, mais elle se sentit obligée de la poser. Ils avaient roulé longtemps, et elle avait des projets pour lui. Mieux valait se désaltérer avant.

— Toi, répéta-t-il d'une voix qui la fit frissonner.

Cette fois, elle ne put s'empêcher de plaisanter.

— Quelque chose à grignoter ?

— Toi.

Il la fit reculer jusqu'au mur, la tenant toujours par les hanches. Elle passa les mains dans ses cheveux soyeux.

— Musique ?

— Toi.

Son regard luisait de désir. Il la pressa dos au mur.

— Une douche ? demanda-t-elle encore.

Il l'embrassa avec fièvre et murmura contre ses lèvres :

— Toi.

Elle hésita. Maintenant qu'elle y pensait, une douche n'aurait pas été une mauvaise idée. Elle avait transpiré dans sa tenue de moto...

— Et si je viens sous la douche avec toi ?

— D'accord, concéda-t-il avec un sourire.

Après un nouveau baiser, elle l'entraîna dans la salle de bains et fit couler la douche, finissant de se déshabiller pendant que l'eau chauffait. Elle en profita pour regarder Heath dans le miroir – la toison fine de son torse, les lignes fermes de ses abdominaux, la tension de ses muscles à chaque mouvement. Ses souvenirs de leur première nuit étaient lentement revenus, mais il restait des zones d'ombre, et elle ne voulait rien rater, cette fois. Ils ne s'étaient rien promis, et cela pourrait être sa dernière chance de le voir nu.

Il leva les yeux et la surprit. Haussant un sourcil, il vint de camper derrière elle, la souleva de terre et la porta sous la douche. La pression de son corps nu contre son dos était délicieuse, mais elle en voulait plus. Elle se retourna et imbiba une éponge de gel douche avant de frotter le dos de Heath. Il poussa un petit gémissement, et elle s'enhardit, lui mettant les mains au-dessus de la tête contre la cloison, pour le laver tout entier. Sa peau savonneuse glissait. Elle atteignit les côtés de son torse. Il frémit. Elle descendit ensuite plus bas et referma les doigts sur son sexe dressé, pour savourer sa chaleur, sa fermeté. Enfin, il se tourna face à elle.

— Je crois que je suis propre, dit-il, le regard brûlant. À mon tour.

Elle lui tendit l'éponge, et il frotta avec douceur ses courbes, commençant par son ventre. Quand il arriva à hauteur de sa poitrine, il souleva ses seins l'un après l'autre d'une main pour attiser leur tension en jouant avec l'éponge. Il s'agenouilla, la pressant entre ses cuisses. Une envolée de papillons emplit l'estomac de Freya, et l'excitation monta d'un cran. Les mains de Heath descendirent à l'intérieur de ses cuisses, et elle se sentit fondre.

Mais, d'un seul coup, l'eau devint froide, lui arrachant un cri. Elle ouvrit la porte de la douche, et ils en sortirent précipitamment.

— Désolée. Ça arrive, parfois, balbutia-t-elle.

Heath prit une serviette pour l'envelopper dedans.

— Ça pourrait être pire… Tu es toujours avec moi, nue.

— On va au lit ? suggéra-t-elle.

— Non, dit-il sans la quitter des yeux.

— Canapé ?

— Ici.

Il la débarrassa de la serviette et la souleva de nouveau pour la plaquer contre le mur, assez haut pour avoir besoin de lever la tête s'il voulait l'embrasser. Elle passa les jambes autour de ses hanches. Son érection se pressait contre elle. La salle de bains était envahie d'une vapeur qui les entoura comme un cocon chaud et les enferma dans leur petit monde. Freya aurait voulu y rester à tout jamais. De toute manière, coincée contre le mur, elle ne pouvait pas s'échapper…

— Ça me va, dit-elle en souriant.

Elle caressa ses joues, son cou, ses épaules tendues par l'effort, puis griffa doucement ses biceps. Il tressaillit sans l'empêcher d'explorer son corps.

— Préservatif ? murmura-t-il d'une voix rauque avant de la laisser reprendre pied.

— Deuxième tiroir.

Elle lui indiqua un meuble d'un geste vague. Il trouva la boîte et enfila une protection en un temps record – néanmoins, cette courte interruption parut interminable à Freya. Elle avait tant besoin de lui !

Il la souleva de nouveau, plaquant son dos contre la cloison. Elle se retint à sa taille, ouverte et offerte. Il l'embrassa de nouveau, longuement. La tension entre ses cuisses devenait insoutenable... Elle lui rendit son baiser avec fièvre.

— Maintenant, Heath. Maintenant !

Sans la quitter des yeux, il souleva son bassin pour la pénétrer d'un mouvement puissant. Elle se tortilla, le temps de s'habituer à cette sensation. Les planètes s'étaient enfin alignées pour eux, et c'était *bon*. Il s'arrêta, l'air émerveillé, puis chuchota son prénom.

Une main sur ses hanches, les orientant comme il le désirait, il la caressait de l'autre. Ses lèvres et sa langue tracèrent un sentier magique sur sa gorge. Il la mordilla en donnant un nouveau coup de reins. Elle savoura chaque seconde, gravant dans sa mémoire le souvenir du sexe de Heath en elle, possessif.

Puis il donna une troisième impulsion et ne s'arrêta plus. Son rythme soutenu lui fit perdre la tête. Les bras qu'elle serrait étaient tendus, solides. Sa peau était si chaude qu'elle eut l'impression qu'il embrasait son âme tout entière.

Elle fit courir les ongles sur son torse, puisqu'il semblait aimer ça. Elle continua, sans laisser un centimètre carré de peau inexploré, tandis qu'il accélérait. Elle n'avait pas envie qu'il s'arrête. Elle avait besoin de ça. Plus vite. Plus lentement. Plus vite. Soudain, l'orgasme monta, et elle se mit à trembler contre le mur, griffant son dos, oubliant le monde entier. Il tressaillit à son tour. Ses gestes furent plus erratiques. Puis il se figea. On n'entendait plus que leurs respirations saccadées dans la salle de bains.

Heath posa le front au creux de son épaule. Elle rejeta la tête en arrière contre le mur.

— Bon sang, lâcha-t-il dans un souffle.

Elle rit, à la fois de sa voix choquée et du bonheur absurde qui l'envahissait. De cette joie d'être pleinement en vie.

Enfin, le souffle de Heath se calma, et il poussa un profond soupir avant de se retirer pour la laisser retrouver le sol en douceur. Quelques minutes plus tôt, ils se précipitaient dans cette pièce avec une sorte de désespoir ; et maintenant, tout avait changé.

Un lien plus fort les unissait. Le monde les entoura de nouveau. Elle se sentait…

Incapable de tenir sur ses jambes, elle appuya la tête contre son épaule, et il la serra fort dans ses bras. Elle s'abandonna, heureuse d'être là, avec lui.

Une éternité plus tard, il la porta dans la chambre et l'allongea avec tant de soin qu'elle faillit le retenir pour l'empêcher de se redresser. Il disparut un instant dans la salle de bains, puis revint s'étendre près d'elle. Le savoir là, dans son lit, était un bonheur inégalé. Il prit son visage avec tendresse pour embrasser son nez, ses paupières, ses lèvres.

— Je ne sais pas si c'est le fait d'avoir dû attendre, mais ça a été un sacré feu d'artifice.

Elle l'enlaça, encore trop ivre pour réfléchir, mais satisfaite et en paix. Un tremblement de terre aurait pu engloutir le Queens, elle s'en serait moquée.

— On ne s'ennuie jamais, toi et moi, murmura-t-elle.

Heath nicha la tête dans le creux de son épaule, et la dernière chose qu'elle nota avant de s'endormir fut le ralentissement de sa respiration tandis qu'il s'assoupissait aussi, les bras passés autour de sa taille.

Freya se tenait tout près de Heath, devant la porte d'un appartement en rez-de-chaussée, dans une zone peu reluisante de Brooklyn.

— Es-tu prêt ? demanda-t-elle.

Il lâcha un petit rire sec.

— Je ne sais pas si on peut être prêt à affronter ces choses.

— Sais-tu ce que tu vas dire ? reprit-elle en serrant sa main dans la sienne.

— Pas encore. J'espère que l'inspiration viendra quand je les verrai.

Il frappa à la porte, et Freya donna des petits coups de la

pointe de sa tennis sur le seuil de ciment. Elle voulait que Heath rencontre sa famille maternelle, bien sûr, mais c'était l'une des deux dernières choses qu'il avait à faire avant de quitter le pays, et elle n'était pas encore prête pour les adieux.

Les trois jours précédents, depuis qu'ils avaient couché ensemble, avaient été idylliques. Ils avaient visité tous les lieux touristiques de la ville à moto – ceux qu'elle tenait à lui montrer et ceux qu'elle avait toujours voulu voir elle-même. Sans le dire, ils avaient tout fait pour qu'il oublie l'affaire Rutherford. Ils n'étaient que Heath et Freya, un couple qui aurait pu se rencontrer pendant une fête ou dans un bar, vivant dans un charmant fantasme. Parfois, ils riaient et s'embrassaient. D'autres fois, ils parlaient et faisaient l'amour. Bref, elle venait de connaître les trois plus beaux jours de sa vie...

Mais elle savait aussi que ce n'était qu'un rêve. Ce jour-là, la réalité les avait rattrapés, et bientôt elle le perdrait pour de bon.

La porte s'ouvrit, et une femme apparut. Elle semblait proche des soixante-dix ans, arborant un élégant carré blond et les mêmes pommettes hautes surmontées d'yeux sombres que Heath.

— Vous désirez ?

— Ça va vous surprendre, dit Heath en souriant maladroitement, et excusez-moi d'avance pour le choc, mais je crois que je suis...

La femme le dévisagea avec attention.

— Joseph ?

Heath hésita, et Freya retint son souffle.

— Est-ce toi ? demanda la femme en l'examinant de près. Tu es le fils d'Evelyn, n'est-ce pas ?

Il ravala sa salive, et ses traits se détendirent.

— Oui, c'est bien moi.

— Oh ! doux Jésus ! s'écria-t-elle avant de se retourner vers l'intérieur de l'appartement. Thomas ! Viens ici !

Un homme mince aux cheveux poivre et sel apparut dans le couloir et s'approcha d'un pas nonchalant.

— Si c'est encore...

Soudain, il se figea. Ses yeux écarquillés passèrent de Heath à sa femme, puis revinrent Heath.

— Impossible. Non, c'est impossible. Pardonnez-moi. Vous ressemblez à deux de mes petits-fils, et j'ai cru...

Heath tendit la main.

— Mon nom de naissance est Joseph Rutherford, mais je me fais appeler Heath Dunstan, ces temps-ci. Et je pense que vous êtes les parents de ma mère, Evelyn.

L'homme lui serra la main d'un air toujours aussi troublé.

— Joey ?

Mme O'Donohue bondit pour enlacer Heath en répétant :

— C'est toi. C'est vraiment toi !

Son mari posa la main sur son épaule.

— Laisse-les venir au chaud, Theresa. Entre, mon garçon. Ton amie est aussi la bienvenue.

En franchissant la porte pour suivre leurs hôtes dans un petit salon, Heath glissa un bras autour de la taille de Freya.

— Voici Freya Wilson. C'est elle qui m'a retrouvé et donné votre adresse.

Theresa O'Donohue l'embrassa à son tour avec effusion.

— Merci !

Elle tremblait. Enfin, elle leur indiqua un canapé vert vieillissant drapé d'un plaid tricoté aux couleurs vives.

— Asseyez-vous.

Ils obéirent. Heath paraissait plus nerveux que jamais, et Freya lui caressa le dos pour le rassurer.

— Evelyn est-elle ici aussi ? demanda Theresa O'Donohue d'une voix remplie d'un espoir timide.

Un frisson traversa Heath. Freya aurait aimé le réconforter, mais elle ne pouvait effacer sa douleur. Jamais encore elle n'avait ressenti un tel désir de se rendre utile, pas même avec Milo ou Dominic. Sans doute était-ce parce que Heath avait le courage de montrer ses émotions, lui. Elle resta donc immobile, à côté de lui. C'était tout ce qu'elle pouvait faire.

— Ma mère est décédée il y a un peu plus de quatre ans, dit-il d'une voix au bord de la rupture. Je suis vraiment désolé. C'était un accident. Un chauffeur a perdu le contrôle de son véhicule et l'a percutée sur le trottoir.

Theresa O'Donohue s'écroula brusquement.

— Oh ! Evelyn...

— Si ça peut vous soulager, sachez qu'elle a été tuée sur le coup. Elle n'a pas souffert. Et elle avait vécu une merveilleuse journée, la veille. Nous étions allés sur la plage...

Freya aperçut une boîte de mouchoirs sur un guéridon et alla la chercher pour la tendre aux grands-parents de Heath. Thomas O'Donohue s'essuya les yeux.

— Je suis content de savoir qu'elle était heureuse, en effet. Mais...

L'émotion l'empêcha de poursuivre. Sa femme étouffa un sanglot et se leva.

— Venez. Je dois allumer une bougie pour mon bébé...

Elle les conduisit dans la pièce voisine, une salle à manger meublée d'une longue table et d'un grand vaisselier. Au milieu des assiettes et des plats, une étagère était remplie de souvenirs de famille, de photos, de petites médailles, de boîtes et de bibelots. Elle gratta une allumette et enflamma la mèche d'une bougie. Puis elle prit une des photos, dans un cadre de bois sombre, et la pressa contre son cœur avant de la tendre à Heath. Freya se pencha pour découvrir un portrait de sa mère, plus jeune que dans le cliché que possédait Sarah. Elle devait avoir quinze ou seize ans, ses cheveux blonds flottant au vent. Elle riait. Très vite, d'autres photos de famille suivirent, accompagnées d'explications. Certains de ses cousins auraient pu être ses frères tant ils se ressemblaient. Freya ne s'étonnait plus que les O'Donohue l'aient reconnu si facilement.

— Voici ta famille, dit sa grand-mère en posant la main sur son épaule. Si nous avions su que tu venais, ils auraient tous été là pour t'accueillir. Tu nous as tant manqué !

— Je vous promets de revenir. J'ai hâte de les rencontrer.

— Bien, dit-elle avec un sourire, en dépit de ses yeux toujours rouges et humides. Je suis ta mamie, et voici ton papi. Quoi qu'il ait pu arriver, tu fais partie de cette famille, et nous t'aimons.

Heath enlaça la vieille femme, et Freya sentit une bouffée d'amour pour ce couple si chaleureux. Jamais elle n'avait eu de grands-parents, et les O'Donohue ressemblaient à ceux dont elle avait rêvé dans son enfance. Ils savaient quoi dire pour réconforter Heath… D'un autre côté, ils avaient eu plus de vingt ans pour préparer ces retrouvailles.

— Quand cet homme abject, commença Theresa avant de se reprendre : Quand ton père…

— C'est bon, dit-il avec un sourire amer. Je sais qu'il était abject.

Elle hocha la tête.

— Quand cet homme abject est mort, nous nous sommes demandé si Evelyn allait rentrer. La surveillance a cessé, tout comme les menaces…

— Attendez, la coupa Freya. Nous avons découvert les traces des détectives privés engagés par Rutherford pour vous surveiller. Mais… des menaces ?

Thomas O'Donohue grimaça.

— Il envoyait des gens ici et sur nos lieux de travail pour nous faire avouer ce que nous savions au sujet d'Evelyn. Nous ignorions si elle s'était échappée et s'il voulait la retrouver, ou s'il vous avait tous les deux tués et tentait de nous effrayer pour s'assurer de notre silence. C'était atroce.

Freya nota mentalement de prévenir Sarah pour qu'elle apporte un soutien psychologique à la famille. Sa marraine allait être horrifiée et ferait tout son possible pour réparer les torts de son frère.

— Puis, poursuivit Thomas O'Donohue, il a acheté l'entreprise pour laquelle nous travaillions afin de s'assurer que notre patron nous ait à l'œil.

— Il a fait *quoi* ? gronda Heath.

— Tout était bon pour nous mettre la pression.

Heath voyait-il le bon côté des choses ? Désormais, c'était lui qui possédait cette entreprise… Mais il semblait trop choqué pour y songer, pour l'instant.

— Bref, c'est du passé, conclut Theresa O'Donohue. Il est mort, et tu nous as retrouvés. Nous avons attendu et espéré pendant si longtemps.

Heath jeta un coup d'œil à Freya, comme s'il avait besoin de puiser du courage en elle, puis sourit à ses grands-parents.

— J'ai aussi une autre nouvelle. Une bonne nouvelle.

— Je ne suis pas sûre de pouvoir en supporter davantage.

— Ma mère – Evelyn – a eu un autre enfant. Mae. Elle est gentille, courageuse. Formidable. Vous allez l'adorer.

La grand-mère de Heath poussa un petit cri et l'embrassa. Thomas O'Donohue essuya de nouveau ses joues baignées de larmes.

— Une autre petite-fille… Mae… As-tu une photo d'elle ?

Heath parut embarrassé un instant.

— Euh… non. J'ai dû changer de téléphone en arrivant aux États-Unis et je n'ai pas de photos avec moi. Mais je vous promets de vous la présenter en personne dès que possible.

Freya fronça les sourcils, puis se figea, impassible. Heath avait *gardé* son téléphone. Elle le savait, car elle l'avait accompagné dans l'avion et lui avait transmis les mails des avocats de Sarah. Pourquoi mentait-il ? C'était pourtant un détail innocent, et cela aurait rendu ses grands-parents si heureux. À moins que…

À moins qu'il essaye de protéger sa sœur, comme il l'avait toujours fait. Mais… sa photo ? Que craignait-il ? Elle allait devoir y réfléchir à tête reposée.

— Parle-nous de votre vie, dit Theresa O'Donohue.

— Bien sûr. Nous avons vécu modestement en Australie, tous les trois. Je possède un bar en front de mer. Mae est institutrice, et maman a eu plusieurs métiers. Les trois dernières années, elle était cuisinière dans une maison de retraite, et elle adorait ça.

— Je le savais ! clama Theresa O'Donohue. Je savais que mon bébé ne pouvait pas avoir fait tout ce dont son ignoble mari l'accusait.

— De quoi parlez-vous ? demanda Freya, méfiante.

— Il a prétendu qu'elle avait enlevé son fils et volé des millions de dollars, qu'elle vivait sans doute sur un grand pied dans une île des tropiques. Mais nous la connaissions. Soit elle se cachait, soit il l'avait tuée. Nous avons tant prié pour qu'elle soit saine et sauve.

Heath prit les mains de sa grand-mère dans les siennes.

— Elle n'a rien fait de mal, bien au contraire. Vous avez élevé une femme héroïque qui nous a protégés, Mae et moi.

Le grand-père de Heath pressa le poing contre ses lèvres et cligna furieusement des paupières.

— Merci, dit-il d'une voix étouffée.

Theresa O'Donohue échangea un regard tendre avec son époux, puis se leva.

— Voulez-vous du café ?

Freya la suivit dans la cuisine pour l'aider, laissant la vieille femme bavarder. La simple tâche de préparer le plateau et les tasses semblait l'aider à retrouver son calme.

Dix minutes plus tard, ils se retrouvèrent autour de la grande table avec du café et des biscuits. Les O'Donohue avaient clairement surmonté leur choc et posèrent à Heath de nombreuses questions sur sa vie en Australie. Finalement, l'air grave, il posa les mains à plat de part et d'autre de son assiette.

— Je voulais aussi aborder un autre sujet avec vous. Un sujet sensible. J'ai hérité de la fortune de Joseph et je tiens à compenser le traumatisme qu'il vous a fait subir...

— Non, le coupa Thomas O'Donohue avec fermeté.

— Cet argent t'appartient. Garde-le et ne le gaspille pas pour nous, mon grand.

— Je me disais juste que...

Une fois de plus, Thomas O'Donohue l'interrompit :

— C'est à nous de nous faire pardonner. Nous soupçonnions Joseph d'être un scélérat, mais Evelyn a refusé de nous écouter. Après le mariage...

Il jeta un coup d'œil à sa femme, qui prit le relais.

— Après le mariage, elle nous mentait. Elle prétendait qu'elle était heureuse, mais nous savions que c'était faux.

Thomas O'Donohue serra les doigts autour de sa tasse.

— Si nous l'avions mieux protégée, si nous *t*'avions mieux protégé, vous n'auriez pas eu besoin de fuir.

Heath secoua la tête.

— Même si vous aviez su la vérité, vous n'auriez sans doute rien pu faire.

— C'est gentil de ta part de nous épargner, mais nous avons vécu avec cette culpabilité depuis la disparition d'Evelyn. Et c'est normal : nous le méritons.

— Nous nous sommes souvent demandé si elle vivait encore, si elle nous en voulait pour ce qui s'est passé.

Heath prit une main de chacun de ses grands-parents.

— Je pense avoir une idée claire de ce qu'était mon père et je peux vous affirmer que vous n'auriez pas pu l'empêcher de nuire. Il avait tout le pouvoir. Maman le savait. Elle ne vous en a jamais voulu. Elle nous a toujours raconté de merveilleuses histoires à votre sujet. Elle nous a dit que vous l'aimiez beaucoup et vous aimait aussi de tout son cœur.

— Oh ! ma petite chérie…

Freya attrapa un mouchoir dans la boîte pour s'essuyer les yeux. Elle ne faisait pas partie de cette famille, mais était bouleversée et aurait tout fait pour les aider. Heath sourit, le visage illuminé par une profonde tendresse.

— Maman nous a parlé des repas du dimanche en famille, des leçons de danse que vous lui avez offertes malgré vos problèmes d'argent, juste parce qu'elle aimait ça, de votre habitude de l'embrasser sur les joues puis sur le nez, chaque soir, pour qu'elle fasse de beaux rêves. Maman a poursuivi cette tradition avec nous…

Ils passèrent encore une heure ensemble, échangeant des

souvenirs pour créer de nouveaux liens. Freya les observa, ravie de voir que tout se passait si bien pour Heath, mais aussi inquiète de savoir que ces retrouvailles le rapprochaient de son inévitable départ.

7

Heath attendit le matin suivant pour appeler Mae. Il aurait dû être ravi de pouvoir lui parler de leurs grands-parents, mais en quittant leur maison il avait été consumé par la rage. Son père n'avait pas seulement gâché sa vie et celles de sa mère et de sa sœur. Il avait aussi fait du mal à toute leur famille en forçant sa mère à fuir, puis en harcelant ses proches. Même Sarah avait mis son existence de côté pour le retrouver.

Joseph n'avait semé que destruction sur son passage.

Cette situation était un vrai sac de nœuds. Il avait espéré régler la question de l'héritage, rencontrer sa famille maternelle pour nouer un contact distant, et rentrer. Mais ses grands-parents, les Newport, Freya...

Freya.

Un vertige le prit au souvenir de leurs ébats dans la douche, le jour où il avait reçu sa moto. Le lendemain soir, il était venu chez elle avec un repas, mais les plats avaient refroidi tandis qu'ils faisaient l'amour sur la table. Ils avaient recommencé dans sa propre chambre, en profitant d'une absence de Sarah.

Il alla se camper devant la fenêtre, puis fronça soudain les sourcils. Depuis quand cette pièce était-elle devenue *sa* chambre ? Il devait à tout prix appeler Mae, pour lui annoncer les dernières nouvelles et reprendre racine dans son *vrai* monde. Il tira son portable de sa poche et consulta sa montre avant de téléphoner.

La soirée venait de commencer, en Australie, et il avait de grandes chances de l'avoir en visio.

En effet, elle répondit immédiatement.

— Heath ! cria-t-elle pour couvrir le brouhaha ambiant.

Il reconnut les rangées de bouteilles derrière elle et sourit.

— Tu es au bar.

— Tina est débordée depuis ton départ, et je viens parfois lui donner un coup de main, après l'école.

— Merci. Comment vas-tu ?

Mae grimaça, puis dit :

— Attends.

Elle écarta le téléphone d'elle, et il aperçut la salle remplie de clients. Oh ! qu'il avait envie de rentrer chez lui !

— Tina ! lança Mae. C'est Heath. Je monte.

Le visage de sa sœur réapparut entre deux soubresauts tandis qu'elle montait l'escalier. La porte de son appartement se referma sur elle, étouffant le bruit du bar.

— Quand reviens-tu ? demanda-t-elle en se laissant tomber sur le canapé.

— Bientôt. Dans quelques jours, sans doute.

Il avait accompli presque toutes les tâches de sa liste : retrouver sa famille, voir les locaux de Bellavista et mesurer ses options pour la suite. Il ne lui restait plus qu'à jeter un coup d'œil sur les documents liées à son héritage, comme Sarah le lui avait demandé, et à trouver un moyen de compenser les dommages causés aux O'Donohue par son père. Tout le reste pourrait être accompli à distance, avec une ou deux visites à New York en cas de besoin.

— M'as-tu acheté un gros cadeau ? demanda Mae.

— J'ai… quelque chose pour toi. Mais ce n'est pas ce que tu attends et ça ne se trouve pas en magasin.

— C'est-à-dire ?

Cette fois, son regard d'abord moqueur se mit à pétiller.

— Assure-toi d'être bien assise…

— Tu en fais toujours trop, Heath. Parle.

— J'ai retrouvé les parents de maman.

Une moue ahurie accueillit cette annonce.

— Tu les as *retrouvés* ? Comment ?

— C'est une longue histoire, et je t'expliquerai tout quand je serai de retour. C'est promis.

Il ne put s'empêcher de couler un regard vers la porte pour s'assurer qu'on ne les entendait pas, comme sa mère le leur avait appris.

— Est-ce prudent de les contacter ? demanda Mae.

Il aurait posé la même question, à sa place. Ils n'avaient jamais su ce qu'ils fuyaient, et ignoraient donc ce qui était prudent ou non. Leur mère leur avait seulement dit qu'ils ne pouvaient pas voir sa famille. La méfiance de Mae était logique. Et leur mère avait eu raison : Joseph avait bien surveillé les O'Donohue jusqu'à sa mort.

— Je l'ai fait, et je t'expliquerai pourquoi aussi. Encore une longue histoire...

— Vraiment ?

Mae réprima un sourire. Ses craintes et son excitation devaient la déchirer. Il hocha la tête, et elle soupira, soulagée.

— Comment sont-ils ?

— Ils lui ressemblent beaucoup. Ils sont chaleureux et gentils. Ils veulent que nous fassions partie de leurs vies.

— Tu leur as parlé de moi ?

— Ils ne savaient pas que maman était enceinte à son départ et ont été ravis d'apprendre ton existence. Ils meurent d'envie de te rencontrer.

— Je n'arrive pas à y croire, balbutia-t-elle, les yeux humides de larmes. Quand pourrai-je les voir ?

— On n'aura qu'à commencer par un appel vidéo. J'irai chez eux pour te téléphoner. Ils disent que nous avons aussi des tantes, des oncles, des cousins... Puis, après mon retour, on organisera un voyage, tous les deux.

— Oui, ce serait formidable !

L'appel ne dura que quelques minutes de plus, avant que Mae

doive redescendre pour aider Tina, mais Heath lui promit de s'arranger pour qu'elle rencontre leur famille très vite. Il allait juste devoir s'assurer que Freya ne soit pas présente pour cette visio. Un regard sur Mae, et elle comprendrait que sa sœur était aussi une Rutherford – elle était le portrait craché de Sarah, en plus jeune. C'était pour ça qu'il avait prétendu ne pas avoir de photo d'elle, chez ses grands-parents. Ce mensonge ne le tourmentait pas, puisqu'ils allaient la voir rapidement. Le problème, c'était qu'il avait menti devant Freya. Il aurait dû s'attendre à cette question et préparer une réponse plus crédible.

Il songea de nouveau à sa réaction quand il avait prétendu que son portable était neuf. Elle s'était figée un instant. Elle avait compris que quelque chose clochait. Soudain, une angoisse le traversa. Freya était intelligente, et elle avait peut-être déjà compris... Il devait découvrir ce qu'elle savait réellement. Une fois que la vérité au sujet de Mae serait connue, elle serait harcelée par des reporters. Une milliardaire secrète qui enseigne à des enfants ? La presse en ferait ses choux gras – surtout les journaux australiens, sur lesquels l'attachée de presse de Sarah n'aurait aucune influence. Mae devait apprendre la vérité et avoir le temps de la digérer avant de décider de la suite.

Se maudissant pour l'avoir mise en danger, il attrapa son blouson et se rendit chez Freya.

Pourvu qu'elle soit rentrée...

Freya ouvrit la porte et découvrit Heath sur le seuil, les joues rouges, les cheveux en bataille – si sexy. Mais son regard tendu suggérait que ce n'était pas une visite de courtoisie. Elle s'effaça pour le laisser entrer.

— Avait-on rendez-vous ?

— Non... Euh... je...

Il se passa la main dans les cheveux avec une moue gênée.

— Je voulais...

Intriguée, elle ferma la porte et s'adossa au battant. Elle n'avait encore jamais vu Heath dans cet état et avait hâte de savoir ce qui se passait. Elle attendit donc, un peu amusée.

— En fait...

Il enleva son blouson de moto et le posa sur une chaise.

— Freya... Oh ! bon sang !

Il se laissa tomber sur le canapé, la tête dans les mains.

— Heath ?

Cette fois, ce n'était plus drôle. Inquiétée par sa détresse, elle vint s'asseoir près de lui.

— Qu'est-ce qui ne va pas ?

Il redressa la tête, prit une profonde inspiration et dit :

— Je vais te confier quelque chose, mais tu dois me jurer que ça restera entre nous.

— Je te le promets, dit-elle sans hésiter.

De toute évidence, l'affaire était importante pour lui, et elle savait qu'il ne lui aurait pas demandé de garder le secret si ce n'était pas absolument nécessaire.

— Mae n'est pas ma demi-sœur, mais ma vraie sœur.

Il sonda son regard, guettant sa réaction, mesurant les risques, prêt à se replier dans sa coquille au moindre signe de danger. Elle fit donc de son mieux pour rester impassible.

— Ta mère était enceinte quand elle a pris la fuite, dit-elle avec douceur.

Ça confirmait ses soupçons. C'était pour cela qu'il n'avait pas voulu montrer de photo de Mae aux O'Donohue.

— Ta sœur est aussi la fille de Joseph.

Il se détendit un peu – juste un peu. Manifestement, ce qu'il lut sur son visage semblait le rassurer.

— Je ne pouvais pas t'en parler plus tôt, dit-il d'un air penaud. Ce n'était pas à moi de faire cette annonce. Mae n'est même pas au courant de l'héritage, pour l'instant, et quand elle le sera, ce sera à elle de décider si elle veut prendre sa place en tant que Rutherford ou rester une Dunstan. Elle pourrait préférer continuer à prétendre que nous n'avons pas le même père.

— Je comprends, Heath, mais si tu nous en avais parlé dès le départ, Sarah vous aurait couverts. Elle n'aurait pas hésité à respecter les souhaits de Mae et à la protéger, quoi qu'il arrive. Nous aurions pu t'aider à garder son identité secrète.

— Peut-être, admit-il avec un demi-sourire, mais je ne savais pas encore si je pouvais vous faire confiance, quand je suis arrivé ici.

Elle sourit aussi. Il marquait un point. Craignant que cette conversation tourne en rond, elle tenta de trouver une solution.

— Tu sais, quelqu'un finira par faire le lien.

— Je n'en doute pas, car... Voilà Mae.

Il sortit son portable pour lui montrer une photo de sa sœur et lui. Mae était une seconde Sarah : les mêmes cheveux bruns, le même visage un peu plus étroit que celui de Heath, les mêmes yeux en amande.

Néanmoins, Freya ne put se concentrer sur elle. Elle était hypnotisée par l'expression de Heath, sur l'écran. Son regard trahissait une légèreté qu'elle n'avait encore jamais vue. Un sourire tranquille, détendu, qu'elle ne reconnaissait pas illuminait son visage.

— Les cheveux de Mae sont plus longs, actuellement, mais j'imagine que tu vois la ressemblance.

Oui. Cependant, elle restait absorbée par Heath.

— Puis-je faire défiler les photos ?

Il serra un instant les dents, puis finit par acquiescer.

— Bien sûr.

Le cliché suivant devait avoir été pris le même jour, mais cette fois Heath rejetait la tête en arrière dans un grand éclat de rire. En dépit de toutes leurs promenades à moto, de leur exploration de Manhattan, de toutes les fois où ils avaient fait l'amour, elle ne l'avait jamais vu baisser la garde ainsi. Sur la photo suivante, il jouait avec sa sœur, essayant clairement de lui mettre un chapeau jaune tandis qu'elle se débattait d'une main et lui pinçait le nez de l'autre, rouge de plaisir. Il avait les yeux écarquillés, sans doute sous le coup de la surprise, et semblait être le plus heureux des hommes. Une pointe de jalousie perça le cœur de Freya. Elle aurait aussi aimé avoir un frère ou une sœur avec qui faire des bêtises. Elle aurait aimé que Heath soit aussi détendu avec elle…

Il jeta un coup d'œil à la photo et fronça les sourcils.

— On faisait juste les idiots. En voilà une meilleure.

Il fit défiler quelques clichés, s'arrêtant sur un portrait de Mae, debout sur la plage. Le soleil couchant illuminait sa peau, et elle fixait l'objectif avec adoration – sans doute ce qu'elle ressentait pour son frère, qui prenait la photo.

D'un seul coup, Freya se rendit compte de l'importance de l'objet qu'elle avait sous les yeux et leva la tête.

— Tu n'as pas l'habitude de laisser des gens regarder les photos sur ton téléphone, n'est-ce pas ?

— Je ne le fais jamais.

— Merci, dit-elle en lui rendant le portable. Merci pour ta confiance.

Il rangea le téléphone, l'air toujours un peu soucieux.

— Tu sais, quand j'ai frappé à ta porte, je n'avais pas l'intention de te dire la vérité au sujet de Mae. Je voulais juste découvrir ce que tu savais et ce que tu soupçonnais.

C'était donc pour ça qu'il avait paru aussi hésitant à son arrivée chez elle…

— Qu'aurais-tu fait, si j'avais tout compris ?

— Maman, Mae et moi avions une stratégie, dit-il en étendant les jambes devant lui. Si nous pensions qu'une personne avait des soupçons, nous commencions par essayer de noyer le poisson, et si ça ne marchait pas, nous changions de récit de vie.

— Vous vous inventiez un nouveau passé ?

Au FBI, elle n'avait qu'un travail de bureau. Elle passait ses journées derrière trois écrans, protégée par ses puissants logiciels. Elle adorait suivre des pistes à travers factures, registres, relevés bancaires ou toute autre donnée chiffrée à sa disposition. Elle n'avait jamais vraiment réfléchi à ce qui se cachait derrière, à ce que des familles comme celle de Heath devaient faire pour survivre. Mais c'était de lui qu'il s'agissait, en l'occurrence, et elle était à la fois fascinée et effarée d'apprendre qu'il avait vécu ainsi.

— C'est à peu près ça, dit-il avec une grimace. On réfléchissait, on trouvait une explication logique pour justifier les détails qui avaient éveillé les soupçons.

Elle replia les jambes sous elle, sur l'assise du canapé.

— Et quand cette méthode échouait ?

— On déménageait, lâcha-t-il sans émotion.

— Vous changiez de ville ?

Elle n'avait jamais quitté New York et n'imaginait pas ce que l'on devait ressentir en abandonnant tout derrière soi, du jour au lendemain.

— Oui, dit-il comme si ce n'était pas très important. Nous avons aussi changé d'État, une fois ou deux.

Freya le regarda un instant. Sa famille avait établi une stratégie précise pour écarter les soupçons. Il était venu la sonder, découvrir ce qu'elle savait. Mais il avait fini par lui confier la vérité.

— Tu n'as pas changé de récit, avec moi.

— Honnêtement, j'en suis le premier surpris.

La tension qui se lisait encore sur ses traits prouvait à quel point cet effort lui coûtait.

— Pourquoi m'as-tu tout avoué ?

Il lui prit la main et caressa sa paume avec douceur.

— Avec toi, je... Tu es la première personne en qui j'ai confiance, mis à part ma mère et ma sœur.

— Et je ne te trahirai pas. Je te le promets.

Les passages de son pouce sur sa peau la firent frissonner tout entière.

— Je le sais.

Elle l'observa un instant. À quoi pensait-il ? Comment était-ce, de vivre sans se fier à personne, en cachant toujours la vérité ? Soudain, il se pencha pour l'embrasser, et toutes ces questions s'évanouirent.

Son baiser fut doux, aussi furtif qu'un battement d'ailes de papillon, mais il fit naître des fourmillements jusqu'à la plante de ses pieds. Elle ferma les yeux, s'abandonnant au contact de ses lèvres. Il recommença, éveillant le désir qui palpitait toujours en elle, juste sous la surface, quand ils étaient ensemble. Même si elle avait voulu s'écarter, elle n'en aurait pas eu la force.

— Heath, murmura-t-elle contre sa bouche. Je veux...

— Quoi ?

Il lui caressa la joue du bout des doigts.

— Que veux-tu ?

Elle ne savait pas comment répondre, ou même s'il existait des mots pour décrire la fièvre qui menaçait de la consumer. Le cœur battant, elle passa les bras derrière son cou et l'attira de nouveau à elle. Elle aurait pu rester des jours entiers à l'embrasser, sans jamais être satisfaite. Jamais elle n'avait eu autant envie d'un homme.

Redressant la tête, il glissa les mains sous ses cuisses et la hissa sur ses genoux avec souplesse. Elle sentit son torse solide plaqué contre sa poitrine. Un frisson plus puissant se mit à battre dans tout son corps. Il déposa des baisers dans son cou, goba son lobe d'oreille. Quand elle sentit ses dents griffer sa peau, elle tressaillit. Son souffle doux et chaud à son oreille, qui la chatouillait un peu, faillit lui faire perdre la tête. Elle prit son visage à deux mains et plaqua ses lèvres sur les siennes, à cheval sur ses cuisses. Elle voulait être toute à lui, mais n'avait pas envie de se précipiter et de gâcher ces instants précieux.

Il souleva ses seins, les serrant légèrement à travers son T-shirt et son soutien-gorge, pinçant ses tétons déjà tendus... juste assez fort pour lui arracher un gémissement de plaisir. L'excitation montait de son ventre. D'un seul coup, il la lâcha pour lui enlever son T-shirt, dégrafer son soutien-gorge, et sa bouche remplaça ses paumes. Il la serrait contre lui, la léchait, la mordillait. Elle enveloppa les bras autour de sa nuque, de sa tête, pour mieux le maintenir en place. Elle aurait été prête à tout pour retenir ce fragment de paradis un peu plus longtemps. Une des mains de Heath descendit le long de son ventre pour effleurer son pantalon de yoga.

Elle baissa les yeux sur lui et vit l'étendue de sa confiance dans son regard. Oh ! que c'était bon ! Cette fois, ce n'était pas uniquement son corps qu'elle désirait. Elle voulait nouer des liens plus étroits avec lui.

Sans le quitter des yeux, elle recula un peu.

— J'en veux plus.

— C'est-à-dire ? demanda-t-il d'une voix rauque.

— Je veux... tout.

C'était le seul mot qui lui semblait approprié pour traduire l'étendue de ce qu'elle ressentait.

— Tout ce que tu as à offrir.

Il haussa les sourcils, comme surpris. Comprenait-il ? Se comprenait-elle, elle-même ? Elle ne pouvait que lui montrer... Elle déboutonna sa chemise et en écarta le tissu pour embrasser son torse. Ils avaient souvent fait l'amour, depuis le soir où elle l'avait emmené chez elle, mais chaque fois ils avaient cédé à un désir presque désespéré. Après tout, le séjour de Heath serait court, et ils n'avaient pas voulu perdre un seul instant. Mais cette fois, en embrassant son épaule nue et en caressant ses bras, Freya sentit que c'était plus réel. C'était ce qu'elle désirait vraiment.

Elle griffa légèrement la peau sensible, à l'intérieur de son coude. Il frissonna, et elle déposa un baiser à cet endroit. Ils avaient vécu dans une bulle, prétendant qu'ils n'étaient qu'un couple formé par le hasard, sans avenir ; mais il lui avait montré une photo de sa sœur, et la bulle avait éclaté. Non, c'était même arrivé avant, à l'instant où il avait plongé la tête entre ses mains sans craindre de lui montrer sa vulnérabilité. Les masques étaient tombés. Le fantasme s'était évaporé. Et elle était heureuse de voir enfin le véritable Heath, l'homme qu'il cachait au reste du monde. Elle avait envie de mieux connaître cette facette secrète de lui.

Elle embrassa son bras, puis la paume de sa main. Il retint son souffle, et elle leva les yeux vers lui. Il la regardait avec fièvre.

— Freya, murmura-t-il d'une voix altérée par le désir. Oh ! quand tu me regardes ainsi… Ça me rend fou.

Il l'allongea doucement sur le dos, le regard troublé, avec un semblant de sourire.

— Je ne te mérite pas, souffla-t-il avant de gober ses lèvres de nouveau.

La chaleur de son corps l'enveloppa, s'ajoutant aux flammes qui brûlaient en elle. Ils allaient prendre feu, à ce rythme, et ça aurait été un maigre sacrifice comparé au bonheur dans lequel elle baignait.

Il glissa une fois de plus les mains jusqu'à la ceinture de son pantalon de yoga et le fit descendre le long de ses hanches avant de la pénétrer d'un doigt. Elle se tortilla, submergée par les sensations et solidement accrochée à ses épaules. Une tension exquise monta en elle, lentement.

— Continue, dit-elle, presque anxieuse.

— Je pourrais pourtant m'arrêter…

— Non ! le supplia-t-elle.

— … pour faire ça.

Sa main se figea, et elle voulut protester, mais il descendit entre ses cuisses. En quelques instants, sa bouche remplaça ses doigts, et la caresse de sa langue la fit gémir. Le plaisir monta vite. Il lui prit la main, serrant ses doigts pour lui offrir une ancre. La tension était insoutenable, à présent. Quand l'orgasme frappa, elle cria son prénom.

Elle se laissa retomber ensuite pendant quelques instants – quelques heures ? – à peine consciente du départ de Heath. Elle n'avait même plus la force d'ouvrir les yeux. Lorsqu'elle y parvint, elle vit qu'il s'était déshabillé et qu'il était en train d'enfiler un préservatif.

En un éclair, sa torpeur s'évanouit. Elle avait froid, sans lui pour la réchauffer, et tendit une main vers lui. Son sourire était vorace. Il se jeta presque sur elle, appuyé sur les mains, de part et d'autre de sa tête. Il se pencha, l'embrassa avec fougue. Elle passa les jambes autour de sa taille. Elle avait tant besoin de le toucher !

Tandis qu'il guidait son sexe vers elle, elle caressa ses hanches, la peau lisse de son ventre. Il la pénétra avec un grondement sauvage. Elle retint son souffle, ferma les yeux de nouveau pour savourer cette sensation et s'y noyer.

Il bougea d'abord lentement, et elle suivit son rythme sensuel. Peu à peu, tout s'accéléra, elle griffa son dos sans s'en apercevoir, le pressant d'aller plus vite.

Il baissa la tête, les yeux fixés sur elle comme si leurs âmes se parlaient, puis sa bouche s'écrasa sur la sienne. Il glissa une main entre eux pour caresser son clitoris déjà trop sensible. Une explosion la secoua. Elle s'agrippa à lui dans cette chevauchée fiévreuse. Jamais elle n'avait autant désiré un homme. Elle le serra contre elle, sentant ses muscles trembler quand la jouissance le prit. Il s'affala sur elle d'un seul coup, au milieu des coussins du canapé, et l'enlaça, formant autour d'eux un cocon qui les protégeait du reste du monde.

Allongée dans ses bras, elle caressa doucement ses cheveux. Elle en avait voulu plus, et il lui avait donné ce qu'elle demandait. Ça avait été plus réel, plus intense que jamais. Comment allait-elle pouvoir survivre sans lui, une fois qu'il aurait quitté le pays ?

8

Heath acheva de préparer une tournée de boulevardiers devant le petit bar discret du salon de Sarah. Il en apporta un à sa tante, installée dans son fauteuil préféré, puis un autre à Freya, qui était agenouillée sur le tapis et faisait défiler une tonne de chiffres sur l'écran de son portable. Puis il s'assit sur le canapé avec son propre verre et tenta de poser sur elle un regard dénué de passion. Y parvenait-il ?

Officiellement, il était seulement là pour faire le point sur l'étendue de son héritage ; mais il était secrètement hypnotisé par le talent de Freya, face à cette montagne de registres. Il savait gérer des balances comptables et maîtrisait les bases financières nécessaires à la bonne marche de son bar. Seulement, devant ce monceau de papiers fournis par Sarah, il se sentait dépassé. Il ne pouvait donc qu'observer et apprécier le spectacle qu'offrait Freya devant son ordinateur, à l'aise comme un poisson dans l'eau.

Oh ! il y avait beaucoup à apprécier chez elle... Il aimait son air concentré, sa queue-de-cheval stricte d'où s'échappaient quelques petits cheveux roux, sa manière de se mordiller la lèvre quand elle réfléchissait. Il sentait presque la pression de ses dents, depuis l'autre côté de la table basse. Des images de son corps nu dans ses bras, la veille, lui revinrent, et il sentit l'air lui manquer. Ils avaient décidé que cette nuit serait leur adieu... mais il n'avait pas l'impression d'avoir terminé quoi que ce soit, avec elle. Il ne pourrait supporter de ne plus la toucher. Il s'en irait dès que les derniers papiers seraient en ordre ; peut-être dès le lendemain, et il devait rester concentré là-dessus. Il n'aurait dû penser qu'au voyage, et pas à la pression des cuisses de Freya autour de ses hanches...

Il s'éclaircit la voix.

— Sarah, après avoir pris connaissance de tous ces documents, je pense rentrer chez moi. Sans doute dans un jour ou deux.

— Si vite ? demanda-t-elle, clairement déçue. Ne peux-tu pas rester un peu plus longtemps ? J'ai préparé une fête pour célébrer dignement ton retour.

Il tressaillit. Il avait oublié cette soirée.

— J'ai laissé mes affaires en suspens. Ma serveuse gère le bar en mon absence, mais je ne peux pas lui demander de me remplacer trop longtemps. J'ai aussi ma sœur, mes amis... Toute ma vie a été mise entre parenthèses pendant mon séjour ici.

— J'espérais...

Elle hésita, puis se ravisa et sourit.

— Tu vas beaucoup me manquer. Ta chambre sera toujours prête, au cas où tu décides de me rendre visite. Elle t'appartient, maintenant.

Heath se pencha pour lui prendre la main. Elle faisait partie des gentils et lui manquerait aussi. Étrange. Son opinion avait changé du tout au tout depuis son arrivée. À l'époque, il avait gardé ses distances, méfiant...

— Je te remercie, et je te propose un compromis au sujet de la fête. Je dois rentrer, mais je pourrai revenir à temps pour y faire une apparition.

— D'accord, dit-elle en souriant, les yeux humides.

Il lâcha sa main et but une gorgée de son cocktail. Il ne releva les yeux que lorsque Freya étouffa un petit cri. Elle se redressa vivement, scrutant son écran d'un air abasourdi.

— Sarah, tu ne t'es pas contentée de gérer la fortune de Heath en attendant son retour ; tu l'as fait fructifier ! Je vois déjà que la somme a doublé, et je n'ai pas fini d'étudier tous les relevés.

Heath ne put réprimer un mouvement de surprise.

— Que veux-tu dire ?

— Désormais, Bellavista ne représente qu'une fraction de ton capital, expliqua Freya en indiquant les colonnes de chiffres d'un geste. Tu possèdes des investissements dans le monde entier, dont plusieurs autres entreprises.

— Eh bien, dit Sarah fièrement en levant son verre, j'ai fait des études de finance. Ce n'est pas parce que mon père a légué sa firme à Joseph qu'il était nécessairement le mieux placé pour la diriger.

Freya passa à une autre page, les yeux ronds.

— Ça paraît évident, en effet.

— J'ai choisi des placements à fort retour sur investissement, et j'ai diversifié le portefeuille pour limiter les risques, précisa Sarah, le regard pétillant.

— Dans ce cas, tu devrais garder les bénéfices, répondit Heath.

Freya n'aurait sans doute aucun mal à en calculer le montant.

— De toute manière, j'ai déjà plus d'argent que je ne pourrai en dépenser.

Mae et lui seraient désormais à l'abri du besoin pour le restant de leurs jours... Mais Sarah fronça les sourcils.

— C'est hors de question. J'ai fait ça pour toi, et j'ai mes propres placements. Je ne suis pas pauvre.

Freya poussa un autre cri et dévisagea Heath.

— Tu... possèdes Leyland Energy.

— Oh ! Oui, admit Sarah en rougissant un peu. J'avoue que *ce* choix n'a pas été basé uniquement sur les profits. Excuse-moi, Heath, mais j'ai acheté cette entreprise pour des raisons personnelles, et elle n'a pas gonflé ton capital...

— Tu l'as fait par vengeance, murmura Freya, manifestement impressionnée.

Sarah haussa les épaules, sans le moindre signe de remords, et Heath éclata de rire.

— Peut-être, dit-elle. J'ai passé quelques années à racheter des actions au nom de différentes entreprises, puis les dettes de Leyland, donc tout ce qu'il possède est désormais à toi, Heath.

Touché par la justice karmique de ce geste, il hocha la tête. Il approuvait sa tante, bien sûr.

— Leyland est-il au courant ?

— Pas du tout. Je ne voulais pas éveiller ses soupçons et risquer une ingérence avant d'avoir acquis presque toutes ses parts. Puis, quand nous t'avons retrouvé, j'ai préféré attendre de t'en parler. C'est à toi de décider d'agir ou non.

Freya abandonna définitivement ses relevés de compte et s'adossa contre le mur.

— Bon sang...

— Prairie et Constance sont cadres dans la société, reprit Sarah d'un air mutin, et elles espèrent en hériter. Donc, ce document a le pouvoir de renverser tous les projets de la famille Leyland.

Heath sourit à sa tante.

— Même si cette stratégie m'a fait perdre un peu d'argent, je la soutiens de tout cœur. Beau travail, Sarah !

Néanmoins, il allait à présent devoir réfléchir à l'avenir de Leyland Energy. Il ne pouvait pas laisser ce dossier en suspens. Qui que soit le propriétaire, la société devait rester stable pour le bien du personnel et des clients. Une décision s'imposait. S'il appréciait le geste de Sarah, celui-ci faisait peser de nouvelles responsabilités sur ses épaules et l'obligeait à régler un autre problème avant de pouvoir rentrer chez lui. Sans compter l'impact que tout ça allait avoir sur Freya : elle était encore sous le choc.

Il se passa pensivement la main sur le menton.

— En fin de compte, je crois que je vais un peu prolonger mon séjour, si ça ne te dérange pas.

Sarah tenta de cacher son sourire – en vain.

— Ça ne devrait pas poser de problème...

Il jeta un coup d'œil à Freya, qui hocha la tête avant de se concentrer de nouveau sur les documents qu'elle faisait défiler sur son écran.

— Sarah, c'est impressionnant. J'ai du mal à croire que tu aies réussi à accomplir tout ça.

Heath se laissa glisser au sol, pour mieux voir l'écran. Et Freya. Et si d'aventure, en croisant les jambes sous la table basse, son genou effleurait le sien par accident... Eh bien, il n'y pourrait rien.

— Bon, dit-il. Il est temps pour moi de me familiariser avec ces chiffres. Faisons le point.

— Je vais préparer du café, annonça Sarah en se levant.

Deux jours plus tard, Freya se retrouva avec Heath dans l'ascenseur qui allait les conduire jusqu'aux bureaux de Leyland Energy. Plus ils approchaient du quatorzième étage, plus sa nervosité s'accroissait. Ça n'avait été qu'une gêne, ce matin-là, puis c'était devenu plus intense dans la voiture, et quand ils s'étaient garés devant l'immeuble, elle avait été incapable de l'ignorer.

La clochette de l'ascenseur tinta, et la porte s'ouvrit, mais Freya appuya sur le bouton pour les refermer. Heath la regarda d'un air perplexe.

— Freya ?

— Je ne devrais pas être là...

— Bien sûr que si. Je possède cette société et je t'ai demandé de venir jeter un coup d'œil aux livres comptables pour moi. Ta présence est tout à fait justifiée.

— Tu aurais pu te faire accompagner par l'un des employés de Sarah qui sont restés dans le hall. Ils sont doués. Tu n'avais pas besoin de *moi*.

Il avait insisté pour que l'équipe d'experts de Sarah les attende en bas, afin de ne pas donner l'impression qu'ils débarquaient en force. Heath lui fit face, dans l'étroite cabine.

— Je n'ai pas l'habitude de prendre le contrôle d'une entreprise dont j'ignorais l'existence, il y a une semaine à peine. C'est pour ça que tu es là, avec moi.

Elle se mordit la lèvre. Il avait raison : le monde des finances lui était étranger, et elle pouvait lui apporter son soutien. Elle en était capable. Elle prit une profonde inspiration et lâcha le bouton de fermeture manuelle.

— D'accord.

Vif comme l'éclair, il appuya à son tour sur le bouton.

— Tu ne me dis pas tout. As-tu peur d'eux ?

De sa main libre, il caressa sa joue.

— Ne veux-tu pas voir leurs visages, quand ils apprendront la vérité ?

— Si, avoua-t-elle. J'en ai même très envie, et ça m'effraye.

— Là, je suis perdu...

— Pendant toute ma vie, je me suis efforcée de ne pas leur ressembler. Je voulais être comme ma mère, comme Sarah ; mais, surtout, je n'avais pas envie de devenir aussi méprisable qu'eux.

— Tu n'as pas peur d'eux, murmura-t-il. Tu as peur de fanfaronner, comme ils le feraient fait à ta place.

— J'aimerais te dire que je saurai me tenir, que je suis assez mature pour rester de marbre et ne pas savourer leur échec, mais...

— Freya Wilson, dit-il avec un sourire grave, si jamais tu devais tout oublier de notre histoire, retiens au moins ceci : tu es la personne la plus mature que je connaisse. Tu agis pour la justice, et si tu te retrouves mêlée à ça, c'est uniquement parce que tu voulais aider Sarah, une personne que tu aimes. Tu es quelqu'un de bien. Si j'avais un enfant, je lui dirais : « Essaye de devenir comme elle en grandissant... »

— Heath...

Elle avait la gorge trop nouée pour parler.

— Je ne vais pas t'obliger à sortir de cette cabine, si tu n'en as pas envie, mais je sais que tes décisions seront les bonnes. C'est toujours le cas. Tu es extraordinaire, Freya.

Elle se plongea dans ses yeux bruns, et son cœur fondit. Elle fut même étonnée qu'il arrive encore à battre. Elle n'aurait aucun mal à lui promettre de se souvenir de ces paroles : cet instant resterait gravé dans sa mémoire à tout jamais.

— Merci, murmura-t-elle. Tu ne sais pas quel cadeau tu viens de me faire.

Toujours souriant, il se pencha pour déposer un petit baiser sur ses lèvres, et si l'ascenseur n'avait pas sonné pour leur rappeler qu'il était toujours immobilisé, elle se serait abandonnée à son étreinte. Mais elle décida de sortir.

— Bon, dit-elle en se redressant. Allons-y.

— Allons-y, répéta-t-il avant de lâcher le bouton.

La porte s'ouvrit sur une jeune femme à lunettes rouges.

— Êtes-vous là pour la réunion avec la direction ?

L'équipe de Sarah avait demandé un rendez-vous avec Leyland et ses deux associées – Prairie et Constance – sans dévoiler l'identité du nouveau propriétaire de la firme. La pauvre secrétaire avait dû patienter devant la porte sans savoir qui elle devait recevoir.

— En effet, répondit Heath. Nous avons quelques minutes de retard, désolé.

Elle les conduisit dans une grande salle meublée d'une immense table ovale au bout de laquelle étaient assises trois personnes, puis s'éclipsa. Prairie les dévisagea d'un air soupçonneux dès leur arrivée.

— Qu'est-ce que vous fichez ici, tous les deux ?

— Bonjour, lança Freya en lui tendant un dossier. Voici Heath Dunstan. Il dirige différentes sociétés qui, combinées, possèdent aujourd'hui 92 % de Leyland Energy.

Ignorant le dossier, Prairie se tourna vivement vers son père.

— Est-ce vrai ?

Freya vit Leyland pâlir, puis bégayer.

— Je... Ça ne peut...

Il feuilleta rapidement les pages.

— Je ne sais pas, avoua-t-il.

En le voyant si perdu, Freya sentit son cœur se serrer. Leyland interrogea Heath du regard, et elle sut. Si elle avait cru que cet instant serait une victoire, elle s'était trompée. Elle était envahie par une atroce sensation de vide. Ses demi-sœurs n'avaient pas touché à leurs copies du dossier.

— Bonjour, commença Heath d'une voix forte. Je vous remercie de me rencontrer au pied levé. Comme Mlle Wilson vient de vous le dire, je possède la quasi-totalité des parts de cette entreprise et je souhaiterais m'entretenir avec vous de certaines choses.

Constance n'avait pas quitté Freya des yeux depuis leur arrivée.

— *Tu* as fait ça, cracha-t-elle. Tu as toujours voulu faire partie de cette firme et prendre ce qui nous appartenait !

Heath s'avança d'un pas pour la protéger, mais Freya leva imperceptiblement la main, et il s'écarta. Il attendit, lui laissant les commandes.

— Pourquoi crois-tu que je désire t'enlever quoi que ce soit ? demanda-t-elle.

Certes, elle aurait aimé grandir avec un père et des sœurs, mais elle avait compris très jeune qu'elle n'avait pas à jalouser leur famille. Si elle avait eu le choix, elle aurait adopté un autre père et d'autres sœurs… Constance se leva, vibrante de rage.

— Papa nous a tout raconté ! cria-t-elle.

— Quoi ? Qu'il a payé mes frais scolaires contraint et forcé, qu'il a accepté de mauvaise grâce d'accorder à ma mère une minable pension alimentaire ?

— Minable ? s'emporta Prairie. Ne mens pas, juste parce que ton *petit copain* est là ! Nous savons que tu lui réclamais toujours de l'argent. Constance n'a pas pu avoir sa Corvette à seize ans parce que papa a dû t'en acheter une ; et je n'ai pas pu voyager en Europe avec mes amis pour fêter ma majorité parce que tu exigeais plus d'argent pour tes vêtements !

Freya hésita. Ces mensonges étaient si choquants qu'elle avait du mal à comprendre. Puis un regard vers son père éclaira tout. Tassé sur sa chaise, il était rouge et ne cessait de fixer la porte, comme s'il cherchait une issue de secours. Elle sentit les battements de son cœur se répercuter dans tout son corps, tandis que la vérité lui apparaissait clairement. Elle tremblait, incapable de parler. Soudain, une main chaude se posa au bas de son dos, et la seule présence réconfortante de Heath suffit à lui faire reprendre ses esprits.

— Que leur avez-vous dit, exactement ? demanda-t-elle à son père d'une voix bien plus calme qu'elle l'avait craint.

Leyland redressa le menton. Il semblait enfin décidé à braver la tempête.

— Les détails sont peut-être exagérés, mais les faits sont là. J'ai dû t'entretenir en plus de mes filles, et des sacrifices ont été nécessaires. Elles en ont subi les conséquences.

Heath tressaillit en l'entendant parler de ses filles, mais Freya ne fut pas blessée d'être exclue. Au contraire, un détachement inattendu l'envahit. Elle ne risquait pas de fanfaronner, ou d'être envieuse. Ces gens n'étaient rien pour elle. Des étrangers. Néanmoins, elle leur devait la vérité, comme à tous ceux avec lesquels elle négociait au travail.

— Il vous a menti, dit-elle simplement. Il n'y a eu ni voiture ni vêtements, et il a souvent « oublié » de verser les mensualités pour ma scolarité.

Elle vit soudain ses demi-sœurs sous un jour nouveau, vivant avec un homme qui les avait dupées depuis leur enfance. Elle ne compatissait pas pour autant : Prairie et Constance avaient aussi fait leurs choix.

— Vous m'en avez peut-être voulu pour les cadeaux que vous pensiez financer par vos privations, mais sachez que je ne suis pas jalouse de votre famille. Pas le moins du monde.

Constance frissonna, comme pour chasser la vérité.

— Même si c'est le cas, que fais-tu ici ? Tu viens tourner au-dessus de nos têtes, comme un vautour, juste parce que ton copain a soudain, et bizarrement, acquis notre société ?

Cette fois, Heath s'avança pour de bon.

— Freya est comptable. Je l'ai invitée en tant que consultante. Puisque cette conversation semble n'aller nulle part, j'apprécierais que vous la conduisiez au service comptabilité pour la laisser accéder aux registres complets de l'entreprise, monsieur Leyland.

Il se retourna vers les deux jeunes femmes et les dévisagea.

— Si jamais vous craignez qu'elle découvre des irrégularités dans les comptes, je vous conseille de commencer à chercher un autre emploi.

Prairie rassembla ses affaires et les pressa contre sa poitrine.

— Je ne resterai pas là pour me faire insulter par un barman australien. Vous aurez ma lettre de démission avant ce soir.

Constance se campa près d'elle.

— La mienne aussi. Pensez-vous pouvoir diriger cette entreprise sans nous ?

— J'en prends le risque, répliqua Heath avec un sourire mielleux. Sachez juste que des agents de sécurité sont postés à chaque porte et fouilleront vos sacs à la recherche de documents appartenant à la société, et mes employés vous attendent aussi dans le couloir pour vous accompagner jusqu'à vos bureaux.

— Aviez-vous l'intention de nous licencier, si nous refusions de démissionner ? glapit Prairie.

— Je me suis préparé à toute éventualité.

Les deux femmes quittèrent la salle, et Heath fourra les mains dans ses poches d'un air tranquille.

— Monsieur Leyland ? Allez-vous conduire Mlle Wilson au service comptabilité, ou dois-je le faire moi-même ?

Freya fut traversée par une bouffée de fierté. Heath n'était peut-être pas dans son élément au milieu de ces gratte-ciel, mais elle n'avait encore jamais vu quelqu'un d'aussi impressionnant. Il se tenait droit, très calme, patient, maîtrisant totalement la situation. Elle dut se retenir de le toucher, de puiser en lui un peu de cette puissance dont elle avait tant besoin.

Leyland se leva et attrapa son bloc-notes d'un geste rageur avant de sortir dans le couloir. Heath se tourna vers Freya.

— Préviens-moi quand tu auras fini, dit-il avec douceur.

Elle hocha la tête et suivit son père.

Trois heures plus tard, ils étaient enfin prêts à partir. Constance, Prairie et leur père avaient été accompagnés dehors après avoir remis leurs démissions, et Heath avait parlé au personnel des changements à venir. Il s'était aussi entretenu en privé avec les cadres. Freya avait fait changer tous les mots de passe et avait sauvegardé une copie des comptes sur un disque dur pour les étudier en détail chez elle. Cela lui permettait aussi de conserver une preuve, au cas où un des employés tente de saboter la passation de pouvoir, par fidélité envers Leyland. Néanmoins, après avoir parlé avec plusieurs personnes, elle n'était pas inquiète : nul n'aimait ou ne respectait assez son père pour se mettre en danger.

Lauren approcha la voiture de l'immeuble et y monta avec Heath.

— Bien, dit-il en attachant sa ceinture, cette matinée m'a semblé durer trois bonnes années... au bas mot.

Freya gloussa et lui prit la main sur la banquette, hors de vue du rétroviseur.

— Qu'as-tu dit aux responsables de services ?

— Que je n'ai pas l'intention de garder cette entreprise, mais que leurs emplois ne sont pas menacés pour l'instant.

Elle sursauta.

— Es-tu sérieux ?

— Je suis barman. Je suis toujours sérieux, dit-il en reprenant sa plaisanterie du soir du gala.

Les rues et les bâtiments défilaient devant les vitres, mais elle restait concentrée sur lui, tentant de deviner ce qu'il avait en tête.

— Tu semblais vraiment à ta place, là-bas...

— Freya, je n'appartiens pas à ce monde. Je ne peux diriger une telle entreprise depuis l'Australie, et je mettrais tous les employés en difficulté. Ce ne serait pas juste.

Une pierre lui tomba sur l'estomac. L'Australie. Pendant quelques heures, tandis qu'ils unissaient leurs forces pour prendre le contrôle de Leyland Energy, elle avait écarté cette pensée. Ça avait été une erreur, car Heath, lui, n'avait pas oublié. Il ne pensait qu'à rentrer chez lui.

— Que vas-tu faire, alors ? demanda-t-elle.

— Je pensais faire don de la société à Lauren.

La voiture pila, et ils furent projetés en avant, retenus par leurs ceintures de sécurité. Un concert de klaxons s'éleva autour d'eux, et Lauren redémarra.

Freya jeta un coup d'œil dans le rétroviseur. Sa mère paraissait aussi choquée qu'elle.

— Est-ce une tentative de corruption ? lança-t-elle durement.

— Pourquoi devrais-je vous corrompre ?

Elle haussa les épaules depuis son siège.

— Pour que je ne m'oppose pas à votre liaison.

— Il n'y a pas de liaison ! protesta Freya.

Après tout, il venait de lui rappeler qu'il allait bientôt repartir, et ça ne semblait pas le troubler. Quand on a une « liaison », on s'attache. On ne se montre pas aussi indifférent.

Sa mère adressa à Freya le même regard que lorsqu'elle prétendait avoir fini ses devoirs pour pouvoir jouer, autrefois, puis se concentra de nouveau sur la route.

— Qui peut se permettre de céder une entreprise comme ça, sur un coup de tête ?

Freya faillit éclater de rire.

— Heath le fait, dit-elle en serrant sa main.

À sa place, n'importe qui aurait fait cette annonce en public, après avoir soigneusement préparé le terrain et convoqué une conférence de presse pour soigner son image. Ou aurait cherché à obtenir quelque chose en échange. Mais pas lui. Elle sourit de plus belle.

— Je ne fais que réparer une injustice, dit-il gravement. Voyez cela comme une compensation pour les pensions alimentaires que vous n'avez jamais reçues. Je sais déjà que Leyland s'est contenté du minimum, et qu'il a enchaîné les impayés dès qu'il en avait l'occasion.

Sa mère cligna rapidement des paupières. Freya dut ravaler une bouffée de tristesse. Tant de gens passaient devant elle sans la voir.

Son poste de chauffeuse la rendait invisible, et pour les Leyland elle n'était qu'une gêne secondaire. Mais Heath la voyait. Il savait ce qu'elle avait sacrifié et la jugeait assez importante pour l'aider.

— Merci, lui glissa-t-elle à l'oreille.

— Quel serait l'intérêt d'hériter de cette fortune, si je ne peux pas m'en servir pour faire le bien ?

Devant eux, sa mère actionna son clignotant et tourna.

— Je ne sais pas comment diriger une entreprise.

— Sarah, oui, lui rappela Freya, sentant un adoucissement dans sa voix. Tu pourrais lui demander de l'aide. Je suis sûre qu'elle serait ravie de surpasser les succès de Leyland, juste pour le principe.

Heath haussa les épaules.

— Vous pourriez aussi la vendre. Ou la fermer et liquider les capitaux.

Sa mère le fusilla du regard dans le rétroviseur.

— Et les employés ?!

— Vous voyez, dit-il en souriant. Vous êtes déjà une meilleure patronne que Leyland.

Freya rit de bon cœur. Il avait raison : sa mère et Sarah feraient un duo formidable. Il serra un peu plus ses doigts, et elle le regarda. D'un seul coup, au milieu de ce bonheur parfait, elle prit conscience d'une chose atroce.

Elle était amoureuse de lui.

Sans doute n'était-ce pas nouveau, mais elle ne pouvait plus fermer les yeux. Le problème, c'était qu'il avait tout le pouvoir. En quelques heures, il l'avait vengée des Leyland, l'avait soutenue dans l'ascenseur avec une douceur qu'elle n'oublierait jamais et avait rendu sa mère heureuse. Elle avait la force de protéger son cœur au lit, mais pas ici. Hélas ! il allait partir. C'était décidé. Sa poitrine se comprima, et elle eut du mal à respirer. Elle avait failli réussir à maintenir son armure jusqu'au dernier jour, mais elle avait échoué.

La voiture s'arrêta devant l'immeuble de Sarah et, après avoir dit au revoir à sa mère, encore bouleversée, Freya sortit.

Elle se tint sur le trottoir, le regard levé vers le bâtiment, incapable de croiser celui de Heath ou de supporter ce qu'elle risquait d'y voir.

— J'imagine que tu es libre de rentrer chez toi, à présent...

Il plongea les mains dans ses poches.

— Oui, dès que j'aurai réservé mon vol.

— Ce que tu viens de faire pour ma mère... Ça représente tout pour elle, dit-elle en osant enfin se tourner vers lui. Je ne sais pas comment te remercier.

Un petit sourire flotta sur ses lèvres.

— J'ai bien une idée ou deux.

— Ce que tu voudras.

Elle ignorait ce qu'il allait lui demander, mais ça lui était égal. Rien ne pourrait compenser le cadeau qu'il avait fait à sa mère.

— Quand je serai rentré, dit-il en baissant la tête, je devrai tout raconter à Mae. Elle aura des questions. J'aurai besoin d'un comptable pour y répondre, et tu es comptable. Tu es même intimement liée à tout ce sac de nœuds et tu sauras satisfaire la curiosité de ma sœur au sujet de Sarah ou des Rutherford.

Freya se figea. L'accompagner en Australie ? Dans ce pays où elle s'était sentie assez libre pour s'affranchir des carcans et coucher avec un barman sexy... avec *lui*. Comment pourrait-elle y survivre, maintenant qu'elle se savait amoureuse ?

— Allez, insista-t-il de sa voix profonde. N'oublie pas : c'est l'été, là-bas. Il fait chaud. Et je te promets un daïquiri à la mangue maison dès que nous serons arrivés chez moi.

Oh ! Cet homme était le diable. Il la tentait, la soudoyait. De plus, comment aurait-elle pu dire non à l'homme qui venait d'offrir une entreprise à sa mère pour compenser des années de souffrance ? Il voulait juste qu'elle aide sa sœur...

— Je peux t'accorder trois ou quatre jours, en comptant le voyage. Mes congés sont presque terminés, et mon patron va m'attendre au bureau.

— Ça me suffit.

Il s'approcha et l'embrassa sur la joue, s'attardant juste un peu trop longtemps.

— Merci.

— De rien, répondit Freya en tentant de se convaincre qu'elle aidait juste un ami.

Cependant, une part d'elle la soupçonnait d'avoir accepté parce qu'elle n'était pas encore prête à lui dire adieu. Cet instant de faiblesse allait sans doute lui coûter très cher, enraciner son amour plus profondément encore. Mais elle allait tout de même le faire. N'avait-elle pas la force de surmonter cette épreuve ?

9

Il leur fallut deux jours pour organiser leur voyage jusqu'en Australie. Heath avait été ravi, quoique surpris, que Freya ait accepté de l'accompagner. Depuis, il passait son temps à planifier son séjour. Son premier passage à Noosa s'était mal terminé, et il l'avait jetée dehors, mais cette fois…

Ces derniers temps, elle avait profité de chaque heure de liberté pour lui faire visiter New York, et il avait bien l'intention de lui retourner la faveur. Il mettrait ces quelques jours de liberté à profit pour lui montrer le meilleur du Queensland. Et pendant les nuits ? Il lui montrerait le meilleur de *lui-même*.

Il avait déjà souvent pensé à ce qui se passerait, entre eux, une fois qu'il serait définitivement rentré chez lui, et avait compris qu'il n'avait pas la force de la voir partir – pas encore. Il ne pouvait imaginer sa vie sans la serrer dans ses bras, sans voir de sourire illuminer son visage et lui réchauffer le cœur.

La première option aurait été de la convaincre d'emménager en Australie. Certes, sa mère et Sarah vivaient à New York, mais il aurait pu sans peine lui offrir autant de billets d'avion qu'elle le souhaiterait pour lui permettre de leur rendre visite. Mais accepterait-elle de quitter son travail ? L'autre solution restait une relation à distance. Il prévoyait déjà de venir assez souvent en Amérique pour voir sa famille et surveiller ses investissements. Si Freya venait le rejoindre à Noosa de temps à autre, leur couple aurait des chances de tenir. Si elle appréciait son deuxième séjour chez lui, s'il parvenait à lui faire apprécier sa ville, à la séduire, peut-être pourrait-il rapidement lui parler de tout ça.

Ils arrivèrent enfin au bar, leurs bagages à la main, juste au coucher du soleil. Freya jeta un coup d'œil à la salle remplie de monde et sourit.

— Je ne suis pas restée longtemps, la dernière fois, mais j'ai tant de souvenirs de cet endroit, dit-elle.

— De bons souvenirs ? lui glissa-t-il à l'oreille.

Ses longs cheveux lâchés, un peu décoiffés, caressaient ses épaules, son dos, et sa robe vert menthe avait été un peu froissée par le voyage. Mais elle ne lui avait encore jamais paru aussi charmante...

— En partie, répondit-elle en levant vers lui ses yeux caramel où se reflétaient les lampes. J'ai rencontré un barman sexy et j'ai flirté avec lui toute la soirée.

Il sourit.

— Que s'est-il passé ensuite ?

— On a chanté, on a couché ensemble, on a pris un jet privé pour aller à New York et on s'est baladés à moto jusqu'à une plage du New Jersey...

Elle se mordilla la lèvre, et Heath sentit son cœur s'emballer.

— Bref, il s'est passé beaucoup de choses.

— Peut-être vas-tu le croiser de nouveau. J'ai entendu dire qu'il pourrait faire une apparition ici, ce soir.

Un groupe de clients entra et les bouscula. Instinctivement, il attira Freya plus près de lui.

— Viens. Montons avant que le personnel me remarque et me remette au boulot. Mae doit nous attendre chez moi.

Ils montèrent à l'étage, et Heath fit entrer Freya dans son salon avant de lâcher leurs sacs par terre. Mae, qui dormait sur le canapé, se réveilla en sursaut.

— Heath ! cria-t-elle en bondissant pour l'embrasser.

— Salut, Mae, dit-il tout en lui rendant son étreinte.

Il rit, si heureux de retrouver sa sœur et sa maison, en dépit de sa fatigue et du décalage horaire. Quand elle le lâcha enfin, il prit Freya par la taille et la fit avancer.

— Voici Freya Wilson. Elle m'a… aidé.

— Aidé ? Comment ?

Mae les dévisagea tour à tour d'un air complice. Elle avait toujours eu un don pour lire entre les lignes, sans jamais craindre de dire clairement ce qu'elle pensait. Il l'adorait pour ça, mais cette fois il avait besoin qu'elle se concentre.

— J'ai un aveu à te faire.

Il plongea les mains dans ses poches en faisant de son mieux pour paraître aussi calme que possible. Hélas ! Mae n'aurait aucun mal à percer son bluff.

— Pourquoi n'irions-nous pas nous promener sur la plage ? Je reviens de l'hiver américain, et la nuit est chaude…

— Tu as l'air sérieux, et je préférerais que tu me racontes tout ici, répliqua Mae, les bras croisés.

— C'est…

Il se passa une main dans les cheveux, le cerveau embrumé par son long vol.

— C'est important, et je ne veux pas tout lâcher comme ça. Nous n'avons même pas…

Mae s'assit sur une chaise avec un air buté.

— Pas de secrets. C'est notre règle. S'il y a quelque chose, dis-le-moi maintenant.

Il soupira, tira une autre chaise pour Freya et s'installa à son tour, accoudé à la table ronde.

— Je ne sais pas vraiment par où commencer.

— Commence par le pire. Les détails peuvent attendre.

— OK.

Il aurait aimé adoucir le coup, y aller progressivement, mais Mae ne l'aurait pas laissé faire. Il lui cachait la vérité depuis trop longtemps.

— Je n'ai pas juste rencontré la famille de maman, à New York. J'ai aussi retrouvé celle de papa.

Mae sursauta comme s'il l'avait frappée.

— Bon sang, Heath ! Maman nous a toujours dit que papa était un sale type et que nous ne devions jamais le chercher. Sans compter, une fois de plus, que nous avons juré de ne *jamais* avoir de secrets l'un pour l'autre !

— Maman avait raison de nous cacher, mais tu ne sais pas tout. Papa est mort. Nous ne courons plus de danger, dit-il sans la quitter des yeux. Nous sommes en sécurité.

— En sécurité ? répéta-t-elle, clairement incrédule.

Il acquiesça et lui laissa un instant pour digérer cette annonce.

— Pourquoi me dis-tu ça *après* ton voyage ? reprit-elle d'un air méfiant. Nous avons toujours été honnêtes, Heath. Pourquoi m'as-tu tenue à l'écart ? M'as-tu oubliée ?

Il tressaillit. Elle marquait un point : à sa place, il aurait été révolté aussi.

— Je suis parti parce que Freya m'avait retrouvé et voulait que je retourne en Amérique avec elle. Je tenais à m'assurer que le danger soit écarté avant de t'impliquer.

— Nous sommes une équipe, Heath, protesta-t-elle d'une voix blessée. Toi et moi. Depuis la mort de maman, nous sommes restés seuls pour nous protéger mutuellement.

Il sentit Freya s'agiter sur sa chaise, mais ne quitta pas sa sœur des yeux. Elle méritait toute son attention, après ce voyage.

— Nous sommes toujours une équipe, mais maman m'a aussi demandé de veiller sur toi. De te défendre quoi qu'il en coûte. Tu le sais. Tu sais aussi qu'elle m'aurait hanté jusqu'à ma mort, si j'avais failli à cette mission.

— C'est vrai, admit-elle avec un sourire réticent. Alors, il est mort ? Il est parti pour de bon ?

— Oui, mais il a laissé quelque chose derrière lui…

— Un chien ? Des dettes ? Une maison en ruine que nous allons devoir démolir ?

Il se leva et alla chercher une bouteille d'eau au frigo ainsi que trois verres avant de se rasseoir.

— Non. De l'argent.

— Super, dit-elle amèrement. Ça tombe bien, je voulais justement m'offrir une jolie petite voiture jaune...

— Il était riche, la coupa Heath. *Très* riche. C'est pour ça que maman a tant cherché à nous protéger. Il a vraiment engagé des détectives pour nous retrouver, comme elle le craignait.

— Riche comment ? demanda Mae, soudain plus grave. Parlet-on de dix mille dollars ? De cent mille ?

Heath jeta un coup d'œil à Freya, puis répondit :

— De milliards.

— Quoi ? cria sa sœur, soudain pâle.

Il remplit les verres et lui en tendit un. Elle l'avala d'une traite, puis reprit plus calmement :

— De milliards ?

— Je sais, c'est fou !

Il se massa la nuque. Lui-même avait encore du mal à y croire, malgré tout ce qui s'était passé à New York.

— Et ils sont à nous. Il s'appelait Joseph Rutherford, et son testament me désigne comme son héritier...

— Était-il au courant, pour moi ?

— Non. Maman a bien couvert ses traces. Personne ne sait et, si tu le veux, je peux m'assurer que ta véritable identité reste secrète. Ou bien, tu peux choisir de faire un test ADN pour prendre ta place dans la famille. Quoi que tu fasses, je partagerai l'héritage en deux. Je pourrai toujours prétendre que je le fais pour ma demi-sœur.

Freya haussa les épaules à côté de lui.

— Ça ne surprendrait personne. Tout le monde a des demi-frères et des demi-sœurs ou des familles compliquées...

Mae lui jeta un coup d'œil avant de revenir à Heath.

— Tu prétends avoir gardé le secret, mais cette femme *sait*. Tu lui as tout dit ?

— Elle l'a deviné, répondit-il simplement – comme si quoi que ce soit pouvait être simple, après l'enfance qu'ils avaient vécue.

— Heath ne t'a pas trahie, insista Freya. Je te le promets. J'ai compris toute seule.

Mae garda le silence un long moment.

— *Qui* êtes-vous ?

— Je suis comptable et je travaille avec la famille…

— Non. Qui êtes-vous, vraiment ? insista Mae, comme un limier qui a flairé une piste. Il y a autre chose.

Heath serra l'épaule de Freya pour la rassurer. Ils n'avaient jamais posé d'étiquette sur leur relation, et il ne savait pas quoi répondre. Quand il aurait eu le temps de lui parler, de lui dire à quel point il tenait à elle, peut-être pourraient-ils enfin s'assumer en tant que couple. Il la regarda, cette étincelle flamboyante qui illuminait sa vie, et dit :

— C'est une amie.

— Votre tante Sarah, la sœur de votre père, est ma marraine, expliqua Freya, les sourcils froncés. J'ai vécu chez elle, donc cette affaire est assez personnelle. Pas autant que pour vous deux, bien sûr, mais je veux que tout se passe bien pour vous trois.

— Vraiment ? murmura Mae avant de se retourner vers son frère. Elle a l'air gentille, mais as-tu conscience que c'est ce que maman a dû penser au sujet de papa, quand elle l'a rencontré ? Nous avons hérité de ses gènes, mais nous ne faisons pas partie de son monde !

Freya repoussa une mèche derrière son oreille d'une main tremblante, sans se détourner.

— Je ne fais pas non plus partie de ce monde.

Heath posa une main sur son genou, sous la table. Voir son trouble le bouleversait.

— C'est vrai, dit-il. Elle est comme nous : elle a hérité des gènes d'un père qui l'a rejetée, et n'a pas sa place dans ces cercles huppés. Elle a toujours vécu à la frontière.

Mae posa le menton dans sa main et se tapota les lèvres, songeuse.

— Veux-tu dire qu'elle n'a pas d'argent ? A-t-elle hérité du nôtre, avec sa mère ? Ont-elles profité de ta… de notre fortune ?

Freya rougit, et Heath l'enlaça pour la rassurer. Il ne partageait pas les soupçons de Mae et avait besoin qu'elle le sache.

— Pas du tout. L'entreprise de son père a fini par être rachetée par les Rutherford, et c'était la chose à faire, mais...

— Écoutez, le coupa Mae, concentrée sur Freya, vous avez l'air sympa. C'est vrai. Et je n'aime pas soupçonner les gens sans preuve, mais ma mère nous a élevés ainsi, et je n'y peux rien. Elle nous a aussi appris que nous ne pouvions nous fier qu'à nous-mêmes. C'est pourquoi il est inutile de me cacher plus longtemps. J'irai en Amérique, je me soumettrai à un test ADN et j'en assumerai les conséquences.

Heath sourit. Il était si fier de sa petite sœur.

— Il y aura une fête, la semaine prochaine. Sarah veut me présenter officiellement comme l'héritier de papa. J'adorerais que tu y sois aussi, pour prendre ta place à mes côtés.

Mae recula vivement, soudain moins déterminée.

— C'est trop rapide. Je dois prévenir l'école pour qu'ils trouvent un remplaçant.

— Faites ce qui vous semble bon, répondit Freya. Les employés de Sarah s'occuperont du voyage. Je leur dirai d'attendre votre appel. Vous pourrez les contacter directement ou par Heath. Je vous enverrai leurs coordonnées.

Heath vit Mae ravaler sa salive, puis boire une autre gorgée, et lui prit la main.

— Quand tu iras là-bas, je t'accompagnerai. Nous sommes une équipe.

— Merci. Ça fait beaucoup à encaisser, tu sais...

— Je suis là pour toi, murmura-t-il. Veux-tu que je dise la vérité à Sarah en retournant la voir ou préfères-tu que j'attende ton arrivée ?

— Fais comme bon te semble, soupira-t-elle. Je te fais confiance... Mais je suis toujours en colère, tu sais.

— Je m'en doute.

Elle lui pardonnerait avec le temps, comme toujours. Seulement, savoir qu'elle lui en voulait était douloureux.

— Tu sais quoi ? Tu n'as qu'à te reposer un peu. Demain, je te parlerai de l'argent et de Sarah. Elle devrait te plaire.

Sa sœur était clairement bouleversée, heurtée qu'il lui ait caché la vérité. Elle avait besoin de lui – et Freya aussi. Cette conversation avait dû la troubler, et il voulait s'assurer qu'elle aille bien.

— D'accord. Demain, dit Mae en finissant son verre. De toute manière, je vais avoir besoin de temps pour tout digérer et j'ai cours jusqu'à midi. Donne-moi vingt-quatre heures pour me remettre. Je reviendrai dîner avec toi pour écouter le reste de l'histoire.

— Ça marche.

Ils se levèrent et s'enlacèrent de nouveau.

— Pardonne-moi vite, murmura-t-il. Tu sais que je ne supporte pas de te savoir contrariée.

— Tu devras sans doute me faire des gaufres pour te racheter…

— Promis, dit-il sans hésiter. Avec des fraises.

Elle redressa la tête et le fixa sévèrement.

— Chaque matin. Pendant une semaine.

Il tenta de réprimer son sourire, en vain.

— Je pense en être capable.

— Dans ce cas, j'y réfléchirai, dit-elle en prenant son sac pour quitter l'appartement.

Lorsque la sœur de Heath referma la porte sur elle, Freya sentit les murs se resserrer autour d'elle, à tel point qu'elle eut du mal à respirer. En moins de vingt minutes, son univers entier avait changé. Elle savait depuis longtemps que Heath ne lui avait jamais montré son vrai visage, et le voir discuter ainsi avec Mae venait de confirmer ses soupçons. Pour la troisième fois de sa vie, elle était tombée amoureuse d'un homme caché sous un masque mais, contrairement à ses mariages, cette prise de conscience était bien plus dure, car l'amour qu'elle ressentait pour lui emplissait chaque recoin de son âme.

— Veux-tu te promener sur la plage avec moi ? demanda-t-il en lui prenant la main. J'ai besoin de voir la mer.

— D'accord.

Elle se força à sourire. Elle avait aussi besoin d'air et de réflexion. Mieux valait profiter des grands espaces, plutôt que rester confinée ici.

Ils redescendirent, traversèrent le bar rempli de monde et enlevèrent leurs chaussures dès qu'ils atteignirent le ponton de bois. Les abandonnant derrière eux, ils s'approchèrent de l'eau. Le sable était encore chaud, et la lune projetait un ruban de lumière argentée à la cime des vagues. Ce décor avait quelque chose d'irréel, comme une peinture ou un rêve - sans doute parce que Freya sortait à peine de l'hiver new-yorkais ; mais aussi parce qu'elle sentait sa tête tourner à toute vitesse. Et elle n'arrivait toujours pas à respirer normalement...

— J'ai beaucoup pensé à nous, dit Heath dès qu'ils se furent éloignés des autres promeneurs du soir.

— Moi aussi.

La brise légère faisait voleter ses cheveux. Elle fouilla dans sa poche à la recherche d'un élastique et se fit un rapide chignon sur la nuque.

— Je suis content de le savoir, reprit Heath avec douceur. Freya, je ne veux pas que notre histoire se termine. Je ne pense pas avoir la force de te laisser sortir de ma vie.

Ce matin-là encore, elle aurait été enchantée d'entendre ces paroles. Mais tout était différent, à présent. Son cœur battait trop vite, et elle ne pouvait retrouver son insouciance.

— Je n'arrête pas de songer à cette discussion, avec Mae.

Il s'arrêta et la dévisagea gravement.

— Sache que je ne t'ai jamais soupçonnée de m'avoir manipulé, pour Leyland Energy.

— J'ai été mortifiée de voir que Mae le croyait, avoua-t-elle, mais tu me connais et tu sais ce qui s'est réellement passé.

Il sourit un peu, du bout des lèvres.

— Dans ce cas, qu'est-ce qui te trouble ?

Elle leva les yeux vers les étoiles, qui brillaient comme autant de lucioles sur le ciel d'un noir profond. Leur éclat éternel et leur splendeur allaient-ils lui donner le courage de prendre du recul ? De trouver les mots justes ? Non. Son vertige ne fit qu'empirer, au contraire.

Elle prit une profonde inspiration et regarda Heath de nouveau.

— Quand je t'ai vu avec Mae, j'ai découvert un homme différent de celui que je connaissais.

— C'est ma sœur, répondit-il d'un air perplexe. C'est la seule personne que j'aie connue toute ma vie. De plus, notre petite famille a toujours été soudée, donc Mae et moi sommes à l'aise, ensemble.

Elle était heureuse qu'il soit si proche de sa sœur. Après les épreuves que leur mère et eux avaient traversées, il était bon de savoir qu'ils pouvaient compter l'un sur l'autre. Mais ce n'était pas ce lien fraternel qui la troublait tant.

— Tu as baissé la garde devant Mae. Ça se lisait dans tes yeux. Tu es... une autre personne, avec elle.

Elle avait retrouvé les expressions aperçues sur ses photos : de la joie, de l'humour. De la sincérité. Jamais elle ne l'avait vu ainsi, en sa présence.

— Je ne suis pas sûr de comprendre, dit-il prudemment.

— Ce que je veux dire, c'est que je t'ai ouvert mon cœur, pendant que tu jouais un simple rôle. Tu te protèges. Tu te caches. Tu ne te laisses jamais aller avec moi. J'ai peut-être connu un hybride, Heath-Joseph, mais pas l'homme que tu es vraiment...

— J'ai été moi-même, protesta-t-il. Mais j'admets que j'ai changé d'identité plusieurs fois dans ma vie. Je me souviens encore d'avoir été Brad Lacey, ou Will Morgan à l'école, donc...

Il haussa les épaules.

— ... un peu de Joseph Rutherford a pu déteindre sur moi.

— Et quand Mae a dit que vous aviez appris à ne faire confiance à personne, à être seuls face au monde entier...

Elle s'interrompit, guettant sa réaction.

Lentement, il secoua la tête.

— Elle n'a pas voulu dire que nous ne pouvions pas avoir de liaison.

Oh si ! c'était exactement ce qu'elle avait sous-entendu. Mais il y avait aussi eu autre chose, et Freya n'était pas certaine que Heath s'en soit rendu compte.

— J'ai l'impression de te courir après, de m'être ridiculisée en te suivant ici dans l'espoir qu'un avenir puisse exister pour nous. Pendant tout ce temps, tu dissimulais farouchement ton véritable visage, ton essence.

Entrée interdite. Du moins, pour moi.

— Nous ne nous connaissons pas depuis longtemps, reprit-il en la couvant d'un regard intense. Il y a des choses que nous n'avons pas encore partagées et des facettes de nos caractères que nous n'avons pas encore dévoilées.

— Tu es la seule personne, à part ma mère et Sarah, devant qui j'ai étalé tout ce que je suis, au contraire, dit-elle en luttant contre une nausée. Dès le départ, quand nous avons chanté dans ton bar, j'ai baissé la garde. Mais tu ne m'as pas rendu la pareille.

Il écarquilla les yeux. Enfin, il comprenait ce qu'elle tentait de lui dire.

— Ce n'est pas facile pour moi, Freya. Tu sais à quel point tout cela est nouveau. Je n'ai jamais eu de relation sérieuse, avant. Au contraire, j'ai passé ma vie à me méfier, à regarder par-dessus mon épaule.

— Avoir besoin de temps pour changer est une chose, murmura-t-elle avec autant de douceur que possible. Mais tu ne veux pas évoluer, au fond. Pas vraiment. N'est-ce pas ?

Il se détourna pour regarder les vagues. Il resta immobile si longtemps qu'elle crut qu'il n'allait pas répondre. Enfin, il soupira.

— Je ne sais pas. Cette prudence m'a protégé, et j'ignore à quoi ressemble une vie dénuée de tout ça.

Il était compréhensible que ces leçons de son enfance aient façonné son caractère, mais le cœur de Freya était trop fragile pour supporter une telle vie. Quelques cheveux, échappés de son chignon, vinrent caresser ses joues, et elle les repoussa derrière son oreille, avant de reprendre sa marche. Heath lui emboîta le pas.

— Voyons les choses de mon point de vue.

Elle n'osait pas le regarder, de peur de ne plus oser lui dire ce qu'elle avait sur le cœur.

— Nous avons fait l'amour et nous nous sommes alliés face à nos adversaires, mais tu as toujours gardé tes distances, émotionnellement. Tu ne m'as pas ouvert ton cœur. Je me trompe ?

Il hésita un instant, les mains dans ses poches.

— Non. C'est à peu près ça.

— Eh bien, d'une certaine manière, c'est à peu près ce que j'ai connu lors de mes mariages.

— Hé ! C'est injuste ! s'écria-t-il en se campant devant elle pour l'obliger à le regarder. Je ne ressemble pas à tes ex.

Elle lui prit les mains et les serra fort.

— Je le sais, Heath. Bien sûr que tu ne leur ressembles pas. Mais mes deux époux m'ont tenue à distance aussi. Chaque fois, j'ai espéré que nous pourrions construire quelque chose de solide, et ce n'est jamais arrivé.

— Parce que c'étaient des salauds.

Elle étouffa un petit rire.

— C'est vrai. Seulement, je ne pense pas pouvoir m'investir de nouveau dans une relation à sens unique.

Elle le lâcha et croisa les bras, comme si ça allait lui donner le pouvoir de retenir les fragments de son cœur.

— Je ne peux pas m'engager avec quelqu'un sans savoir si je pourrai un jour franchir les barrières dont il s'est entouré. Quand j'étais plus jeune, avant Milo et Dominic, j'aurais peut-être pris ce risque ; mais je n'en suis plus capable. Une nouvelle déception me briserait, et je dois me protéger aussi.

Il caressa son visage, et elle s'abandonna à la chaleur de sa paume, à sa force, à lui...

— Tout ce que je sais, murmura-t-il, tendu, c'est que je veux t'avoir dans ma vie, maintenant. Mais j'ignore ce que je pourrai te promettre ou non, pour l'avenir.

— Moi, je le sais.

Elle haussa les épaules, mais était trop nerveuse pour paraître nonchalante.

— Je sais ce que je pourrai te promettre pour l'avenir.

Il laissa tomber le bras et fourra de nouveau la main dans sa poche.

— Quoi ?

— Je t'aime, Heath, dit-elle, la gorge nouée. Je t'aimerai aussi demain, dans un an, dans dix ans.

Il hésita, comme s'il attendait l'inspiration pour répondre, et elle patienta aussi. Ils restèrent longtemps figés, face à face, dans le grondement des vagues sur le sable.

— Tu dis que tu m'aimeras, mais ton regard me raconte une tout autre histoire.

— Ce soir, j'ai compris que ce futur n'est pas pour moi.

Une voix lui cria de ne pas faire ça, que ce n'était pas juste, mais elle l'ignora et poursuivit :

— Si je reste, je me demanderai toujours si tu me caches d'autres choses, si tu me fais réellement confiance. Je ne peux pas supporter une relation faite de secrets.

La pomme d'Adam de Heath joua au yo-yo dans sa gorge.

— C'est ce que je suis. Je ne sais pas comment changer.

— Et je ne te juge pas, dit-elle très vite. Honnêtement. Je sais pourquoi tu te protèges tant. Je le comprends mieux que personne, puisque j'ai connu ton père.

Ses paupières commençaient à la piquer, et elle les ferma un moment pour ravaler ses larmes.

— Mais je connais aussi mes limites et ce dont j'ai besoin. Tu trouveras quelqu'un d'autre, qui n'a pas un cœur blessé comme le mien et qui saura t'accepter tel que tu es.

Il inspira, puis soupira.

— Je n'aime pas ça, Freya. Comment pourrais-je te regarder tourner les talons ?

— De la même manière que je parviendrai à partir : en rassemblant le peu de dignité qu'il me reste et en faisant semblant de savoir encore poser un pied devant l'autre.

Plus facile à dire qu'à faire, songea-t-elle en sentant une larme rouler sur sa joue.

Elle l'essuya d'un geste.

— D'ailleurs, je crois que le moment est venu.

— Maintenant ? cria-t-il. Nous n'avons atterri qu'il y a quelques heures. Ne peux-tu pas rester jusqu'à demain ?

— Ce sera encore plus difficile, si je reste.

La voix, dans sa tête, hurlait plus fort que jamais. Elle lui disait qu'elle ne pouvait pas quitter Heath, que ça ne pouvait pas finir ainsi. Elle crispa tous ses muscles pour résister.

— Je dois y aller.

Une grimace passa sur le visage de Heath, si furtive qu'elle l'aurait manquée si elle ne l'avait pas regardé avec autant d'insistance.

— Alors, quoi ? On retourne chez moi, on récupère tes bagages, et je te reverrai à la fête de Sarah, comme si rien ne s'était passé entre nous ?

Un nouveau fragment de son cœur se brisa et la déchira tout entière.

— On ne pourra jamais prétendre qu'il ne s'est rien passé, Heath, mais... Oui, j'imagine que c'est l'idée.

Il se frotta le menton, puis hocha la tête.

— Allons-y, dans ce cas.

C'était fini. Le reste du cœur de Freya vola en éclats, et elle fit de son mieux pour se concentrer sur ses pas, sur le chemin du retour, de peur de trébucher dans le sable. Elle aurait bien assez de temps pour faire son deuil, une fois qu'elle serait rentrée.

10

Heath sortit de la chambre que Sarah lui avait attribuée, dans sa maison des Hamptons, et ajusta son pull. En dépit du froid, l'hiver touchait à sa fin et, sous le soleil timide, on devinait déjà l'approche du printemps. Cette tiédeur nouvelle s'accordait bien avec son optimisme. Il était venu pour mettre les choses au point, d'abord avec Sarah, puis avec Freya.

Quand elle avait quitté l'Australie, il avait passé beaucoup de temps avec Mae pour lui raconter tout ce qui s'était passé pendant son voyage, lui parler de leur nouvelle famille et de Freya. Ces discussions lui avaient permis de comprendre à quel point il s'était fourvoyé. Son avenir était auprès de cette femme ; et il était venu pour la convaincre qu'elle pouvait lui faire confiance, qu'il était sincère avec elle, qu'il ne lui cachait rien.

La maison était envahie par les organisateurs de la soirée et leur personnel. Des gens étaient perchés sur des échelles, d'autres portaient des plateaux de nourriture et des caisses de boisson. On bougeait les meubles en s'appelant à grands cris. Tout le monde s'empressait de rendre le décor parfait avant l'arrivée des invités.

Il trouva sa tante dans la cuisine, occupée à régler des soucis de sanitaires. Quand elle le vit, un sourire illumina son visage, et elle lui prit le bras.

— Pouvons-nous aller parler au calme ?

— Si tu penses pouvoir trouver une pièce vide, plaisanta-t-elle. Chaque recoin de la maison grouillait de monde.

Ils durent essayer plusieurs portes avant de pouvoir s'enfermer dans une pièce pleine de bibliothèques et avec un énorme bureau.

— C'était le bureau de mon père, dit Sarah avec un sourire mélancolique. Je n'y ai presque pas touché. Tu aurais aimé ton grand-père – il ne ressemblait en rien à ton père. Joseph et lui se disputaient sans cesse. Ils ne se supportaient pas.

— Je prends déjà parti pour ton père.

Toute personne appréciée par Sarah et méprisée par Joseph lui était immédiatement sympathique.

Elle sourit, s'assit sur l'un des divans et l'invita à prendre place sur l'autre.

— Je te dois des excuses pour ma froideur, à mon arrivée, commença-t-il.

— Tu n'étais pas froid, protesta-t-elle. Pour être franche, je m'attendais à bien pire, étant donné ce que ma famille a fait subir à ta mère.

C'était gentil de sa part. Plus il la voyait, plus il l'aimait.

— Néanmoins, je sais maintenant que tu as agi pour mon bien, depuis le début.

— Merci pour tes excuses, et permets-moi de t'en faire aussi. Je n'aurais pas dû annoncer ton retour au gala de charité. Freya m'a sermonnée à ce sujet, il y a quelques jours, et avec le recul je comprends que j'ai été maladroite.

Le souvenir pénible de ce moment lui revint en mémoire, mais de l'eau avait coulé sous les ponts depuis.

— C'était une situation nouvelle pour nous tous, dit-il. Nous ne savions pas ce que nous faisions.

— En parlant de situation nouvelle, reprit Sarah, le regard pétillant, que comptes-tu faire au sujet de Freya ?

Son pouls accéléra à la mention de son prénom. Depuis son retour, il ne pensait qu'à leurs retrouvailles. Freya avait-elle parlé de leur liaison à Sarah ? Lui avait-elle dit comment elle s'était terminée ? Quoi qu'il en soit, Lauren était au courant et elle s'était sans doute confiée à son amie. Il préféra donc ne pas jouer les innocents. Il ne devait pas non plus oublier que Freya était la filleule de Sarah.

— Je sais à quel point elle compte pour toi...

— Heath, vous comptez tous les deux pour moi.

Ces paroles se gravèrent au fond de son cœur. Après avoir grandi avec sa mère et Mae pour seule famille, il avait encore du mal à concevoir qu'une autre personne puisse tenir à lui.

— Je vais arranger la situation. J'ai besoin d'elle dans ma vie, avoua-t-il.

Sa tante sourit de toutes ses dents.

— Dois-je m'attendre à des excuses publiques, ou à une grande scène de passion qui viendrait éclipser ma fête ?

Heath eut un instant de panique. Il n'avait pas prévu de faire cela devant les invités.

— Je pensais à une simple conversation avec elle.

— Une discussion honnête en tête à tête me semble la solution parfaite.

Elle croisa les mains sur ses genoux, l'air profondément paisible et heureuse au milieu du chaos qui régnait chez elle.

— Puisque nous nous disons tout, il y a encore une chose que j'aurais aimé te confier...

Il avait songé aux consignes de Mae et à une manière de révéler son identité à Sarah. Le moment lui paraissait bien choisi.

— Je t'écoute, dit-elle. Prolonger nos confidences est une bonne manière de justifier le fait que je me cache ici, loin de toute cette agitation.

— Ma sœur...

Sa meilleure amie. La seule famille qu'il ait eue, ces dernières années.

— Mae... Elle est aussi une Rutherford.

Sarah écarquilla les yeux et ouvrit grand la bouche, comme dans un film passé au ralenti. Il lui fallut quelques instants pour répondre.

— Mae ? J'ai une nièce ?

Heath sortit son téléphone et lui montra une photo de sa sœur, prise pendant une randonnée. Il chérissait ce simple portrait, où elle semblait si heureuse. Insouciante.

— Oh ! murmura Sarah d'une voix chargée de larmes. Ce visage...

— Elle te ressemble. Je sais.

Sa tante redressa la tête vivement.

— Lui as-tu tout raconté ?

— Je lui ai dit la vérité à mon retour en Australie. Bien sûr, elle a toujours su que nous avions le même père, mais pas que tu m'avais retrouvé. Je lui ai aussi annoncé que j'allais partager l'héritage entre nous. Je suis désolé de te l'avoir cachée aussi longtemps, mais je ne savais pas ce qui m'attendait quand je suis venu pour la première fois et...

— Et tu voulais la protéger du danger, acheva Sarah en posant doucement la main sur son bras. Je te comprends.

Heath sentit son cœur s'emplir de reconnaissance.

— Elle va prendre un congé et s'arranger pour venir te rencontrer, ainsi que les O'Donohue.

Sarah se jeta sur lui pour l'enlacer.

— Vous êtes deux ! Je n'arrive pas à y croire ! Je l'aurais bien sûr accueillie à bras ouverts, puisqu'elle est ta sœur ; mais avec le temps j'avais fini par craindre de ne jamais te trouver... Maintenant, tu es là, et j'ai aussi une nièce.

— Elle va t'adorer, dit-il, la voix étouffée dans ses cheveux. Elle a déjà hâte de te connaître.

Sa tante le lâcha et essuya ses joues humides.

— J'ai hâte de la voir aussi.

Puis, se reprenant, elle rajusta son gilet.

— En attendant, et avant que cette pièce soit aussi envahie, j'aimerais que nous parlions de ce soir. Tu sais que la presse sera là. Cela fait partie de l'accord négocié par mon équipe : garder le secret pendant un temps en échange d'une exclusivité lors de l'annonce officielle de ton retour.

Heath grimaça. Il avait oublié ce détail.

— Que dois-je faire ?

— Le journal va envoyer un photographe pour que nous fassions quelques portraits de famille, tous les deux, et pour qu'il prenne des clichés de toi pendant la soirée...

— Et un reporter ? demanda-t-il, méfiant.

— La journaliste parlera avec les invités. Mais ne t'en fais pas : tous les convives ont été triés sur le volet. Elle te posera aussi quelques questions.

Voilà. En dépit de tout ce qu'il avait appris, il s'apprêtait à se confier aux médias.

— Je ne suis pas doué pour ce genre de choses. J'ai passé ma vie à tout faire pour passer inaperçu. Un journal local a pris ma photo quand j'avais quatre ans, dans le square près de chez nous. Ma mère a paniqué, et nous avons dû déménager, changer de nom. Encore.

— Oh ! Heath, murmura Sarah, une main contre ses lèvres.

— Ce n'est rien, la rassura-t-il. Mae et moi nous en sommes sortis. Je ne suis juste... pas très à l'aise avec la presse.

— C'est noté.

Elle lui tapota le genou, et il soupçonna qu'elle cherchait à s'assurer qu'il aille bien plus qu'à le réconforter.

— Dans ce cas, tu devrais apprécier ça, reprit-elle en attrapant une feuille de papier sur le bureau pour la lui tendre. Mon attachée de presse, Barbara, a compilé une liste des questions qu'on pourrait te poser, par ordre de probabilité, ainsi que des éléments de réponse possibles.

Il parcourut la liste.

— « Où avez-vous vécu ? » C'est une question logique, et ma réponse sera : en Australie, principalement, dans une belle ville côtière du nom de Noosa. Facile. « Comment savoir si vous êtes réellement Joseph Rutherford II ? » Je suis censé répondre que ça a été aussi ma première inquiétude et que nous avons fait plusieurs tests ADN pour être certains de mon identité.

— Bien sûr, tu pourras aussi improviser sur le moment, si tu veux. Ce n'est qu'un point de départ.

— Et ça me sera utile. Merci.

Il descendit au bas de la liste et lut la dernière question :

— « Vous avez eu plusieurs faux passeports, et votre famille s'est installée illégalement en Australie. Cela fait-il de vous un criminel ? » Aïe !

— Nous ne pensons pas que la journaliste se risquera sur ce terrain, mais il vaut mieux être prêts à tout. Que penses-tu de la suggestion de réponse ?

Il la lut à voix haute.

— « Ma mère a fui un mari abusif. Elle s'est trouvée dans une situation délicate, sans bonnes options sous la main. En quittant le pays pour me protéger, elle a perdu sa famille. Je pense que nous ne devrions donc pas la juger pour ce qu'elle fait afin de survivre, mais plutôt interroger les rouages d'un système qui n'a pas su la protéger. »

Il leva les yeux, impressionné.

— C'est bien.

— Je ne voulais pas que le sacrifice et l'héroïsme de ta mère soient oubliés, dit Sarah avec chaleur. Joseph était violent, imprévisible, et se croyait au-dessus des lois. Les craintes d'Evelyn étaient fondées, et elle a agi avec courage.

Il dut ravaler son émotion pour trouver la force de parler.

— Tu n'imagines pas à quel point ça me touche...

— Barbara sera avec toi pendant l'interview. Si tu te trouves en difficulté, elle t'aidera ; mais nous ne croyons pas à un piège.

— OK. Tant mieux.

On frappa soudain à la porte, et plusieurs employés entrèrent, chargés d'une table.

— Désolé, dit l'un d'eux, mais nous avons besoin de cette pièce...

— Nous allions partir, répondit Heath en se levant. Je te retrouve plus tard, Sarah. Il faut que j'appelle Mae.

C'était le milieu de la nuit, en Australie, et il allait d'abord devoir s'assurer que sa sœur était réveillée, mais il avait hâte de lui dire quelle avait été la réaction de Sarah à son annonce. Et de lui demander des conseils sur la manière d'aborder Freya.

Quatre heures plus tard, la fête battait son plein. Heath et Sarah, une flûte de champagne à la main, prenaient la pose.

— Sarah, pouvez-vous relever un peu le menton ? demanda le photographe en les mitraillant. Parfait ! Heath, un sourire ?

Il soupira. Il avait mal aux maxillaires... Ils avaient déjà pris une myriade de clichés. Sarah assise dans un fauteuil, sa jupe délicatement étalée autour d'elle, tandis qu'il se tenait derrière. Lui, dans le fauteuil, avec la main de Sarah sur son épaule. Lui de nouveau, au milieu d'un groupe d'inconnus – des « amis », apparemment – en train de faire semblant de rire. Lui encore, observant d'un air pensif un portrait de son grand-père... Il avait hâte d'en finir et de ne plus jamais devoir poser pour le moindre photographe ! Mais il se força à sourire une fois de plus, son verre levé face à Sarah, en attendant que le cliquetis de l'appareil s'arrête enfin.

Du coin de l'œil, il aperçut l'éclat d'une chevelure rousse, et son cœur s'emballa. Une part de son attention était restée tournée vers la foule en attendant l'arrivée de Freya. À présent qu'il l'avait vue, ses mains se mirent à trembler, et un flot de chaleur l'envahit de la tête aux pieds.

— Veuillez m'excuser, dit-il en posant son verre sur la table la plus proche. Je dois aller saluer quelqu'un.

Sans attendre la permission, il se fraya un chemin parmi les groupes d'invités. La crinière rousse lui apparut de nouveau, le guidant au milieu de la foule. Elle l'avait rassemblée en un chignon haut digne des stars de cinéma des années 1960, et Heath ressentait déjà des fourmillements à l'idée d'y glisser les doigts. Mais il n'en avait pas encore le droit. Pas tant qu'il ne l'aurait pas séduite de nouveau.

Enfin, profitant d'un espace libre, il émergea de la masse et s'arrêta devant elle, hypnotisé par sa beauté éthérée et l'aura qui émanait d'elle. Elle portait une longue robe de soie fauve assortie à ses yeux. L'étoffe épousait ses formes et ondula comme une vague quand elle se retourna.

— Heath !

Son visage s'illumina un instant avant de retrouver sa froideur professionnelle. Cette réaction sincère, si furtive, lui donna un peu d'espoir.

— Freya, dit-il, la gorge nouée.

Il se pencha pour l'embrasser sur la joue et inhaler son délicat parfum floral.

— J'ai amené des gens qui voulaient te voir, dit-elle avant de reculer pour laisser passer les O'Donohue, en habits du dimanche et souriants.

— Heath, murmura sa grand-mère avant de l'enlacer.

Son grand-père lui donna une tape amicale dans le dos.

— Je suis si content que vous soyez là, répondit Heath.

Jamais il n'avait été plus sincère. Savoir qu'il était entouré de gens qui le connaissaient, qui l'aimaient, était un cadeau précieux, ce soir-là.

— Vous ne sembliez pas décidés à venir, quand je vous ai appelés...

Son grand-père tapota l'épaule de Freya.

— Ton amie nous a rendu visite et nous a expliqué que Sarah ne ressemble pas à son frère, que c'est grâce à elle que nous t'avons retrouvé.

— Merci, murmura-t-il à l'intention de Freya.

Il ignorait qu'elle avait œuvré dans l'ombre pour l'aider. Au fond, n'était-ce pas ce qu'elle faisait toujours ? Elle accomplissait sa mission, que ce soit au FBI, pour sa mère, pour Sarah – et même lui. Pas de fanfaronnades ou de promesses en l'air. Elle s'arrangeait juste pour obtenir des résultats.

— Et elle est arrivée cet après-midi avec un convoi de voitures, ajouta sa grand-mère. Elle nous a dit de tous nous préparer en l'attendant, et quand elle a frappé à la porte, une rangée de limousines était garée dans la rue.

— Freya, commença-t-il sans savoir quoi dire.

Un simple merci ne suffisait pas. Mais soudain, le véritable sens des paroles de sa grand-mère lui apparut.

— *Tous* ?

Freya indiqua d'un geste le groupe qui les entourait.

— Voici ta famille, Heath. Tes tantes, tes oncles, tes cousins. Ce soir, vingt-deux parents de ta mère sont venus te soutenir.

Tandis que les O'Donohue se lançaient dans les présentations, Heath prit la main de Freya et la serra fort – à la fois pour la remercier et pour trouver la force de supporter ses émotions. Pour la première fois, il rencontrait *toute* sa famille. Et c'était elle qui avait rendu cela possible.

S'il n'avait pas déjà décidé de la reconquérir, il se serait juré de se lancer corps et âme dans cette quête, à cet instant-là. Cette femme était exceptionnelle.

Lorsqu'il eut entendu tous les noms, vu tous les visages, ses proches s'éparpillèrent dans la foule, non sans lui faire promettre de leur rendre visite. Il attira alors Freya dans ses bras et lui glissa à l'oreille :

— Peut-on trouver un endroit calme où parler ?

— Heath, répondit-elle d'une voix troublée, je n'ai pas fait tout ça pour gagner tes bonnes grâces.

— Je ne l'ai même pas soupçonné une seconde.

Elle n'était pas du genre à attendre des récompenses pour ses bonnes actions. Elle faisait ce qui lui semblait juste. Point.

— Mais je suis là pour gagner les *tiennes*.

Elle se mordilla la lèvre et sonda son regard.

— Nous en avons déjà discuté.

— Seulement, tu juges notre relation à l'aune de tes mariages, dit-il avec calme. Tout ce que tu crains, cette peur de ne pas connaître mon vrai visage… Ce n'est pas un problème pour nous.

— Il vaut sans doute mieux que…

— Je t'en prie, accorde-moi un quart d'heure quand tout ce cirque sera fini, et je te le prouverai.

Le seul moyen de regagner sa confiance était de lui ouvrir son âme, son cœur, tout en espérant qu'elle saurait voir la réalité derrière. Ça le terrifiait, mais il s'en savait capable.

— D'accord, soupira-t-elle. Un quart d'heure. Mais je ne te promets rien.

— Ça me va.

Déjà, il comptait les minutes jusqu'à la fin de la fête.

Freya tourna les talons, à peine capable de contenir ses émotions. L'homme qu'elle aimait allait lui demander de lui donner une seconde chance dès qu'ils seraient seuls. Aurait-elle le courage de le repousser une fois de plus ?

Elle attrapa un verre de vin sur le plateau d'un serveur et en but la moitié d'une traite. Depuis son retour, elle avait vécu comme une ombre. Elle allait pourtant bien, sa vie était belle, avant sa rencontre avec Heath Dunstan. Alors, pourquoi avait-elle l'impression d'être face à un grand gouffre noir, maintenant ?

Elle acheva son verre.

Quelqu'un lui prit soudain le bras, et elle se retourna, surprise de trouver Sarah à côté d'elle.

— Viens avec moi. La journaliste va interviewer Heath, et je pense qu'il aura besoin de présences amicales à ses côtés.

— Suis-je vraiment une de ces présences ? Les choses sont plutôt comp...

— Freya, la coupa Sarah avec une sévérité feinte.

— Bon, d'accord.

Elle ne pouvait rien refuser à sa marraine.

La reporter était jeune et blonde, avec des dents très blanches, et semblait tout à fait à l'aise en allumant le micro de son téléphone face au groupe rassemblé autour d'elle.

— Merci beaucoup, dit-elle à Heath en approchant son portable de sa bouche. Je m'appelle Kristin et je suis ravie de rencontrer l'héritier perdu de la fortune Bellavista ! J'ai quelques questions à vous poser pour mon article...

Heath sourit d'un air détendu.

— C'est un plaisir de faire votre connaissance. Allez-y.

— Aimez-vous New York ? Est-ce très différent de votre vie en Australie ?

Freya sentit Sarah soupirer de soulagement en entendant cette première question facile.

— Étais-tu inquiète ? lui glissa-t-elle à l'oreille.

Sa marraine haussa les épaules.

— On n'est jamais sûr de rien.

— La météo est différente, c'est sûr, répondit Heath. Je suis passé de l'été tropical à l'hiver new-yorkais et j'avoue que ça a été un choc. Et puis, quelle est cette manie de conduire du mauvais côté de la route ?

Cette plaisanterie provoqua quelques rires dans l'assemblée.

— Mais j'ai été bien accueilli, et c'est ce qui compte le plus, ajouta-t-il.

Freya fit de son mieux pour ne pas réagir à ce mensonge éhonté. De nombreuses personnes avaient été atroces avec lui, lors de son arrivée. Néanmoins, elle sentit Sarah se détendre un peu plus.

— Et que pensez-vous des rumeurs qui courent à votre sujet ? Certains disent que vous n'êtes pas le vrai Joseph Rutherford II. Bien sûr, vous ressemblez beaucoup aux photos de votre mère ; mais on ne retrouve pas les traits de votre père chez vous...

— Tu l'as préparé, n'est-ce pas ? demanda Freya à voix basse.

— Il va s'en sortir, répondit Sarah avec confiance.

— Cela a aussi été ma première interrogation, dit tranquillement Heath, et nous avons fait plusieurs tests ADN pour nous assurer que je suis bien Joseph Rutherford II.

— Bonne nouvelle, répondit Kristin en jetant un coup d'œil au public attentif. J'ai entendu dire que vous aimez le surf. Les plages australiennes vous manquent-elles ?

— Je n'ai pas encore eu assez de temps libre pour regretter les vagues ou le sable, mais certains des plus beaux spots de surf du monde sont ici, aux États-Unis.

— En effet, confirma la journaliste en rejetant les cheveux dans son dos d'un geste d'actrice aguerrie. Jusqu'à ces derniers mois, vous avez vécu dans un monde de mensonges et d'identités usurpées. En fait, vous résidez même illégalement en Australie. Avez-vous un sentiment à partager sur ce point ?

Un murmure traversa la foule, et Freya fut envahie par un frisson glacé.

— Vient-elle réellement de poser cette question ?

— Ne t'en fais pas, chuchota Sarah.

Malgré son sourire assuré, elle paraissait néanmoins plus tendue.

— Ma mère est partie pour fuir un époux violent et abusif. Elle s'est retrouvée dans une situation délicate, sans bonnes options à sa portée. Contrainte de se cacher, elle a perdu sa famille – des gens bien, dont beaucoup sont présents parmi nous, ce soir. Elle a fait tout cela pour me sauver. Je pense donc que nous ne devrions pas nous attarder sur ce qu'elle a dû faire pour survivre, mais plutôt nous questionner sur le système qui n'a pas su la protéger et qui l'a contrainte à ces choix.

Une vague d'approbation traversa l'assemblée, et plusieurs personnes acquiescèrent avec entrain.

— Bravo pour la préparation, murmura Freya à sa marraine.

La journaliste sourit de plus belle, montrant ses dents de mannequin.

— Mais vous avez récemment obtenu un nouveau passeport illégal, n'est-ce pas ? Il y a quelques semaines à peine...

L'estomac de Freya se noua, et les doigts de Sarah se crispèrent sur son bras, lui faisant presque mal.

Heath la regarda un instant, très pâle.

— Euh...

Ce fut soudain comme si l'air venait de disparaître de la salle. Freya attendit que Heath nie. Il s'était tenu sur la plage avec elle, lui avait juré qu'il ne lui cachait rien... Avait-il vraiment eu un plan secret pour fuir, en cas de besoin ? Une autre identité toute prête dans sa poche dont il ne lui avait pas parlé ?

— Votre mère n'est plus parmi nous, insista Kristin, et votre père est mort aussi. Pourtant, très récemment, vous avez...

Barbara, l'attachée de presse de Sarah, s'interposa délicatement entre Heath et la journaliste, au bras d'une des étoiles montantes de Hollywood.

— Kristin, connaissez-vous Zane ? Il me demandait justement si je pouvais vous présenter.

Zane Andrews, l'un des acteurs les plus sexy – et les plus discrets – du moment, lui tendit la main avec un sourire à la fois timide et séduisant.

— C'est vrai. J'ai supplié Barbara de m'aider à vous approcher. Accepteriez-vous de boire un verre avec moi, par le plus grand des hasards ?

Kristin ouvrit de grands yeux, oscillant un instant entre Zane et Heath. De toute évidence, elle cherchait à calculer quel scoop serait le plus juteux pour ses lecteurs.

— Oh ! je suis désolé, reprit Zane. Le moment est sans doute mal choisi... Je vous ai vue depuis l'autre côté de la salle et je n'ai pas pris le temps de réfléchir. Il fallait à tout prix que je vous rencontre.

Enfin, Kristin se tourna définitivement vers lui et le gratifia d'un immense sourire étincelant avant de prendre son bras.

— Zane, vous êtes un délice !

Barbara profita de son inattention pour se glisser plus près de Heath, tandis que Zane entraînait la journaliste plus loin.

— Vous allez croire que je plaisante, poursuivit Kristin tout en marchant, mais je ne suis qu'à moitié surprise de vous croiser. Vous ne quittez pas mes pensées depuis votre incroyable performance dans...

Sa voix se noya dans le brouhaha ambiant.

— Comment as-tu fait ça ? balbutia Freya, stupéfaite, en dévisageant sa marraine.

— La mère de Zane est une vieille amie, expliqua Sarah d'un air parfaitement détendu, comme si c'était la chose la plus naturelle au monde. Il était notre plan de secours.

Puis, après avoir rejoint Heath et Barbara, elle emmena son neveu, tout en bavardant d'un air innocent. C'était le sauvetage le plus finement mené que Freya ait jamais vu.

Voyant que le spectacle avait pris fin, la petite foule de curieux se dispersa, et elle resta seule, encore troublée par ce qu'elle venait d'entendre. Et ce que ça signifiait...

L'un des cousins de Heath, un adolescent avec qui elle avait partagé sa limousine en venant, l'appela et lui montra la tartelette à la tomate qu'il tenait à la main.

— Elles sont délicieuses ! Est-ce que vous en voulez ?

Elle faillit éclater de rire devant l'incongruité de cette proposition – au moment où sa vie entière semblait s'écrouler autour d'elle. Hélas ! sa poitrine était trop oppressée pour ça.

— Non, merci. Je... vais rentrer. J'avais oublié un rendez-vous important, demain matin. Peux-tu saluer ta famille pour moi ?

Le garçon goba sa tartelette et s'essuya les mains sur sa chemise avant d'essayer de lui prendre le bras. Elle le vit venir et parvint à l'esquiver poliment avant qu'il ait une chance d'essayer de la convaincre de rester.

— À plus tard, lança-t-elle en tournant les talons.

Elle se précipita vers la porte, attrapa son manteau au passage et sortit. Une fois dans la cour, elle tira son portable de sa poche pour commander un taxi.

Au moment où elle raccrocha, des pas résonnèrent sur les pavés, dans son dos.

— Freya ! fit la voix grave de Heath.

Son timbre la fit hésiter et l'emplit de chaleur.

Elle ferma les yeux pour résister à la tentation.

— Freya, attends !

Il la rattrapa et se campa devant elle, immense, fort – un

fantasme vivant qu'elle ne pouvait pourtant plus se permettre de contempler.

— Je dois y aller, dit-elle, consciente que sa voix n'était pas aussi assurée qu'elle l'aurait voulu.

— J'ai obtenu ces passeports *avant* de quitter l'Australie.

Il semblait calme, raisonnable, comme s'il ne mesurait pas les conséquences de ce qu'il avait fait.

— Je ne savais pas encore ce qui m'attendait à New York et j'avais besoin d'un plan B, au cas où la situation dégénère.

Elle tressaillit dans la nuit froide, puis se rappela qu'elle avait un manteau plié sur son bras.

— Tout va bien, répondit-elle en l'enfilant avant de le fermer. Je comprends. Écoute, je suis sur le point de rentrer chez moi. On se verra plus tard...

— Tu m'as promis qu'on pourrait discuter.

Elle ne put s'empêcher de sourire, sans le moindre humour. C'était la meilleure : l'homme qui lui cachait sans cesse la vérité, qui refusait de parler des choses importantes, voulait *discuter*...

— Tu sais, je pense qu'il vaudrait mieux qu'on en reste là.

— Non. Je ne peux pas renoncer si facilement, protesta-t-il en lui tendant la main.

Elle ne la prit pas. Il laissa retomber le bras.

— Tu sais que nous partageons un lien fort et précieux. Nous ne pouvons pas l'ignorer.

— Je ne l'ignore pas, Heath. Je lui tourne le dos. Nuance.

— Je t'aime, Freya.

Cet aveu la frappa avec la puissance d'un marteau piqueur, fendant en deux son cœur à vif, vulnérable. Il s'approcha d'un pas pour s'arrêter tout près d'elle.

— Je l'ai compris après ton départ de Noosa. Je t'aime.

— Heath, non. Je ne peux pas faire ça.

— Pourquoi ?

Sa voix était assurée, mais son regard la suppliait presque.

— Dis-moi au moins ce qui te retient.

Elle croisa les bras, pour se donner une contenance.

— Te souviens-tu de ce que je t'ai dit, sur la plage, avant de partir ?

— Tu m'as accusé de ne pas te faire confiance, de ne pas baisser la garde devant toi, mais c'est faux.

— J'ai dit que tu me tenais à distance, que tu ne me laissais pas réellement entrer dans ta vie, que tu ne me montrais jamais ton vrai visage. Depuis le début, je me demande sans cesse si tu me caches d'autres choses, juste parce que tu ne te fies pas à moi. Et j'ai l'impression que c'est toujours le cas.

Leur conversation, au bord de la mer, était gravée dans sa mémoire.

— Mon boulot m'oblige à passer mes journées à creuser pour déterrer des secrets bien cachés. Quand je quitte le bureau, je suis confrontée à des personnes comme mon père et mes sœurs, pour qui je suis une tare honteuse, ou mes ex-maris qui ne m'ont jamais dévoilé leurs intentions, leurs véritables sentiments à mon égard. Toute ma vie durant, j'ai eu besoin de vérité, de sincérité, de clarté. J'ai travaillé dur pour rester fidèle à ce que je suis, pour devenir quelqu'un d'intègre et d'honorable.

— Et tu as réussi haut la main.

Même en cet instant, alors qu'elle tentait de rompre les derniers liens entre eux, ses compliments la touchaient intimement. Mais elle ne pouvait pas laisser cela la détourner de son but.

— Merci. Seulement, tu comprendras que c'est une ligne rouge, pour moi. Je ne peux pas renoncer à la vérité. Je t'aime, Heath, mais aucun avenir n'est possible pour nous.

Il passa une main derrière sa nuque avec douceur.

— Tu sais, le portrait que tu viens de dresser de moi n'est pas tout à fait juste.

— Toutes les preuves sont là.

Son cœur pouvait mentir. Elle l'avait compris très jeune. Mais les faits, eux, ne trompaient pas. C'était bien pour ça qu'elle avait été attirée par les mathématiques, à l'école, puis par la comptabilité.

La stabilité inébranlable des chiffres était son ancre, quand le monde sombrait dans le chaos autour d'elle.

— Cacher un faux passeport dans un coin fait partie des éléments qui viennent étayer mes arguments. Tu vis toujours comme un fugitif, ménageant des échappatoires sans prendre la peine d'en parler à la femme que tu prétends aimer. Comment pourrais-je savoir que tu ne me caches pas autre chose ? Si nous étions ensemble, pourrais-tu sincèrement me promettre d'être franc avec moi ?

Il parut pétrifié, pendant un instant, puis recula d'un pas mal assuré. Elle attendit une seconde, deux. Il ne répondit rien.

Elle prit alors une profonde – et douloureuse – inspiration.

— Heath, tu es un homme formidable. Je te souhaite de trouver l'amour et le bonheur, car tu le mérites. Tu mérites aussi d'être avec quelqu'un qui saura t'accepter tel que tu es. Hélas ! cette personne ne sera pas moi. Admettre ça me brise le cœur, car j'aurais voulu pouvoir rester avec toi, mais je sais que c'est impossible.

— Tu as raison, soupira-t-il en se passant les mains sur le visage. Tu as raison. Merci pour ta franchise. Tu as raison, et ça me fait très mal...

Il leva les yeux vers le ciel un instant, puis la regarda de nouveau. Ses prunelles sombres n'étaient plus que souffrance et tourment.

— Je ne peux pas m'abandonner corps et âme à une relation. Si je le pouvais, par contre, sois certaine que je voudrais la vivre avec toi.

Il inspira, tremblant. L'angoisse qu'elle lisait dans son regard la poussait vers lui, malgré elle. Elle tendit le bras, il vint à sa rencontre, et leurs corps se percutèrent avec une violence fiévreuse, tandis qu'ils échangeaient un long baiser chaotique. Désespéré. Il enfouit les mains dans ses cheveux, démolissant sa coiffure soigneusement élaborée. Elle s'en moquait. Tout ce qui importait, c'était sa bouche pressée contre la sienne, durant ce dernier instant volé. Elle emprisonna son visage – son beau et adorable visage – entre ses mains.

Quand ils se séparèrent enfin, elle eut du mal à reprendre son souffle, tout comme lui. Il appuya le front contre le sien. Oh ! comme il aurait été facile de tout oublier, de prendre le risque d'avoir un jour le cœur brisé, et de s'offrir tout entière à cet homme ! Mais elle ne pouvait pas faire ça. Elle ne pouvait pas se trahir ainsi. Elle serra les dents et inspira.

— Que vas-tu faire, maintenant ? demanda-t-elle, le souffle encore un peu haché.

Il haussa les épaules.

— Rentrer en Australie. Du moins, si on m'y accepte. Je risque de devoir régler un certain nombre de problèmes légaux à mon retour.

Le taxi qu'elle avait appelé vint se garer sans la cour, et elle fit signe au chauffeur.

— C'est ta voiture ? demanda Heath en fourrant les mains dans ses poches.

— Oui.

Elle fixa encore son visage, pour graver chacun de ses traits dans sa mémoire. Ils se reverraient sans doute, chez Sarah ou ailleurs, mais c'était la dernière fois qu'elle pouvait savourer cette intimité bouleversante. Quelque chose se brisa en elle, et elle trouva péniblement la force de garder la tête haute.

— J'imagine qu'on se croisera à l'occasion.

Il baissa la tête, résigné. Brisé.

— Oui, sans doute.

Elle monta à l'arrière du taxi et ferma les yeux tandis que le chauffeur l'emmenait loin de l'homme qu'elle aimait.

Freya posa ses sacs sur le plan de travail de la cuisine de sa mère et glissa le petit plateau de carton contenant leurs deux cafés à côté.

— Ça fait beaucoup, non ? remarqua Lauren en jetant un coup d'œil aux paquets.

— J'ai besoin de me réconforter, et tu dois me soutenir en mangeant au moins la moitié de tous ces gâteaux.

Elle venait de passer dans sa boulangerie préférée et avait acheté toutes les pâtisseries qui lui semblaient appétissantes. Peut-être que le beurre et le sucre allaient la guérir, puisque rien d'autre ne semblait avoir ce pouvoir.

Sa mère examina le contenu des sacs.

— Il y a du choix, en effet, mais je relève le défi.

Freya contourna la table du petit studio, situé juste sous le loft de Sarah. Des années plus tôt, cette dernière avait aménagé deux logements à l'étage inférieur, pour sa femme de ménage et sa chauffeuse. C'était là que Freya avait grandi, et le simple fait d'être là lui faisait autant de bien que le parfum du muffin à la framboise glissé dans le deuxième sac qu'elle avait rapporté.

— As-tu besoin de réconfort face à l'état du monde en général ? demanda sa mère en attrapant deux assiettes dans le placard. Ou bien est-ce plus spécifique que ça ?

Freya hésita, un café à la main.

— Quelle réponse dois-je donner pour qu'on arrête d'en parler ?

— C'est donc plus spécifique...

Freya posa les gobelets sur la table et mit les poings sur ses hanches.

— Si tu veux tout savoir, le calvaire de la baleine franche de l'Atlantique nord est très préoccupant. Entre le braconnage, les trafics, les blessures dues aux chaluts... Nous devrions vraiment en faire plus pour protéger cette espèce menacée.

— Je suis bien d'accord, mais tu t'inquiètes des baleines depuis ton adolescence, et ça ne t'a jamais poussée à me rendre visite sans prévenir après avoir dévalisé une boulangerie.

Freya attrapa un brownie dans l'un des sacs et l'agita sous le nez de sa mère.

— Vas-tu te plaindre de recevoir des gâteaux gratis ?

— Comment s'est passée la fête, hier soir ? demanda innocemment sa mère en prenant le brownie.

Elle mordit dedans à pleines dents et sourit tout en mâchant. Freya grimaça.

— Que t'a dit Sarah ?

— Juste que tu es partie très tôt. Si je devais parier, je dirais que ça a quelque chose à voir avec Heath Dunstan.

Elle avala une deuxième bouchée et prit son café.

— Pourquoi penses-tu que mon humeur est liée à lui ?

— Parce que je te connais plutôt bien. Parce que je vous ai vus ensemble. *Et* parce que...

— OK. OK, la coupa Freya.

Elle emporta son café et un muffin jusqu'au canapé sur lequel elle se laissa tomber. Elle posa la tasse sur la table basse, mais garda son assiette sur les genoux.

— Oui, avoua-t-elle. C'est en rapport avec Heath.

— Es-tu enfin prête à admettre que tu l'aimes ?

Son ton provocateur était à la fois adorable et agaçant.

— Ça n'a aucune importance, mais oui, je l'aime.

Elle se sentit pitoyable d'éprouver un tel soulagement en avouant enfin cela à quelqu'un. Même si aucune fin heureuse n'était possible pour Heath et elle, parvenir à parler de ces sentiments étouffants enfermés en elle était libérateur. Essayait-elle de se punir, comme un enfant qui gratte une plaie pas encore cicatrisée ?

— L'amour importe toujours.

Freya prit son café, le sirota un moment, puis joua pensivement avec le bord du gobelet tout en réfléchissant. Il fallait qu'elle mette fin à cet interrogatoire, et le meilleur moyen d'y parvenir était d'expliquer tout ce qui s'était passé pendant la fête.

— Hier, commença-t-elle sans cesser de tordre le bord du gobelet, j'ai découvert qu'il avait fait établir de nouveaux papiers sous une fausse identité dès qu'il a appris la vérité au sujet de son père et de l'héritage. Il a obtenu des passeports pour sa sœur et lui.

Ses doigts se mirent à trembler, et elle reposa le café avant de le renverser.

— Je commençais à penser qu'on pourrait construire quelque chose de solide, lui et moi. Mais, pendant tout ce temps, il se ménageait en secret une issue de secours.

— N'était-ce pas une décision rationnelle, de sa part ? demanda sa mère avec douceur. Sa mère s'est cachée pendant des années. Elle lui a sans doute appris à ne rien faire sans avoir de plan pour s'enfuir en cas de besoin.

— C'est vrai. Mais c'est le secret qui me dérange. Il prétend vouloir être avec moi, sans pour autant me montrer son vrai visage…

Sa mère ouvrit la bouche, mais Freya leva une main pour couper court à ses protestations.

— Je comprends, bien sûr. Seulement, après Milo et Dominic, qui m'ont aussi caché la vérité pendant des années, qui ont comploté dans mon dos et avaient toujours des secrets bien cachés, je ne peux plus accepter de m'engager avec un homme susceptible de mentir.

— Dans ce cas, quel est ton projet ? Passer ta vie sans plus jamais laisser qui que ce soit t'approcher ?

— Avant de rencontrer Heath, je pensais ne jamais me remarier, et ça me convenait. À présent, je commence à croire que je *pourrais* vivre de nouveau avec quelqu'un ; mais ce devrait être une personne en qui j'aurais entièrement confiance. Un homme qui soit totalement transparent vis-à-vis de moi.

Sa mère étouffa un petit éclat de rire.

— Personne n'est totalement transparent. De plus, ne crois-tu pas que c'est un peu l'hôpital qui se moque de la charité ?

— Pardon ? Que veux-tu dire ?

L'hôpital qui se moque de la charité ?

Peut-être que venir ici, ce matin-là, n'était pas une si bonne idée que ça, en fin de compte…

— Rafraîchis ma mémoire, reprit sa mère. Quand tu l'as rencontré, pendant tes recherches pour débusquer l'héritier de Joseph, lui as-tu révélé ta propre identité dès le départ ?

Freya s'agita un peu sur le canapé, gênée.

— Ça ne m'a pas paru nécessaire : je ne faisais que rassembler des informations. Et puis, je ne le connaissais pas encore, à l'époque. La situation était différente.

À cet instant, elle fut ravie de n'avoir révélé à personne qu'ils avaient fait l'amour, cette première nuit, à Noosa. Cela n'aurait sans doute fait que renforcer les arguments de sa mère.

— Es-tu sortie avec Heath, pendant son séjour à New York ?

La bouche sèche, Freya reprit son gobelet de café une fois de plus. Tous les souvenirs qu'elle gardait de Heath lui revinrent brusquement - ses bras passés autour de sa taille sur la moto, leur baiser dans le bar de l'Hudson, la rencontre avec sa famille maternelle, leurs ébats sous la douche, leur toast à la liberté loin des connards prétentieux pendant le gala de l'hôpital. Elle avait perdu tout cela... Son corps lui parut soudain plus lourd ; son cœur, plus vide, plus douloureux. Elle pressa une main contre sa poitrine dans l'espoir vain de soulager cette tension.

— Je ne dirais pas que nous sommes sortis ensemble. Pas exactement, répondit-elle en sirotant son café d'un air aussi nonchalant que possible.

— Mais il s'est passé quelque chose entre vous, et vous ne l'avez avoué à personne d'autre. Vous vous êtes contentés de vous tenir la main discrètement, sur une banquette arrière, en pensant qu'on ne pouvait pas vous voir dans le rétroviseur ?

Freya sentit ses pommettes s'embraser.

— OK, oui. Si tu insistes : il s'est passé... quelque chose.

— Réponds donc à cette question : pourquoi as-*tu* menti et caché cette liaison aux gens que tu aimes ?

— Hé ! s'écria-t-elle. C'est un coup bas, maman.

Sa mère haussa un sourcil. De toute évidence, elle ne regrettait pas son attaque.

— Je te connais assez bien pour deviner que tu cherchais à protéger ou à aider quelqu'un, comme toujours. Tu voulais aider Sarah à retrouver son neveu, donc tu as gardé le silence en attendant d'être sûre qu'il ne fuirait pas. Et tu avais peur des conséquences pour elle, si jamais cette liaison se terminait mal. Tu ne voulais pas l'obliger à faire un choix entre vous, ou à prendre une décision pénible.

Bon sang ! Elle n'avait même pas songé à ça... Elle avait surtout eu peur de pousser Heath à garder ses distances, à rendre visite moins souvent à sa tante. À présent, une nouvelle angoisse s'ajoutait à la liste. Elle enfourna un gros morceau de muffin et le mâchonna pensivement.

— Heath ne cherche-t-il pas toujours à protéger sa sœur ? reprit sa mère au bout de quelques instants.

Freya se figea, sur le point de recracher son gâteau.

— Comment peux-tu en savoir si long ?

— Personne ne remarque jamais le chauffeur, répondit sa mère avec un grand sourire. On y fait attention au début, mais on oublie très vite que les employés aussi ont des yeux et des oreilles.

— Et je ne commettrai plus jamais cette erreur !

D'un seul coup, elle songea à toutes les conversations qu'ils avaient pu avoir dans la voiture, pendant que sa mère était au volant.

— Ma chérie, est-ce si désagréable d'être avec quelqu'un qui cherche à te ménager ? Une personne prête à te défendre ? Vous pourriez être des remparts l'un pour l'autre.

— Parles-tu toujours de Heath ?

Elle fixa le reste de son muffin, qui n'arrivait décidément pas à alléger sa peine, puis le reposa sur son assiette et retourna dans le coin cuisine. Dans le troisième sac, sous un croissant aux amandes, elle dénicha une part de tarte à la cerise, la prit, sortit une fourchette d'un tiroir et emporta le tout jusqu'au divan.

Sa mère attendit qu'elle se soit rassise pour poursuivre :

— L'une des choses que j'admire le plus chez toi, c'est qu'après plusieurs mauvaises expériences, alors que tu pourrais chercher à te venger et à écraser les autres, tu t'es consacrée corps et âme à un travail dans lequel tu protèges les gens.

— Maman, je suis une comptable, pas une agente de terrain.

— Mais tu aurais pu te faire embaucher dans une entreprise privée. Avec les contacts de Sarah, tu aurais aisément décroché un emploi en or, avec un salaire de rêve. Au lieu de ça, tu te contentes d'un emploi public, dans une agence qui aide les autres. *Et,* ajouta-t-elle avec emphase, cette agence se sert souvent du secret comme d'un outil pour remplir sa mission.

Freya posa le reste de la tarte à côté du muffin entamé et fronça les sourcils.

— Essayes-tu de me pousser à me montrer encore *moins* transparente, maman ?

Sa mère ne mordit pas à l'hameçon.

— Ce que je vois, quand je vous regarde, Heath et toi, ce sont deux âmes sœurs. Deux personnes semblables, qui font de leur mieux pour protéger ceux qui leur sont chers. Pour aider leurs proches. Vous formez un beau couple…

— Une seconde, la coupa Freya en s'asseyant plus confortablement, les pieds ramenés sous elle. Tu ne l'aimais pas, quand il est arrivé. Si tu avais pu, tu aurais organisé une manifestation en plein Manhattan pour nous empêcher de nous fréquenter. Que s'est-il passé ?

— J'ai remarqué des changements en toi, répondit sa mère avant de lui prendre la main. Depuis que tu l'as rencontré, tu es plus assurée. Tu es vraiment toi-même pour la première fois. Puisque tu insistes pour comparer Heath à Milo et à Dominic, sache que tes mariages t'ont lentement diminuée. Tu t'es effacée pour laisser la première place à tes maris, quitte à te sacrifier pour eux. Avec Heath, c'est le contraire. Votre rencontre t'a donné la force d'affronter Leyland et ses filles. Tu as sermonné Sarah pour avoir annoncé le retour de son neveu au gala, car tu pensais que le moment avait été mal choisi. Tu as même eu le courage de le quitter parce que tu croyais qu'il n'était pas fait pour toi. À l'époque de Milo et de Dominic, tu savais aussi qu'ils ne t'apporteraient rien de bon, au fond, mais tu les as épousés quand même.

— Tu sais, je commence à penser que cette session gourmandise-réconfort est un peu légère, côté réconfort…

Elle regarda les pâtisseries encore entassées dans les sacs, sur le plan de travail, et fronça les sourcils.

— Côté gourmandise aussi, d'ailleurs.

— Tu n’avais pas besoin de réconfort, ma chérie. C’est bien pour ça que tu es venue *me* voir.

Freya ferma les yeux pour s’empêcher de pleurer. C’était vrai. Elle avait voulu oublier ses malheurs mais, plus important encore, elle avait cherché la présence d’une personne qui l’aimait pour tenter de démêler le sac de nœuds qui l’empêchait de réfléchir.

— Il est trop tard, soupira-t-elle. Je lui ai dit non deux fois, déjà, et hier soir…

Elle ne put s’empêcher de grimacer.

— … je l’ai convaincu qu’il n’était pas prêt pour une relation sérieuse, lui non plus.

— On dirait que tu n’as rien laissé au hasard.

— Même si ça n’avait pas été le cas, je reste persuadée que j’ai pris la bonne décision.

Les muscles crispés, tremblants, elle se leva pour poser son gobelet vide dans la cuisine avant de se camper devant la fenêtre.

— Je crois que j’ai besoin de m’éloigner pendant un moment. J’ai encore quelques jours de congés, et je ne veux pas rester à New York tant que Heath y sera. Le croiser par hasard serait trop douloureux.

— Le chalet est vide.

Freya se retourna vivement.

— Vraiment ?

Le chalet… C’était parfait : aucun souvenir de Heath et assez éloigné de la ville pour ne pas craindre de rencontre désagréable.

— Oui, répondit sa mère avec un sourire qui n’atteignit pas tout à fait ses yeux. La clé est suspendue au crochet, dans le cellier.

— Merci.

Elle alla chercher la clé et revint embrasser sa mère.

— Je prends le sac avec le croissant aux amandes, dit-elle avec un clin d’œil, et je t’appellerai dès que j’y serai.

11

Heath se tenait devant l'immeuble de Sarah, battant de la semelle en attendant la voiture. La foule de piétons du matin défilait sur le trottoir, l'obligeant bien souvent à s'écarter pour ne pas se faire percuter par un passant trop pressé. Toute cette agitation le rendait de plus en plus nerveux. Il consulta sa montre. Ça faisait déjà un quart d'heure qu'il avait envoyé son texto à Lauren.

Durant les quatre jours précédents, depuis la fête dans les Hamptons, il avait tout fait pour se débarrasser de l'impatience qui montait en lui. Il avait fait des randonnées interminables pour se fatiguer, tenté de se changer les idées à moto, exploré les rues et les boutiques de Manhattan pour ne pas avoir à réfléchir. Rien n'avait fonctionné.

Enfin, la voiture noire qu'il connaissait si bien se gara le long du trottoir, et il s'engouffra sur la banquette arrière.

— Sarah sait-elle que tu m'as demandé de venir ? demanda Lauren, visiblement contrariée.

Il attacha sa ceinture.

— J'ai préféré ne pas l'ennuyer avec ça.

— Oui, quand on s'enfuit, pourquoi s'encombrer d'adieux ? Ce n'est pas comme si des gens comptaient pour toi, marmonna-t-elle avec amertume.

Il voulut protester, mais elle ne lui en laissa pas le temps et ajouta :

— Ton texto disait que tu voulais aller à l'aéroport. Où sont tes bagages ?

— Pas de bagages, dit-il en comprenant soudain qu'il n'avait pas pris assez de précautions avant d'agir.

— Comme tu voudras.

Lauren s'inséra dans le trafic.

Lorsqu'ils furent hors de vue de l'immeuble, Heath s'éclaircit la voix.

— En fait, je ne veux pas aller à l'aéroport.

Lauren poussa un profond soupir.

— Décide-toi.

— Je veux que vous m'emmeniez voir Freya.

Une pulsation sourde battait sous sa peau. Il avait désespérément *besoin* de la retrouver, de voir son visage, de lui parler, de la serrer dans ses bras, d'effacer tout le mal qu'il lui avait fait et de la revoir sourire enfin.

Sa vie était plus chaotique que jamais. Le gouvernement australien hésitait à autoriser son retour sur son sol. Mae serait immédiatement reconnue comme étant la seconde héritière Rutherford dès son arrivée à New York et devrait subir le poids des médias à son tour... Il en avait le vertige. Si l'on ajoutait à cela le défi de devoir gérer sa part de Bellavista face à un Sebastian Newport plus hostile que jamais, la situation devenait intenable. Et pourtant, il ne pensait qu'à Freya et voulait passer du temps en sa compagnie. Il ne voulait qu'elle. Elle, et personne d'autre.

Lauren se crispa derrière le volant.

— Tu veux la voir ?

— Je suis passé chaque jour à son appartement, mais elle n'est pas rentrée chez elle.

Il sourit à la chauffeuse dans l'espoir de surprendre son regard et de lui prouver qu'elle pouvait lui faire confiance.

— Elle ne répond pas au téléphone ni à mes textos. Elle n'a pas non plus rendu visite à Sarah. Je suppose qu'elle est partie quelque part, dans un endroit isolé où personne ne peut la joindre.

Lauren l'observa froidement, dans le rétroviseur.

— Elle est partie, oui, mais n'est pas injoignable. Si elle ne répond pas à tes appels, c'est juste qu'elle n'a pas envie de te parler.

Il ne fut qu'à moitié surpris par cette remarque. Après tout, ne lui avait-elle pas fait ses adieux, le soir de la fête ? Mais une part de son cœur espérait toujours. Il s'était raccroché à la moindre chance de réparer ses erreurs… jusqu'à cet instant. Elle avait réellement décidé de couper les ponts. Si elle gardait le silence consciemment, alors tout était *vraiment* terminé. Une tristesse profonde, pesante, s'abattit sur lui.

— OK, dit-il aussi calmement que possible.

— Par simple curiosité, pourquoi veux-tu la voir ? Je pensais que votre histoire s'était terminée dans les Hamptons.

Il envisagea un instant de cacher une partie de la vérité ou d'esquiver sa question, mais il n'avait pas la force de dresser un nouveau mur autour de son cœur, de réfléchir à la réponse la plus appropriée, la moins risquée. Il ferma donc les yeux et se laissa aller contre l'appuie-tête.

— Depuis mon enfance, je sais que ce monde est injuste, dit-il lentement. Les gens ne sont pas toujours ce qu'ils prétendent être, et nous devons nous méfier de ceux à qui nous choisissons d'accorder notre confiance. Nous avons souvent déménagé, avec ma mère et ma sœur. Nous étions toujours prêts à faire nos valises et à disparaître. À cause de ça, je n'ai pas de vieux amis, de gens que j'aurais toujours connus, et je n'ai jamais vécu de relations solides avec mes petites amies. Cette existence m'a contraint à n'avoir que deux confidentes : ma mère et ma sœur. Mais elles étaient dans la même situation que moi. Freya est la première personne à avoir su me tendre un miroir, me mettre au défi de changer, me placer face à des vérités pénibles que j'aurais parfois préféré ignorer. J'ai besoin de sa franchise, aussi brutale puisse-t-elle être. Je sais que j'ai des défauts, que j'ai commis des erreurs. Je dirais même qu'il existe un nombre incroyable de choses que je ne connais pas, surtout depuis que l'héritage Rutherford a transformé ma vie.

— Je t'écoute, murmura Lauren, sans trahir la moindre émotion.

Il se tourna vers la vitre pour regarder les voitures passer, klaxonner. Tous ces gens menaient leur vie sans s'inquiéter de rien.

— Je ne suis certain que de deux choses. La première est l'importance de ma sœur, Mae. Jamais je ne lui tournerai le dos, et je serais prêt à mourir pour elle, s'il le fallait. La seconde...

Il s'interrompit, ravala sa salive.

— La seconde est Freya. Elle est extraordinaire. Elle a un cœur immense. Elle est gentille, aimante et donne tout sans attendre de récompense. Elle est forte, aussi, et n'a peur de personne en dépit de ce qu'elle peut croire. Elle n'hésiterait pas un instant à se dresser face au danger pour protéger ceux qu'elle aime.

Il se passa la main dans les cheveux.

— Je sais que je ne le mérite pas. Je ne suis pas à la hauteur : mon cœur n'est pas aussi immense et solide que le sien. Mais, quoi qu'il se cache dans ma poitrine, quoi que je fasse, je sais que je lui appartiens. Je l'aime de tout mon être.

La voiture s'arrêta brusquement, et il découvrit avec stupeur qu'ils étaient de nouveau devant l'immeuble de Sarah. Ils avaient fait une boucle, un grand cercle pour en revenir au point de départ. Ironique.

— Merci de m'avoir écouté, dit-il avec sincérité.

Peut-être aurait-il dû parler à cœur ouvert avec quelqu'un dès le départ, au lieu de s'épuiser à marcher et à explorer toute la ville...

Au moment où il ouvrait la portière, une notification arriva sur son téléphone.

— Elle est dans un chalet à Greenwich, dit Lauren d'une voix tendue. Je viens de t'envoyer l'adresse. Prends ta moto.

Freya était assise dans l'embrasure de la fenêtre, un livre sur les genoux. Le soleil printanier réchauffait son dos. Elle n'avait aucun rendez-vous, rien à faire, à part lire. Elle se demanda vaguement où était Heath, comment il occupait ses journées. Ces questions revenaient sans cesse depuis leur dernière conversation.

Agacée, elle ferma le livre d'un geste sec. Elle avait pris la bonne décision en le quittant. Elle n'avait pas eu d'autre option et elle s'y tiendrait, en dépit des critiques de sa mère. Elle jeta un petit coup d'œil au salon. Peut-être pourrait-elle prendre un chat. Un petit corps chaud à câliner quand elle bouquinait ou regardait la télévision. Oui, un joli chaton tigré…

Un coup frappé à la porte interrompit le fil de ses pensées. Elle se leva, traversa la pièce et ouvrit. Heath était là, sur le seuil, vêtu de sa tenue de moto en cuir noir, ses cheveux décoiffés par le casque. Il semblait presque craintif. Elle s'agrippa au montant de la porte pour s'empêcher de se jeter à son cou. Ou de l'attraper par le col pour l'entraîner à l'intérieur et l'embrasser jusqu'à en perdre la raison.

— Freya…

Sa voix, profonde et rauque, la fit frissonner de la tête aux pieds.

— Ma mère t'a dit où me trouver.

C'était la seule personne à savoir où elle était et, en temps normal, on pouvait lui faire confiance pour ne jamais trahir un secret.

— Comment l'as-tu convaincue de te donner cette adresse ?

Il se passa la main dans les cheveux, d'un air gêné.

— En toute honnêteté, je ne suis pas sûr de le savoir.

Pendant un long moment, elle se contenta de l'observer, consciente qu'elle ne pouvait pas se permettre de le toucher. Le revoir et devoir le chasser de nouveau était si douloureux ! Elle avait tracé une limite claire et se sentait enfin assez forte pour camper sur ses positions… Même si cela l'obligeait à repousser l'homme qu'elle aimait de l'autre côté de cette limite.

— Je suis désolée, mais tu es venu pour rien. Je n'ai aucune envie d'avoir cette conversation une fois de plus, dit-elle en essayant de fermer la porte.

Il l'en empêcha.

— Sérieusement ? Après tout ce que nous avons traversé, tu ne vas même pas me laisser entrer ?

— Bon sang ! Heath ! Tu me manques tellement que je ne

pourrais pas m'empêcher de te pousser dans mon lit avant que tu m'aies expliqué ce que tu fais ici, et j'aurais encore plus de mal à te mettre dehors... Ma force a des limites. Il vaut mieux que tu restes là.

Il hocha la tête d'un air songeur.

— Dans ce cas, on pourrait peut-être aller discuter ailleurs.

Elle sentit ses épaules se tasser malgré elle.

— Nous ne pouvons pas continuer comme ça. Que veux-tu, Heath ?

— Je suis venu parce que tu ne me réponds pas au téléphone.

Elle voulut protester, mais il leva une main impérieuse.

— Je n'ai qu'une chose à te dire. Ensuite, je te laisserai tranquille. Je te le promets. Je ne te pourchasserai plus - je ne suis pas mon père. Si tu tiens vraiment à couper les ponts après cette conversation, je respecterai ton souhait.

— Heath...

— Quand tu m'as donné ton vrai nom et quand as voulu m'expliquer la situation, tu m'as demandé dix minutes. Tu t'en souviens ? Tu m'as promis de partir ensuite, si je le voulais. Aujourd'hui, j'aimerais que tu m'accordes la même faveur.

Son argument était imparable. Elle soupira. Au moins, il n'avait pas posé son pied dans la porte, lui.

— Tu ne m'as donné que cinq minutes, lui rappela-t-elle.

— Et j'espère que tu seras plus généreuse que moi, répondit-il avec ce sourire en coin qui la faisait fondre.

Elle allait sans doute le regretter, mais elle attrapa néanmoins un manteau et sortit.

— D'accord. Dix minutes. Il y a des chaises longues dans le jardin, derrière.

Elle contourna le chalet, sans vérifier s'il la suivait. Il lui emboîta le pas très vite, les mains dans les poches.

— Sarah a décidément des maisons de vacances partout.

— Celle-ci appartient à ma mère.

Suivant les conseils de Sarah, sa mère avait fait des placements au fil des ans et avait fini par se bâtir un solide portefeuille. Elle appelait ce chalet sa « maison de retraite » et le louait en temps normal pour rembourser l'emprunt qu'elle avait contracté pour l'acheter. Freya avait eu de la chance qu'il soit libre.

Heath observa la maison de style colonial – bien plus grande qu'un simple chalet – et siffla. Dans le jardin, les chaises annoncées attendaient dans le soleil de fin de journée. Freya s'assit et repoussa une mèche derrière son oreille.

— Bon. Tes dix minutes commencent maintenant, utilise-les bien, dit-elle en remontant le col de son manteau, comme si ça avait pu la protéger du charme de cet homme.

— Que tu décides ou non de me renvoyer, commença-t-il, les coudes appuyés sur les genoux, les mains jointes, je veux que tu saches à quel point tu as eu un impact sur ma vie. Tu m'as transformé. Je pense toujours au moment où tu as compris qui était vraiment Mae et où je t'ai tout raconté. À cet instant, mon existence a changé de trajectoire, à cause de toi. J'ai commencé à interroger chacun de mes choix et à me voir à travers tes yeux, jusqu'aux vérités violentes que tu m'as assénées le soir de la fête de Sarah. À moins que ça ait commencé avant ça…

Il se laissa aller contre le dossier, se massant la nuque.

— Oui, sans doute. Peu importe. Ce qui compte, c'est que je ne suis plus la même personne. Je reste méfiant, j'ai du mal à accorder ma confiance et je devine qu'il est difficile de me percer à jour ; mais je suis une meilleure personne et je voulais te remercier pour ça. C'est un cadeau précieux.

Une grosse boule s'était lentement formée dans sa gorge, au fil de ce discours. Elle aurait été incapable de répondre. Heath venait d'étaler tous ses défauts sous ses yeux, comme si cet aveu n'était rien. Mais elle savait quelle importance cela avait, au contraire. Il avait dû se faire violence pour lui dire tout ça. Elle se tourna un instant vers l'Hudson que l'on devinait au bout du jardin, dans l'espoir de contrôler ses émotions, puis regarda enfin Heath.

— Je suis désolée de t'avoir comparé avec mes ex-maris.

— Oui, c'était dur, murmura-t-il avec un petit sourire.

— Je suis sérieuse. Jamais ils n'auraient pu admettre leurs erreurs comme ça ou accepter le fait qu'ils aient évolué. Dominic se croit parfait, et Milo est fier de ses défauts. Ce qu'on voit comme des tares morales sont des atouts à ses yeux.

Ses époux ne s'étaient préoccupés que de leur image...

— En fait, tu es l'opposé de ce qu'ils sont.

— Je prends ça pour un compliment, dit-il avec un sourire qu'il tenta – vainement – de réprimer. Merci.

Puisqu'il avait fait preuve de courage pour lui dire tout ça, elle lui devait au moins d'être sincère à son tour.

— Ma mère pense que tu as aussi eu une bonne influence sur moi, dit-elle en tortillant une mèche autour de son doigt.

— Sérieusement ? Qu'a-t-elle dit ?

— Elle trouve que je me suis effacée avec mes ex, avoua-t-elle en songeant qu'elle avait peut-être raison, au fond. Avec toi, elle trouve que je me suis épanouie, que je suis redevenue moi-même...

— Et qu'en penses-tu, toi ?

Il ne la quittait pas des yeux. Elle avait beaucoup réfléchi à ça, depuis qu'elle était au chalet, mais ce n'était pas une question évidente.

— À part ma mère et ma marraine, personne n'a cru en moi comme tu l'as fait.

— Dans ce cas, les autres sont aveugles, et je suis heureux d'avoir pu te rendre ce service. En parlant de Sarah, elle m'a demandé si j'étais prêt à donner un grand spectacle pour tenter de te reconquérir, dans les Hamptons.

— Dieu merci, tu ne l'as pas fait !

— Tu n'aimes pas t'afficher en public ?

— Disons juste que Milo m'a obligée à suivre un chemin de roses jusqu'à un panneau lumineux géant, avec un quatuor à cordes en fond, pour me demander en mariage...

Milo avait été si confiant ; et elle, si naïve.

Heath grimaça.

— As-tu apprécié ça ?

— Sur le moment, je l'ai cru.

Elle avait eu dix-neuf ans, voulait trouver sa place dans le monde, et s'était laissé séduire.

— Et ses amis ont adoré filmer le tout pour le poster sur les réseaux sociaux, ajouta-t-elle.

— Ah !

Ça aurait dû être un drapeau rouge : il parlait plus à la caméra qu'à elle, pour faire sa demande. Elle avait encore honte d'avoir raté cette alerte flagrante.

— Quant à Dominic, il a fait graver nos initiales sur un gros diamant qu'il m'a offert lors d'une fête surprise avec nos amis, nos familles. Il avait même prévu un feu d'artifice.

Ça avait été inattendu, c'était certain. Elle ne s'était pas doutée qu'une fête était organisée, et n'avait pas imaginé que leur relation soit assez mûre pour penser au mariage. Emportée par l'assurance de Dominic, elle avait accepté...

— Il est difficile de dire non, dans de telles circonstances, soupira Heath.

Elle étouffa un petit éclat de rire.

— Je me suis souvent demandé si je n'ai pas accepté juste parce qu'ils ne m'ont pas laissé le choix, admit-elle.

— Dans ce cas, j'ai peut-être prévu le plus petit geste romantique de ta vie, dit-il en tirant un morceau de papier froissé de sa poche. C'est pour toi.

Elle le déplia et le fixa. C'était un ticket de caisse.

— Tu m'as acheté... une bouteille d'eau ?

— Non, je l'ai déjà bue.

— C'est ton geste romantique ? gloussa-t-elle. Une bouteille d'eau que tu as bue sans moi ? Tu as raison : je n'avais encore jamais vu ça.

— Ce n'est pas l'eau, dit-il avec un grand sourire. Regarde au verso. Je n'avais pas d'autre papier sous la main, à la station-service.

Elle vit une série de chiffres griffonnés au dos du ticket.

— Des chiffres ? Je sais que j'aime ça, mais je n'en manque pas, dans mon travail. Encore une fois, je ne suis pas impressionnée. Six numéros sur un bout de papier froissé ?

Il leva les yeux au ciel, pour cacher son sourire de plus en plus satisfait et tira son portable de son autre poche.

— C'est le mot de passe.

— Le mot de passe de ton *téléphone* ?

— Essaye.

Incrédule, elle entra les six chiffres et vit l'écran se déverrouiller pour dévoiler ses applis, sa boîte mail, ses photos, ses contacts... tout. Le jour où il lui avait montré un portrait de Mae, il lui avait dit qu'il ne laissait jamais personne regarder les photos sur son téléphone, et voilà qu'il lui donnait un accès complet à son contenu ?

— Tu tiens tant à ton intimité, murmura-t-elle. Pourquoi faire ça ?

— C'est une manière de te laisser entrer dans ma vie, répondit-il d'une voix émue. Je ne te cache plus rien. Tu es libre de voir qui je suis vraiment.

— Tu as parlé d'un petit geste, mais c'est *énorme*.

Elle lissa le ticket froissé, si précieux. Il venait de lui accorder sa confiance absolue.

— Je n'imagine pas de geste plus important que ça.

Elle retourna le téléphone. Elle n'avait pas besoin de le fouiller, de lire ce qu'il contenait. Cette preuve de sincérité était tout ce qui comptait. Elle le lui rendit donc, mais garda le ticket – le plus grand trésor de sa vie. Il le lui avait donné, alors qu'il ne devait pas tenir l'humanité en très grande estime depuis la soirée dans les Hamptons.

— J'ai vu l'article de Kristin, dans le *New York Daily*, reprit-elle. Je suis désolée...

La journaliste avait dévoilé toutes ses identités passées, bien que l'équipe de Sarah ait fait son possible pour garder secret le scandale du dernier passeport.

— Merci. Le gouvernement australien l'a lu aussi et n'a pas encore décidé de m'autoriser à rentrer chez moi.

— Aïe ! Que vas-tu faire ?

— J'ai consulté un avocat spécialiste de l'immigration, et il pense que nous pourrons régler le problème, mais ça va prendre du temps. En attendant, je peux rester ici : Joseph Rutherford II est citoyen américain, après tout. Peut-être vais-je finir par m'installer définitivement aux États-Unis.

Était-il sérieux ? Elle était en partie responsable de tous ses problèmes et ne pouvait pas l'ignorer...

— Je suis désolée. Si je ne t'avais pas débusqué, rien de tout ça ne serait arrivé.

— Moi, je ne regrette pas, répondit-il en haussant les épaules. Pour la première fois de ma vie, je suis libre. Je n'ai plus rien à cacher. Je n'ai plus besoin de songer à ma sécurité avant d'agir, ou à celle de ma mère et de Mae. Je peux enfin fonder mes choix sur ce que je désire réellement.

Le monde parut ralentir. Plus aucun bruit ne semblait résonner dans les environs. Freya était pétrifiée, incapable de bouger.

— Et que désires-tu ?

Elle attendit. Elle avait désespérément besoin d'entendre sa réponse, bien qu'une part d'elle la redoutât un peu. Il posa sur elle un regard ému, sincère.

— Toi. Uniquement toi. Je prendrai tout ce que tu seras prête à m'offrir. Et je reste décidé à sortir de ta vie si tu le souhaites. Je t'en donne ma parole.

Sa pomme d'Adam s'agita un instant.

— Mais si tu me laisses le choix, alors je veux rester avec toi.

Lentement, elle tendit la main. Elle avait juste l'intention de le toucher, de sentir la chaleur de ses doigts, mais il répéta :

— Uniquement toi.

Son regard, si ému, changea tout pour elle. Sans prendre le temps de réfléchir à ce qu'elle faisait, elle quitta sa chaise pour se percher sur ses genoux.

— Je ne pense pas avoir la force de refuser, cette fois, chuchota-t-elle.

Il l'enlaça, la serra contre lui et enfouit le visage dans le creux de son cou. Elle sentait son cœur tambouriner contre ses côtes, à travers leurs manteaux. Sans doute pouvait-il aussi sentir le sien... Lentement, il se redressa, et elle se pencha pour l'embrasser. Leur baiser fut un mélange d'émotions désordonnées, de fièvre et de promesses – plus puissant encore que tout ce qu'ils auraient pu se dire.

— Je sais que tu ne veux pas te remarier, dit-il tout contre sa joue, et je le comprends. Je prendrai ce que tu me donnes, sans demander plus. Je peux être ton petit ami, ton partenaire, ton âme sœur...

Elle caressa son visage et prit un long moment pour réfléchir. Il disait qu'il était enfin libre de fonder ses choix sur ce qu'il désirait réellement. Si elle se décidait à faire de même, qu'aurait-elle voulu ?

— Et si je te disais que j'aimerais que tu sois mon époux ?

Il recula un peu pour la regarder droit dans les yeux.

— Tu ne voulais pas recommencer...

— Ce ne serait pas comme avec mes ex.

Épouser Heath la transporterait même dans un tout autre univers.

— Jamais encore je n'ai été mariée à un homme que j'aimais et qui m'aimait en retour.

— Alors je réponds oui, dit-il sans hésiter.

— La cérémonie n'a pas commencé, Heath, plaisanta-t-elle.

— Je veux dire, oui : je t'aime.

— Je t'aime aussi.

Elle sentit sa joue s'humidifier, sans même comprendre qu'elle pleurait. Du pouce, Heath essuya ses larmes et l'embrassa de nouveau, plus lentement, avec une douceur qui faillit lui briser le cœur.

Après quelques secondes, quelques minutes, il se redressa et pressa le front contre le sien.

— Serais-tu vraiment prête à m'épouser ?

— Tant que nous pouvons prendre un chat, dit-elle en ne plaisantant qu'à moitié. Un petit chaton tigré, peut-être.

— Avec plaisir.

Soudain, il ouvrit de grands yeux comme s'il venait de comprendre quelque chose d'important et éclata de rire.

Elle glissa les doigts dans ses cheveux, savourant leur douceur avec bonheur.

— Qu'y a-t-il ?

— Ta mère m'a dit que j'avais été bon pour toi, répondit-il simplement.

Elle acquiesça.

— Elle m'a aussi donné cette adresse pour que je vienne te retrouver. Jamais je n'aurais pu imaginer qu'elle soit capable de jouer les bonnes fées…

Freya rit à son tour.

— Tu sais quoi ? Je pense que je vais adorer la vie avec toi, Heath.

Il l'attira de nouveau à lui et, juste avant de presser les lèvres contre les siennes, chuchota :

— Moi aussi.

NAIMA SIMONE

Irrésistible alchimie

Traduction française de
PEGGY SASTRE

PASSIONS

HARLEQUIN

Titre original :
HER BEST KEPT SECRET

1

— Un dépôt-vente ? Tu m'as fait venir dans un dépôt-vente ?

Lenora – ou Nore, car elle ne répondait jamais quand on l'appelait par ce maudit prénom – Daniels émit un rire démoniaque tandis que Tatum Haas, sa meilleure amie et future mariée, levait les yeux vers l'enseigne au néon verte annonçant la nature de la boutique.

— Je crois c'est plutôt un « pôt Vent » apparemment.

Nore pencha la tête et plissa le nez, feignant la confusion.

— Je ne suis pas tout à fait sûre du genre de performance qui s'y donne, vu que je ne sais pas ce qu'est un « pôt », mais tu penses qu'il y aura du Britney Spears ?

— Mais pitié…

Tatum soupira. Son parfait accent de la Nouvelle-Angleterre ne dissimulait en rien son agacement.

— Si tu tiens vraiment à m'embarquer dans ce genre d'endroit, et je ne vois vraiment pas pourquoi, soit dit en passant, tu pourrais au moins en trouver un qui a les moyens de se payer *toutes* les lettres de son nom ! On est à Las Vegas. Ce n'est pas la capitale du prêt sur gage ?

— Euh… non, ça, c'est Houston, la corrigea Nore. Avec 128 boutiques.

Tatum renifla et, curieusement, même ça elle le faisait avec élégance.

— Comment tu sais ça ?

— On ne peut pas vouloir participer à *Jeopardy !* sans savoir ça.

Nore essuya une goutte de transpiration qui roulait sur sa tempe.

Elle lança un regard amusé à Tatum qui comme elle subissait le soleil infernal et ne brillait même pas. On avait dû lui apprendre ça à l'école de bonnes manières de Boston qu'elle avait fréquentée.

— Non mais vraiment, qu'est-ce qu'on fait ici ? Je pensais qu'on dînerait au Honey Salt et qu'ensuite on irait au Cirque du Soleil, reprit Tatum en se retournant pour se diriger vers le parking.

Nore la prit par le poignet pour l'arrêter, tandis que son estomac manifestait à grand renfort de borborygmes son envie de coquilles Saint-Jacques caramélisées et de filet mignon que proposait le restaurant populaire de Vegas que Tatum avait mentionné.

— Pas si vite. On a des choses à faire ici. Et c'est Magic Mike Live, pas le Cirque du Soleil.

Elle leva un sourcil et reprit :

— C'est un pré-enterrement de vie de jeune fille combiné à une expédition entre copines ; je serais quel genre de demoiselle d'honneur si je ne t'emmenais pas voir des strip-teaseurs ? Mais une chose à la fois.

Nore ouvrit la porte de la boutique. Avant que Tatum puisse protester, elle entra en tirant son amie par la main.

Ce n'était pas la première fois que Nore allait dans un dépôt-vente, mais jamais elle n'en avait vu d'aussi grand. Les vitrines remplies de toutes sortes de marchandises, de bijoux à des appareils électroniques en passant par des médailles militaires, s'alignaient sans fin le long des murs. Les gros appareils, bagages et meubles occupaient les coins de la pièce.

Elle n'en croyait pas ses yeux.

Mais il fallait rester concentrée.

Tu n'es pas là pour toi. À moins que… C'est un vrai sac Vuitton, ça ?

— Je vois ce que tu es en train de regarder, et à moins que ce Louis Vuitton ne paye sa part du Uber et du dîner, ce sac va rester où il est, déclara Tatum.

— Rabat-joie, grommela Nore entre ses dents. Compris, reprit-elle.

— Dieu merci !

Elles se connaissaient depuis leurs premières années de fac, avaient assisté à leurs débordements mutuels et assumé leurs conséquences, et pouvaient se permettre le luxe de l'honnêteté l'une avec l'autre.

— Tu vas me dire ce qu'on fait là ? demanda Tatum.

— Dans une minute.

D'un pas déterminé, et avec un nœud dans l'estomac, Nore se dirigea vers l'arrière du magasin. Un vieux monsieur noir très beau, arborant un bouc poivre et sel taillé avec art et une chemisette vert foncé affichant le logo du magasin, se tenait derrière une vitrine.

— Bonjour, excusez-moi, dit-elle avec un sourire.

Il lui rendit son sourire.

— Bonjour, comment puis-je vous aider ?

Elle ouvrit le grand sac qu'elle tenait, et le nœud de son estomac se resserra un peu plus.

— Je voudrais vendre ça.

Elle sortit une serviette en tissu noir qui ressemblait étrangement à celles du restaurant où elles avaient dîné la veille, et la posa sur le comptoir de verre. Une magnifique bague en or blanc sertie de diamants de deux carats taille émeraude apparut. Magnifique… mais épouvantable, par la douleur qui y était attachée. Elle entendit une exclamation étouffée.

— Nore ! dit Tatum. Qu'est-ce que tu…

Les yeux fixés sur la bague, Nore secoua la tête.

— Je me débarrasse de mes déchets.

— Nore, répéta Tatum.

Mais son amie la coupa.

— Je sais ce que je fais, Tate.

Elle poussa la serviette et la bague vers l'employé.

— Je voudrais vendre ceci, s'il vous plaît.

Le vieil homme – Dan, à en croire son badge – leva les sourcils.

— La mettre en gage ou…

— Non, la vendre.

Elle plongea de nouveau la main dans son sac et en tira un certificat d'assurance.

— L'estimation date de six mois.

Dan ne broncha pas. Travailler dans un dépôt-vente de Las Vegas devait l'exposer à voir un tas de choses. Dont une fiancée qui s'était fait larguer et voulait vendre sa bague. Non qu'il soit au courant de l'histoire.

Il prit la bague et examina l'estimation. Elle savait ce qu'il voyait : tout un tas de détail sur la clarté, la taille, la couleur, etc. Rien de tout cela ne comptait autant que le prix, écrit en gras : 16 600 dollars.

— Vous savez que les bijoux, ça se dévalue…, commença Dan en levant les yeux vers elle.

— Oui, mais pas des masses, vu que cette bague a été achetée et estimée il y a juste six mois. Et je m'en fiche.

Elle agita la main dans sa direction :

— Faites au mieux, Dan.

Il étudia la bague pendant un long moment, puis regarda de nouveau Nore, une lueur rusée dans le regard. Si seulement il savait à quel point il perdait son temps.

— Taille émeraude, diamant deux carats. Belle taille. Couleur E, clarté SI2.

Il fit une pause.

— Je peux vous en donner six mille.

— D'accord.

Dan cligna des yeux, déconcerté, mais se remit très vite. Elle ne cherchait pas à négocier, tant mieux. Il était malin.

— Par…

— Attendez, intervint Tatum en levant la main en direction de Dan.

Elle fit volte-face et attrapa Nore par les épaules avant de la secouer doucement.

— Écoute, je sais que la… rupture avec James t'a mis la tête à l'envers. Mais ne fais rien sur un coup de tête. Pourquoi ne prends-tu pas quelques jours pour y réfléchir ?

Nore se força à afficher un sourire crispé. Son amie était en train de lui dire qu'elle était cinglée, qu'elle faisait quelque chose de fou.

Et elle n'avait peut-être pas tort.

Mais Nore s'en fichait.

— Tate, je t'aime autant que les frites et le ketchup. Pas plus, mais pas moins. Et je comprends que tu te fasses du souci pour moi, mais ce n'est pas un caprice. J'y pense depuis que mon cœur a cessé de me donner l'impression qu'il essayait de sortir de ma poitrine avec des griffes. Depuis deux semaines, en gros.

Elle mit la main sur celle de son amie, posée sur son épaule, et la serra. Tatum émit un son étouffé. Elle lui sourit.

— Non, je t'assure, je vais bien, Tatum. En tout cas, ça va aller. Mais il faut que je fasse ça, et je ne voulais pas le faire toute seule. Alors j'ai attendu d'être avec toi. Parce qu'il me fallait une amie à mes côtés pour refermer ce chapitre de ma vie.

— Nore, chuchota Tatum, les yeux brillants.

Et merde !

Si son amie se mettait à pleurer – et à avoir l'air aussi belle, en plus... –, elles allaient se donner en spectacle dans la boutique. Hors de question.

Elle avait suffisamment versé de larmes à cause de James Whitehead, sérieusement.

— Non.

Nore secoua la tête.

— Ne fais pas ça, reprit-elle. J'ai passé trente minutes à me faire les yeux. Je ne te laisserai pas ruiner mes efforts.

Elle se retourna vers Dan à qui elle adressa un sourire – certes un tantinet humide au niveau du regard.

— Désolée pour cet épisode de Gilmore Girls version afro. Je suis prête à conclure cette vente. Je prends les six mille.

Dan jeta un regard à Tatum, comme s'il attendait une nouvelle objection. Puis il se retourna vers Nore et hocha la tête en souriant.

— Laissez-moi obtenir l'accord définitif de mon patron, dit-il en prenant la bague et les papiers. Pendant mon absence, n'hésitez pas à jeter un œil à ce que nous avons, vous verrez peut-être quelque chose qui vous plaira. Et…

Son sourire s'agrandit, et une fossette se creusa dans sa joue droite. OK. Dan se transformait en don Juan en un clin d'œil, donc.

— Je suis tout à fait prêt à regarder une rediffusion des aventures de Lorelai et Rory, n'importe quand.

Il leur fit un clin d'œil, puis franchit une porte derrière lui.

— Waouh ! Dan regarde Gilmore Girls. À ton avis, il finit à quelle heure ? demanda Nore en le regardant s'éloigner.

— Mon Dieu, répondit Tatum, ce qui fit ricaner Nore.

— Que comptes-tu faire de cette fortune soudaine ? James s'étoufferait s'il savait que tu en as tiré si peu.

Nore esquissa un rictus et sentit son cœur se serrer à la seule mention du nom de son ex-fiancé. De l'homme avec qui elle avait passé les trois années précédentes, avec qui elle avait envisagé de passer le reste de sa vie… L'homme qui avait rompu avec elle par mail, ce salaud.

Ce lâche.

Elle prit une profonde inspiration et se força à penser à autre chose qu'à James Whitehead, comme à la manière dont elle pourrait dépenser l'argent gagné grâce à une bague qui, finalement, n'avait pas été un symbole d'engagement et d'amour mais de déception et de chagrin.

Elle se racla la gorge et regarda la vitrine qui contenait des bagues étincelantes, des colliers, des bracelets et même de très beaux étuis à cigarettes. Rien ne lui…

— Oh ! s'exclama-t-elle soudain.

Ses doigts se posèrent sur le verre, comme si elle pouvait toucher le bijou qui lui avait tapé dans l'œil. Elle ne pouvait détacher son regard d'une magnifique broche nichée entre un peigne en forme de papillon et une épingle à cravate sertie de diamants.

— C'est…

— Somptueux, acheva Tatum, en se penchant au-dessus de l'épaule de son amie pour l'admirer.

— Vous voulez la voir ?

Une femme enjouée était apparue derrière le comptoir. Elle avait des cheveux noirs bouclés parsemés de fils d'argent et des pattes-d'oie. Les rides très fines qui se creusaient autour de sa bouche et sur son front ajoutaient à sa beauté. Cette femme était du genre à profiter de tout ce que la vie avait à offrir. Sans attendre de réponse, elle ouvrit la vitrine et sortit la broche.

— Tenez, dit-elle en la posant. C'est une pièce vraiment unique.

Elle était même incroyable. De l'or et de l'argent ouvragés pour former des fleurs d'apparence fragile, turquoise, rose et rouge foncé, entouraient un adorable portrait. Des diamants et de toutes petites perles sur les fleurs et les tiges rehaussaient la beauté du bijou ancien. Sur le camée était représentée une femme noire au profil délicat. Un chapeau à large bord cachait la plus grande partie de son visage, mais la peau de sa joue, de sa bouche, de son menton et de son cou élégant était indéniablement noire.

Nore n'avait jamais rien vu d'aussi exquis.

— Cette broche est en argent et or quinze carats, avec des diamants et des perles naturelles, et de l'émail au centre. La pierre a une taille en rose. C'est un bijou victorien, daté d'entre 1850 et 1859.

— Victorien ?

Tatum avait insisté sur ce mot en touchant une perle du bout du doigt.

— Je n'ai jamais rien vu de tel, reprit-elle.

— Ce qu'elle essaye de dire avec diplomatie, c'est qu'elle n'avait jamais vu une femme noire sur un camée victorien.

Tatum décocha à Nore un regard qui lui reprochait clairement son manque de tact. Après tant d'années d'amitié, Nore parlait couramment le Tatum Haas.

L'employée, Nelle à en croire son badge, sourit.

— L'image représenterait l'épouse d'un baron anglais. Elle était la fille d'un député de la Barbade. Ils se sont rencontrés lorsqu'elle s'est rendue à Londres avec son père, et ce fut le coup de foudre. On dit qu'ils ont vécu de nombreuses années très heureuses ensemble, et que cette broche qu'il avait fait réaliser était l'un des nombreux symboles de l'amour qu'il lui portait.

Nore jeta un œil à Tatum et vit la fascination qui bouillonnait dans sa poitrine reflétée sur son visage.

— C'est une très belle histoire, dit Tatum.

Elle s'apprêta à toucher la broche, mais au dernier moment, son bras retomba.

— Comment est-elle arrivée ici ? demanda-t-elle.

— Vous pouvez la prendre, dit Nelle en la lui tendant.

Après une brève hésitation, Tatum accepta. Nore se rapprocha. Incapable de se retenir, elle passa le doigt sur l'image et les fleurs qui l'encadraient. Un curieux sentiment de respect l'envahit, accompagné d'un inexplicable besoin.

— La cliente qui l'a apportée l'a achetée lors d'une vente par licitation. Et ce n'est pas tout.

Le silence lourd de suspense qui suivit incita Nore à détourner le regard du magnifique bijou pour le lever vers Nelle.

La femme reprit :

— Une légende y est attachée, dit-on. Le baron et sa femme avaient beau s'aimer tendrement, comme vous l'imaginez, rien ne leur fut facile. Même le pouvoir et la fortune de son titre ne pouvaient empêcher le racisme et le snobisme. Mais ils tinrent bon, et leur couple resta solide. Par conséquent, on dit que celui ou celle qui possédera cette broche connaîtra le même genre d'amour. Il ou elle rencontrera son âme sœur, et même si le chemin est difficile, ils trouveront l'amour, le vrai, l'éternel.

Le côté cynique de Nore – celui qui avait cessé de croire que ce type d'amour existait – pouffa à l'évocation de cette « légende ». Mais une toute petite part d'elle avait envie d'y croire, d'espérer…

Elle jeta un nouveau regard à Tatum, puis à l'élégant solitaire qu'elle portait à l'annulaire gauche.

— Je la prends.

Les mots jaillirent de sa bouche sans qu'elle y ait réfléchi. Mais elle ne se reprit pas. Elle sentait que c'était la bonne chose à faire, et un grand calme s'empara d'elle. Cette paix la tranquillisa comme une brise fraîche une nuit de canicule.

— Quoi ?

Tatum la regardait en fronçant les sourcils.

— Tu ne peux pas... Écoute, je comprends, pour la bague, mais ça, Nore...

Elle secoua la tête et reprit :

— Tu ne sais même pas combien elle coûte.

— C'est vrai.

Elle secoua la tête et demanda :

— Combien coûte-t-elle, Nelle ?

— Six mille deux cents.

— Très bien. Je la prends. Dan vient juste d'emporter une bague en diamant qui vaut six mille dollars, je vais payer la différence.

— Nore, siffla Tatum, c'est...

Elle leva la main pour l'arrêter.

— Je l'achète.

Puis elle reprit, plus doucement :

— Pour toi. Je n'ai pas trouvé ce genre d'amour, mais toi si, avec Mark. Il faut que tu l'aies.

Tatum secoua la tête, mais Nore fit une grimace.

— Considère que c'est mon cadeau de demoiselle d'honneur. Il faut quelque chose d'ancien ! Et c'est aussi quelque chose de nouveau, puisque c'est nouveau pour toi.

— Nore, tu es folle, chuchota Tatum, les larmes aux yeux.

Nore sourit et prit la broche des mains de Tatum. Elle la tendit à Nelle.

— Pouvez-vous le dire à Dan ?

Nelle prit le bijou, un sourire aux lèvres.

— Bien sûr. Je reviens.

Elle disparut par la même porte que Dan peu auparavant.

— C'est complètement fou, déclara Tatum, toujours aussi doucement, de l'émotion plein la voix.

— Tu l'as déjà dit.

Nore passa un bras autour des épaules de son amie.

— Ce n'est pas un coup de tête. Bon, OK, peut-être un tout petit peu, rectifia-t-elle lorsque Tatum lui coula un long regard.

Nore poursuivit en gloussant :

— Mais c'est presque poétique. Échanger le symbole d'un chagrin contre un symbole d'amour. C'est beau. Et pouvoir te donner ça, à toi, c'est magnifique pour moi.

Elle fronça les sourcils et fit mine de lui lancer un regard noir.

— Alors ne va pas tout gâcher en refusant mon cadeau.

Tatum la regarda un long moment et finit par hocher la tête.

— D'accord. Et merci. Je ne crois pas avoir jamais reçu de cadeau aussi magnifique.

Nore coula un regard vers sa main gauche et la bague qui y étincelait.

— Sauf une fois.

Tatum sourit et passa un bras autour de la taille de Nore.

— J'accepte cette broche à une condition.

Elle fit une pause, et son sourire s'élargit.

— Tu me la gardes jusqu'au jour du mariage. Si cette légende est vraie, peut-être que dans les six prochains mois toi aussi tu trouveras le véritable amour.

Nore s'esclaffa, alors même que la douleur lui tordait le ventre. Elle ressentait aussi un besoin, le besoin de quelque chose qui, elle le savait, n'était plus pour elle. Et surtout pas dans les six prochains mois. James et elle avaient été ensemble pendant trois ans, et il ne l'avait pas suffisamment aimée pour s'engager. Et elle était censée trouver un amour qui transcenderait les cultures et défierait la société et le racisme en quelques semaines ? Bien sûr. Elle allait se mettre à croire aux licornes, aussi.

— D'accord, je la garde en attendant.

Elle leva un doigt, prévoyant que Tatum allait encore sortir une niaiserie romantique, et ajouta :

— Mais pas parce que j'y crois ou parce que je veux retomber amoureuse, reprit-elle.

Repartir pour un tour d'humiliation, de désillusion et de chagrin ? Non, merci. Elle passait son tour au loto des masos pour cette année.

— Je veux être celle qui te l'accrochera quand tu commenceras ta nouvelle vie avec Mark.

— Oui, oui.

Tatum hocha la tête

— Tate, cette broche est magnifique et elle a une très jolie histoire. Mais tu ne peux sérieusement pas croire que c'est autre chose que ça, justement. Une histoire.

Un sourire espiègle retroussa les lèvres de Tatum.

— On verra bien.

Nore regarda son amie un long moment, puis leva les yeux au ciel et lui donna un coup d'épaule.

— Bon. Allez, finissons-en, qu'on puisse aller manger et hurler devant des strip-teaseurs sexy.

— Tu veux dire : « Applaudir le Cirque du Soleil. »

Nore leva un sourcil et tapota le bras de Tatum.

— C'est tellement adorable, que tu croies que ça puisse arriver.

— Oh ! mon Dieu..., geignit Tatum.

Nore ricana. Les histoires d'amour sincère et d'âmes sœurs maudites étaient déjà oubliées.

2

— Nore, tu as fait un boulot fantastique. Le club est parfait, et la section VIP exactement comme je l'imaginais. Et je ne sais pas où tu as trouvé la DJ mais elle est incroyable. Je commence à croire que Joaquin va peut-être passer un bon moment ce soir.

La très belle femme vêtue d'une robe fourreau noire sans bretelles chantait ses louanges avec un grand sourire.

— Merci. Je suis contente que tout te plaise.

Nore sourit à sa cliente qui répondait curieusement au prénom de Shorty, alors qu'elle dépassait le mètre soixante-sept de Nore de dix bons centimètres.

Tout chez Greer Motorcycles avait été inattendu. Apparemment, l'entreprise de motos haut de gamme fondée par le pilote professionnel Joaquin Iverson baignait dans un environnement très détendu. Nore avait bien fait ses devoirs. Elle avait étudié l'histoire de l'entreprise, qui avait fait une entrée fracassante sur la scène des affaires et du sport dix ans auparavant. Avec Bran Holleran, pilote et fabricant de motos sur mesure aux commandes, elle était devenue une entreprise valant plusieurs milliards de dollars.

Les employés à qui elle avait eu affaire lorsqu'elle avait organisé cet anniversaire surprise étaient très relax, et leurs tenues, cuir et jean, piercings et diverses colorations de cheveux auraient semblé plus appropriées dans un salon de tatouage que dans une entreprise aussi prospère. Peut-être cette incongruité expliquait-elle pourquoi elle avait tant apprécié de travailler avec Shorty et son équipe. Nore était l'une des plus éminentes organisatrices d'événements de Seattle et comptait parmi ses clients les plus riches et les plus snobs habitants de la ville. Greer Motorcycles était de loin son expérience la plus amusante et la plus unique. Cette équipe allait presque lui manquer après ce soir-là.

Nore balaya du regard la boîte de nuit de Capitol Hill réservée ce vendredi soir-là pour une somme rondelette. Presque deux cents personnes discutaient, buvaient et riaient aux deux bars situés de chaque côté de l'immense rez-de-chaussée ou autour de la piste de danse vide qui serait pleine à craquer un peu plus tard, lorsque l'invité d'honneur arriverait. La DJ – une des plus populaires du pays – était aux commandes derrière sa cabine, et déjà quelques invités se trémoussaient. Une cinquantaine de personnes se pressaient à l'étage, plus intime, qui possédait son propre bar et un personnel dédié. Il était réservé aux dirigeants et aux invités de marque. Un traiteur et du personnel trié sur le volet évoluaient aux deux étages, proposant des amuse-gueules en attendant que le roi de la fête fasse son apparition pour passer aux plats.

— Nore, un Range Rover noir est en train de se garer.

La voix de Bastian Dare, ami et bras droit de Nore, crépita dans son oreillette.

Elle appuya sur le micro.

— Super. Je m'occupe de tout ici.

Elle se tourna vers Shorty :

— M. Iverson arrive. Je vais le dire à la DJ, vous devriez commencer à aller vers la scène.

— Parfait.

Elle se dirigea vers la cabine pendant que Nore disait à l'oreillette de la DJ d'arrêter la musique.

Le silence se fit soudain, les discussions s'éteignirent, et tous les invités se tournèrent vers la scène dont Shorty montait les marches avant de se planter bien au milieu, un micro à la main.

— Bonsoir tout le monde. D'abord, merci d'être tous venus

…lébrer l'anniversaire de Joaquin. C'est un beau geste, car nous savons tous qu'il y a 50 % de risques qu'il refuse de franchir le pas de cette porte.

Des rires secouèrent l'assistance.

— Mais sachez qu'autant lui que nous apprécions votre présence ici pour honorer notre leader intrépide. Qui se trouve être juste à la porte. Vous savez quoi faire.

Elle baissa la main, pour inviter au silence.

— Joaquin va arriver par-derrière, près du bar de gauche. On reste silencieux jusqu'à ce qu'il arrive, et on crie : « Surprise ! » Ensuite, ajouta-t-elle en hochant les épaules et en souriant, c'est la fête.

Un début d'acclamation fut réduit au silence par de grands « chuuut ! ».

— Il est à la porte, prévint Bastian dans l'oreille de Nore. Elle leva la main pour prévenir Shorty.

Celle-ci hocha la tête et dit :

— OK tout le monde, on y est. Plus un bruit.

Immédiatement, le silence régna, et les invités firent bloc. La tension montait ; Nore la sentait bourdonner dans sa poitrine. L'espace d'un instant, elle oublia qu'elle était là pour le travail et eut l'impression d'être incluse dans l'atmosphère festive. Mais elle reprit très vite contact avec la réalité. Peu importait l'affabilité des clients, elle ne devait jamais oublier qu'elle n'était pas des leurs mais seulement une employée.

Elle toucha son oreillette et se reconnecta avec son équipe, s'adressant cette fois à Caroline, la chargée des VIP :

— Caro, assure-toi que dès que les lumières seront rallumées après la surprise, M. Iverson aura une Guinness dans la main et qu'il sera conduit à l'espace VIP. Les hors-d'œuvre sont en place à sa table ?

— Oui et oui, répondit Caro.

— Parfait.

Nore tapota sur l'écran de sa tablette.

— On ouvre le buffet ici trente minutes pile après l'arrivée de M. Iverson, et le service à table dans le salon VIP commencera au même moment. Tout le monde est prêt ?

Plusieurs voix répondirent par l'affirmative. Satisfaite, elle coupa la ligne.

Le spectacle pouvait commencer.

Toute la discothèque fut plongée dans le noir, à l'exception des blocs de secours.

La porte s'ouvrit, et quelqu'un grogna :

— Mais qu'est-ce que c'est que cette histoire ? Je croyais qu'on devait boire un verre ; c'est fermé ici.

Malgré son ton ronchon, ce timbre grave donna la chair de poule à Nore, des bras jusqu'à la racine des cheveux. Un chat s'invita dans sa gorge. Elle frissonna, et tout cela avant même que le propriétaire de cette voix plus-sexy-tu-meurs soit totalement entré dans la pièce.

Waouh ! Joaquin Iverson n'était pas un gamin. Bien sûr, elle avait vu une photo du P-DG et cofondateur de Greer Motorcycles. Mais la réalité n'avait rien à voir avec l'image en deux dimensions ; c'était aussi comparable que de la margarine et du beurre fermier. La première ça passe, la seconde ça déchire.

La lumière verte du bloc de secours éclairait faiblement ses traits découpés à la serpe, et elle sentit son souffle se bloquer. Il avait une moitié du visage dans l'ombre, et pourtant elle ne pouvait le quitter des yeux, fascinée. Captivée.

Un homme à l'état brut.

Ces mots jaillirent dans son cerveau, tel un lapin qui sort du chapeau d'un magicien.

Une force brute. Une beauté brute.

Soudain elle recommença à respirer, et son souffle sortit dans un long sifflement. Elle n'arrivait pas à décider s'il fallait qu'elle détourne les yeux ou le regarde jusqu'à avoir son image imprimée sur la rétine.

Elle cligna des yeux. Tenta de regarder ailleurs.

OK, pas possible.

Des angles aigus, des reliefs magiques. Des sourcils foncés et épais qui se rejoignaient presque au-dessus d'un nez aquilin. Une mâchoire volontaire qui annonçait une détermination à toute épreuve. Une barbe touffue et une bouche ridiculement attirante, invitant au péché. Blasphématoire. Le petit anneau qui ornait le coin de sa lèvre inférieure ne faisait qu'attirer l'attention sur son indécente nature charnue.

Bon sang !

À ce rythme-là, elle allait finir par composer un sonnet à sa bouche.

Les lumières se rallumèrent.

— Surprise !

Elle plissa les yeux mais son regard ne se détourna pas de lui. Même si tout en elle lui hurlait d'arrêter. C'était comme regarder le soleil. Il fallait qu'elle se protège, tout en lui irradiait le danger. Pour son équilibre. Son système respiratoire.

Ses sens.

Elle remarqua ses yeux qui se plissèrent imperceptiblement, la minuscule crispation de sa bouche, et fut sans doute la seule à le noter. Applaudissements et acclamations se répercutaient sur les briques apparentes des murs du club, et une seconde plus tard il se mit à sourire.

Cette fois, elle détourna le regard.

Pas seulement parce que le sourire de Joaquin Iverson était le danger incarné.

Mais surtout parce qu'il était complètement bidon.

Quelque chose bougea dans sa poitrine ; elle y ressentait à la fois un vide et un poids. La vision de ce sourire forcé, ça n'allait pas. Qu'est-ce que ça pouvait lui faire qu'un homme confronté à l'estime que lui portaient tant de gens se sente obligé d'afficher un sourire forcé ? Elle n'en savait rien et, honnêtement, préférait ne pas le savoir.

Elle s'obligea à fixer son attention sur sa tablette. Pendant l'heure et demie qui suivit, elle se concentra sur le travail, s'assura que le dîner était servi dans les temps et que le reste de la fête se passait sans anicroche. Satisfaite, elle alla enfin chercher une bouteille d'eau au bar, à côté de l'entrée des VIP. De là, elle voyait la plus grande partie du rez-de-chaussée du club. Bastian assurait, et Caro venait de lui dire que tout allait bien en haut, mais tant que le dernier invité ne serait pas parti, elle n'aurait pas tout à fait fini.

Ce qui prendrait encore bien deux heures, lui signalèrent ses pieds qui commençaient à être douloureux.

— Excusez-moi.

Cette voix. Elle connaissait cette voix. Et si elle ne l'avait pas instantanément reconnue, le frisson qui lui parcourut la colonne vertébrale l'aurait informée de l'identité de son propriétaire.

Elle se retourna et se retrouva face à des yeux perçants, si gris qu'ils paraissaient d'argent. Leur intensité et leur beauté étaient à la hauteur de la voix. Bon sang ! ils étaient à la hauteur de tout chez Joaquin Iverson.

Il s'avança presque imperceptiblement, mais ce fut suffisant pour qu'elle se sente minuscule. Ce type était immense.

Depuis l'autre côté de la pièce, elle n'avait pas pu estimer cette largeur d'épaule et de poitrine digne d'un footballeur américain. Ni sa stature gigantesque qui lui donna soudain l'impression d'être une toute petite chose délicate, ce qui ne lui était encore jamais arrivé. Elle n'avait pas pu appréhender la puissance qui émanait de ses cuisses et de ses bras épais et musclés, sur lesquels son pantalon sombre et sa chemise blanche se collaient comme des groupies sans vergogne. Il avait retroussé ses manches qui révélaient des avant-bras athlétiques couverts de tatouages. D'autres apparaissaient sous sa chemise à la base de son cou.

Une fois de plus, son souffle refusa comme par enchantement de se renouveler, et elle se retrouva en apnée. Pas facile pour parler.

Un sourcil levé, il tendit la main vers elle.

— Joaquin Iverson. Et vous êtes Lenora Daniels. Shorty dit que c'est vous que je dois remercier pour cette fête.

Comme s'il avait une volonté propre, son bras se tendit et, au moment où elle sentit les longs doigts de Joaquin Iverson saisir les siens, elle retint une espèce de gémissement qui se bloqua dans sa gorge. Comme si un conduit s'était ouvert dans son ventre et que des flammes avaient jailli du plus profond de son corps, tournoyant dans sa poitrine, le long de son bras pour finir dans sa paume, serrée contre celle de cet homme.

Que se passait-il ?

Elle regarda leurs mains ; cette bouffée de désir était incongrue pour un simple salut. Si le simple contact de sa main la mettait dans cet état, qu'est-ce que ce serait s'il la pénétrait ? Si son grand corps nu s'allongeait sur elle, et que son sexe entrait lentement en elle...

Hein ? Quoi ?

Elle retira la main à la vitesse de la lumière et se retint de l'essuyer sur sa jupe. Pour préserver sa santé mentale, elle ne devait pas le laisser la toucher un dixième de seconde de plus.

Et s'il y avait bien une chose qu'elle avait apprise depuis sa rupture avec James, c'était écouter son instinct. Qui avait bien tenté de la prévenir que quelque chose clochait avec lui. Mais elle avait essayé si fort de faire fonctionner cette relation, de rompre la malédiction qui poursuivait toutes les femmes de la famille Daniels depuis des générations, qu'elle l'avait ignoré.

Plus jamais elle n'enfouirait la tête dans le sable. Et surtout pas en matière d'hommes.

— Absolument, répondit-elle en se forçant à sourire et à adopter un ton de voix égal, à des lieues de son chaos intérieur.

La curiosité tranquille qu'elle lut dans ses yeux ne fit qu'aggraver les choses.

— Je vous en prie, appelez-moi Nore. Il n'y a que ma mère qui m'appelle Lenora. Et comme elle m'a donné la vie, je ne peux pas tellement l'en empêcher. Enfin de toute façon, elle ne m'écoute pas quand j'essaye.

Elle afficha un grand sourire pour accompagner cette plaisanterie qu'elle servait régulièrement, mais contrairement à ce qui se passait d'habitude, Joaquin Iverson ne sourit pas. Il continuait de l'étudier sans broncher. Elle dut s'empêcher de se tortiller sous l'effet de la gêne.

— Enchanté.

Il baissa la tête, et la lumière fit étinceler le tout petit anneau de son sourcil droit.

— Très joli.

L'espace d'une seconde, elle hésita, partagée entre l'envie de répondre : « Pardon ? » et : « Tout le monde me dit ça. »

Il montra du doigt la broche nichée dans les plis du foulard qu'elle portait au cou. La broche de Tatum. Nore l'avait empruntée pour la soirée, elle allait si bien avec sa tenue. Il resterait encore suffisamment de magie dedans pour le mariage de Tatum.

— Ce bijou, précisa Joaquin Iverson. Très joli.

— Oh !

Inconsciemment, elle posa la main sur la broche.

— Merci.

Il hocha la tête et balaya le club du regard.

— Vous avez fait un super boulot, et Shorty ne cesse de dire à quel point elle a aimé travailler avec vous et avec votre équipe.

Elle sentit la joie lui envahir la poitrine et l'oppression reculer.

— C'est toujours agréable à entendre.

Elle fit une pause puis, presque malgré elle, ajouta :

— J'ai comme l'impression que vous faites des efforts pour votre personnel et vos invités. Que s'il ne tenait qu'à vous, vous seriez parti juste après le « Surprise ! ».

Il la regarda un moment, puis les commissures de ses lèvres se plissèrent.

— Je suis transparent à ce point ?

— Non.

Il se trouve que je ne te lâchais pas des yeux, c'est tout.

Il leva les sourcils, comme s'il attendait une explication. Il n'avait pas fini d'attendre. Non seulement ce ne serait pas très correct de lui dire, mais en outre il était hors de question d'ouvrir cette porte qu'elle se sentait bien incapable de refermer.

— Vous avez raison, finit-il par lâcher.

Il glissa les mains dans ses poches.

— Je compte les minutes qui me séparent du moment où je pourrai partir sans être impoli. Ou sans que quelqu'un le remarque et le regrette.

— Mission impossible, répondit-elle sans réfléchir.

Mais qu'est-ce qui lui prenait ? Elle pria pour qu'il ne s'aperçoive pas qu'elle avait soudain très chaud.

— Vu que vous êtes l'invité d'honneur, précisa-t-elle pour tenter de se rattraper. Et que vous êtes euh... si, imposant.

Et comme si elle n'avait pas assez gaffé, elle ouvrit les mains devant elle, à la hauteur de ses épaules, et fit mine de lui palper les muscles.

Mais merde !

Joaquin Iverson ne rit pas devant sa maladresse de plus en plus gênante. Non, il la regarda avec une intensité qui ne faisait que croître, comme pour entrer en elle, tel un scalpel qui l'ouvrirait en deux pour révéler tout ce qu'il y avait à l'intérieur.

Elle sentit son cœur battre la chamade et, pour la première fois de la soirée, le goût de la peur dans sa bouche.

La dernière fois qu'elle avait laissé quelqu'un accéder à sa vulnérabilité, il l'avait trahie de la plus douloureuse des manières. Depuis, elle avait appris à se protéger. À se blinder. Façon forteresse.

— Ça m'arrive souvent.

Il lui fallut un moment pour faire le lien entre les mots de Joaquin Iverson et son ton sec. Quelques secondes plus tard, elle sourit. Et sentit le soulagement l'envahir et éteindre le feu qui lui brûlait les joues.

— J'imagine.

Elle eut un petit rire et secoua la tête :

— Toutes mes excuses. C'était inapproprié.

— Pourquoi ?

Nore pencha la tête en fronçant les sourcils.

— Tout d'abord, vous êtes mon client…

— C'était de la franchise, Nore. La franchise l'emporte toujours sur ce que vous qualifiez d'inapproprié.

— Sauf votre respect, M. Iverson, répondit-elle, tout en sachant que le respect était en train d'en prendre un coup, vous, vous pouvez vous permettre de dire ça. Pas moi.

Il baissa le menton, et son regard sembla lui caresser le visage.

— Vous avez raison. Encore une fois. En y repensant, c'était arrogant. Et j'abusais de mon privilège.

La surprise la cloua sur place. Elle s'était préparée à être rembarrée mais il avait admis qu'il avait tort. Elle jeta un œil sur son front : tout lisse. Pourtant, il semblait bien qu'elle était tombée sur une licorne, ou à tout le moins sur un spécimen tout aussi rare.

— Je vous étonne, dit-il, en lisant dans ses pensées.

— Un peu. Enfin, oui, admit-elle en riant doucement.

Il afficha de nouveau un minuscule rictus, et elle ne put s'empêcher de regarder sa bouche.

Magnifique !

— Bien, dit-il, très factuel. On a tous besoin d'un peu d'inattendu dans nos vies. Que dit-on, déjà ? Que la douleur et l'ennui sont les ennemis du bonheur ?

— L'ennui c'est votre imagination qui se rappelle à votre bon souvenir, précisa-t-elle.

Cette fois, ce ne fut pas l'ombre d'un sourire mais une véritable illumination de tout son superbe visage. Elle en eut le souffle coupé et s'empêcha juste à temps de faire un pas en arrière, pour se protéger de la beauté de ce sourire. C'était injuste. Il avait suffi d'un sourire pour faire d'un type à la beauté brute un homme absolument magnifique.

— Vous me plaisez, Nore Daniels, murmura-t-il.

Nouvelle bouffée de chaleur. Elle sentit sa poitrine gonfler, et soudain son soutien-gorge en soie et son chemisier à haut col lui semblèrent vraiment de trop. Elle serra les cuisses et retint un gémissement, tout en sentant des papillons naître dans son ventre.

— Je dois retourner travailler, répondit-elle d'une toute petite voix.

Comme si elle le suppliait de la laisser partir. Ou pis... qu'elle se cherchait une excuse pour rester.

Mais qu'est-ce qui lui arrivait ?

Il ne répondit pas. Pendant de longues secondes, la tête penchée il la fixa de son regard argenté.

Que vois-tu ?

Cette question lui trottait dans la tête, et elle détestait entendre sa propre voix avoir un ton si... suppliant.

Mais bon sang, elle ne pouvait pas se mentir. Elle brûlait de curiosité. Voyait-il une femme sûre d'elle, capable, qui réussissait dans la vie ? Ou arborait-elle sa vulnérabilité, sa confiance en elle abîmée comme lui arborait ses tatouages ? Autre question, plus intéressante encore : qu'est-ce que ça pouvait bien lui faire, ce que ce type qu'elle connaissait à peine pouvait penser d'elle ?

Rien, je m'en fiche, se répondit-elle farouchement en son for intérieur.

— Je vous rends nerveuse ? demanda-t-il doucement.

— Non, répondit-elle immédiatement.

La déception se lut dans ses yeux.

— Jusque-là, vous aviez été honnête et franche avec moi. Et c'est ce qui m'a le plus plu ce soir, dit-il, sans émotion. Je ne sais pas pourquoi vous vous mettez à mentir.

Il n'avait pas tort ; elle avait menti. Mais jamais un homme n'avait été aussi direct au point de frôler la grossièreté. Et jamais elle n'aurait cru que ça puisse l'exciter comme ça.

En même temps que la colère, elle sentit le désir monter en elle, juste sous son nombril, au niveau de son sexe. Les hommes dominants, ce n'était pas pour elle. Après l'enfance qu'elle avait vécue, elle évitait tous les hommes qui avaient la moindre velléité de contrôle. Ce qui signifiait qu'elle aurait dû fuir Joaquin Iverson dès l'instant où sa voix rauque avait atteint son oreille. Au moment où son parfum masculin, qui évoquait un cuir cher, le chocolat noir et les mauvaises décisions, l'avait enveloppée.

— Ce n'est pas vraiment une question de mensonge, mais plutôt de sagesse et de prudence, dit-elle lentement en croisant son incroyable regard.

Oh ! et merde !

Évidemment qu'elle mentait. Ce type faisait chanter ses nerfs comme s'ils concourraient à *The Voice*.

— Pardon ? On ne fait que discuter, donc pourquoi est-il question de prudence ?

L'espace entre eux parut diminuer alors que Joaquin Iverson n'avait pas bougé d'un centimètre, et l'air lui sembla embrumé comme au-dessus d'un trottoir brûlant après la pluie. Comment était-il possible qu'il lui paraisse toujours plus grand, plus large, au point que l'entrée VIP derrière lui disparaisse, tout comme le couloir et les escaliers de chaque côté ?

En quelques secondes, tout son univers s'était réduit à… lui.

Était-ce de la magie ? Ces yeux argentés, ces longs doigts lui avaient-ils jeté un sort ?

Ou s'agissait-il d'une banale expression de lubricité ?

Il posa les yeux sur sa bouche, et elle sentit une décharge électrique parcourir sa colonne vertébrale. Non, cette sensation n'avait rien de banal. Ce n'était pas normal d'être excitée par un simple regard. Un regard qui lui avait frôlé les lèvres comme une caresse sensuelle… ou une menace.

— Vous voulez de l'honnêteté ? demanda-t-elle.

Elle baissa la main qui tenait sa tablette, se tourna légèrement et s'appuya contre le montant de la porte.

— Toujours.

Il prononça ce mot avec une telle emphase – presque avec fougue – qu'elle s'arrêta un instant. Il y avait quelque chose. Elle secoua la tête, elle verrait ça plus tard.

Elle prit une profonde inspiration et leva le menton.

— Nous savons très bien tous les deux qu'il ne s'agit pas juste d'une discussion.

Pour la deuxième fois de la soirée, elle retint une envie de se tortiller. S'il pouvait voir comment son cœur avait envie de s'échapper de sa poitrine, il saurait à quel point il lui coûtait de paraître calme.

— De quoi s'agit-il alors, Nore ?

Est-ce que ce serait grossier de lui demander de cesser de prononcer son prénom ?

Ça avait quelque chose de… d'indécent. D'illicite, presque. De trop séduisant. Comme si sa langue qui s'enroulait autour de cette unique syllabe donnait un avant-goût des autres choses dont cette bouche charnue était capable.

— De préliminaires.

Elle s'était préparée à un nouveau sourire dévastateur. À un rejet, et à un départ en fanfare. Pas à cet éclair de chaleur dans ses yeux, qui les illumina au point de leur faire ressembler à de l'acier liquide. Elle n'avait pas non plus prévu que ces traits si fins pourraient devenir tranchants, que sa bouche pourrait à ce point exprimer la luxure… diabolique.

Elle ne s'était pas attendue à une rencontre aussi sexuelle.

Ses poumons refusèrent de se remplir.

L'honnêteté absolue n'était peut-être pas la meilleure des idées finalement.

— Honnêteté ? lâcha-t-il.

Le mot se planta entre eux comme une épée.

Elle hésita, puis répondit :

— Oui.

— Ce ne sont pas des préliminaires. Avec moi, vous n'auriez aucun doute si c'était le cas.

Il se pencha en avant mais se reprit au dernier moment. Son grand corps se figea, maintenant la distance établie entre eux. Est-ce qu'elle avait pensé que le contrôle, ce n'était pas son truc chez un homme ? Quelle connerie ! Sa puissance évidente et son contrôle sur ses réactions l'excitaient au plus haut point. Elle se renfonça davantage contre le montant de la porte.

Pour s'éloigner de lui ou pour se soutenir ?

— Je ne flirte pas, poursuivit-il sans la quitter des yeux. Je n'en ai jamais vu l'intérêt. Mais pour vous, je fais un effort.

— Ce qui ne change rien, répondit-elle, sous le choc, et soulagée d'arriver à parler sans trembler. Vous êtes mon client, et ça...

Elle agita la main avant de poursuivre :

— Ça ne peut pas se produire. Non seulement ce ne serait pas professionnel, mais en plus ce serait totalement inappro...

Sans la quitter des yeux, il sortit un portable de sa poche. Il le regarda brièvement le temps de poser un doigt dessus, puis la fixa de nouveau, tout en portant son téléphone à son oreille.

— Shorty.

Pause.

— Je suis encore là, calme-toi. Écoute, tu as payé l'organisatrice ou pas encore ?

Nouvelle pause.

— Bien. Envoie-le maintenant.

Il écoutait Shorty, toujours sans quitter Nore des yeux.

— Oui, maintenant. Merci.

Le téléphone retourna dans sa poche.

— Le solde de ce qu'on vous doit sera réglé dans quinze minutes. Et dans...

Il jeta un œil à sa montre.

— Dans une heure et quarante-cinq minutes, je ne serai plus votre client.

— Ça ne marche pas comme ça, chuchota-t-elle.

— C'est exactement comme ça que ça marche, rectifia-t-il sur le même ton. Si vous le voulez. Vous le voulez, Nore ?

« Vous le voulez ? »

Vouloir quoi ?

N'était-ce pas le point capital ? Que voulait-elle, exactement ? Continuer cette drague, ce flirt qui allait à l'encontre de ce qu'il était ? Passer du temps avec lui ? Trouver un endroit où s'asseoir pour discuter ?

Ou…

Lui.

Est-ce que c'était lui qu'elle voulait, lui et toutes les promesses de sa bouche ? Mourait-elle d'envie qu'il exerce avec elle ce contrôle si sexy et intimidant ? Qu'il déploie toute la puissance que promettaient sa stature et ses muscles imposants ? Qu'il l'use sur elle… en elle ?

Une réponse frémit dans sa gorge, brûlant de sortir…

Quelle était cette réponse ? Elle ne le savait pas.

Elle ouvrit la bouche, prête à donner celle qui convenait le mieux compte tenu de la situation.

En tant que femme noire qui possédait et gérait son entreprise, dans un secteur extrêmement concurrentiel, qui demandait d'être au-dessus de tout soupçon, elle n'avait pas droit à l'erreur. Les autres peut-être, pas elle.

Et puis elle ne le connaissait pas. Les gens capables de gérer les coups d'un soir étaient bienheureux, mais ce n'était pas son cas. Jusqu'à présent en tout cas.

Elle n'avait jamais franchi la ligne, n'avait jamais fricoté avec un client. Rien que d'y penser… Elle pourrait mettre en danger tout ce pour quoi elle avait travaillé si dur.

Et pourtant, malgré toutes ces très bonnes raisons qui se bousculaient dans sa tête, impossible de dire quoi que ce soit.

— Arrêtez de vous prendre la tête, lui intima-t-il, faisant se contracter son estomac.

Le désir l'envahissait avec une intensité choquante. Joaquin Iverson poursuivit avec une voix qui devait ressembler à celle qui avait causé la chute d'Ève :

— Accordez-vous l'autorisation de vous écouter.

Ces mots résonnèrent en elle, dans son âme blessée.

Facile à dire pour lui. Depuis toute petite, elle ne pouvait pas tout envoyer balader et s'écouter. Dieu sait qu'elle avait aimé sa mère, mais Margo Daniels avait été bien trop occupée à faire ça, justement, s'écouter, et Nore avait dû être la responsable, la stable. Et des années plus tard, lorsqu'elle avait lâché la pression, qu'est-ce qu'elle avait récolté ? Une relation ratée et un partenaire commercial indésirable.

Donc non, « s'écouter » n'était pas naturel chez elle. Ça la terrifiait, même.

Et pourtant… elle posa les yeux sur ses lèvres, ses épaules carrées, sa large poitrine. Quand elle sentit les flammes la dévorer, elle détourna le regard.

— Vous me dites. C'est vous qui décidez s'il se passe quelque chose ou pas, dit-il, toute dureté dissipée, avec un ton de voix grave et caressant. Je vous attends ici.

Il désigna du menton l'escalier qui menait à l'espace VIP.

— Si vous décidez que non, vous n'avez même pas à venir. Mais si vous montez ces marches et franchissez cette porte, je saurai que c'est oui.

Il baissa la tête et la dévisagea de nouveau de son regard de braise, scrutant ses joues, son nez, sa bouche, avant de revenir à ses yeux.

— Pas de pression, Nore. Et que vous veniez à moi ou pas, ce qui se passera entre nous restera entre nous.

« Que vous veniez à moi ou pas. »

Elle frissonna. La tentation contenue dans ces mots… Elle secoua la tête. Pas question d'envisager cette invitation sensuelle. Ce n'était pas elle.

Ça pourrait l'être…

— Je dois y aller.

Elle s'éclaircit la voix et fit un petit mouvement de tête en se dirigeant vers la salle principale du club.

— Ce fut un plaisir de faire votre connaissance, monsieur Iverson.

En retournant au bar, elle tenta de repousser sa proposition hors de son esprit. Elle avait un travail à terminer et devait se concentrer. Peu importait cette attirance viscérale, ce sourire scotchant… Peu importait que son corps soit en train de bourdonner juste pour l'avoir côtoyé et pour avoir humé son odeur enivrante, la réponse était non.

Pas le choix.

3

Joaquin Nathan Iverson aimait le risque. On ne pouvait pas avoir été pilote de moto de course professionnel et fonder une entreprise de motos haut de gamme sans aimer le risque. Il avait fait des courses au Texas, couru en Espagne et fini premier au Superbike Championship de Malaisie. Il avait lancé une affaire avec un partenaire et une vision, et avait vécu la présentation de la première moto portant le nom de son entreprise comme une seconde naissance.

Tout cela avait été une longue suite de shoots d'adrénaline, excitants, qui chaque fois lui avaient changé la vie.

Et voilà qu'assis sur un sofa dans la zone VIP d'une discothèque, les yeux fixés sur la porte, il sentait son pouls cogner dans ses oreilles comme s'il était de nouveau sur une piste dans le Leicestershire, en Angleterre, à courir contre les meilleurs.

Avait-il déjà connu cette exaltation pour une course, pour une nouvelle moto ? Absolument. Pour une femme ? Jamais.

Pas même pour celle qui hantait parfois ses nuits.

Il serra la mâchoire, fermant mentalement la porte à ses souvenirs. Il y mit un cadenas pour plus de sécurité. Il était devenu expert en la matière en ce qui concernait son passé. Il n'y avait pas de place pour ça dans son présent. Surtout quand celui-ci incluait cette organisatrice d'événements incroyablement sexy susceptible d'entrer dans la pièce à tout moment.

Mon Dieu ! faites qu'elle entre !

C'était probablement blasphématoire de demander à Dieu de faire venir Nore Daniels compte tenu de tout ce qu'il avait l'intention de lui faire. Mais il s'en fichait. Pourvu qu'elle vienne. Pourvu qu'il puisse satisfaire sa curiosité à son endroit.

Pourvu qu'il puisse étancher la soif qui le dévorait, ce besoin de goûter cette bouche luxurieuse, de toucher ce corps voluptueux, d'entendre cette voix rauque prononcer son prénom…

Il sentait la tension vibrer en lui. Il se pencha en avant, posa les coudes sur ses cuisses et serra les mains l'une contre l'autre.

Il n'avait jamais fait ça.

Pas de triche, juste la vérité, aussi moche soit-elle. Depuis ses treize ans, lorsqu'il avait mué et grandi, l'attention des femmes était apparue naturellement. Mais à dix-huit ans, quand il avait commencé sa carrière de pilote professionnel, les femmes s'étaient mises à lui tomber toutes crues dans les bras, littéralement. Et il n'était pas naïf au point de croire que c'étaient son charmant minois ou sa personnalité qui les attiraient. Non, c'était le fait d'être un sportif de haut niveau, son argent et sa notoriété les principaux facteurs de son succès. Et lorsqu'il s'était associé avec Bran Holleran pour lancer Greer Motorcycles ? Il n'avait jamais manqué de compagnie. Et par là, il voulait parler de baise. Il n'avait jamais eu besoin de chasser, de poursuivre une femme de ses assiduités. Même pas Madison.

Merde !

Il se frotta le visage. Pourquoi son ex, la seule femme qu'il ait jamais aimée, persistait-elle à s'immiscer dans ses pensées ?

Tu sais pourquoi, répondit une voix qui semblait venir de sa poitrine, plus que de sa tête.

De ce lieu silencieux et désolé dont il faisait semblant d'ignorer l'existence.

Ce jour-là aurait été leur cinquième anniversaire de mariage. Si elle n'était pas morte un an après leur union.

Que s'était-il passé un peu plus tôt dans la soirée ? Comment expliquer la lave qui coulait dans ses veines lorsqu'il parlait avec

Nore, alors qu'il savourait tous les détails de son magnifique visage et de son corps incroyablement sexy ? Était-ce juste pour oublier Madison ?

Une image de Nore Daniels apparut dans son esprit comme un mirage – ou un avertissement.

Debout dans l'encadrement de la porte, la tête un peu en arrière, il avait d'abord remarqué la teinte marron si chaude de ses yeux bordés de cils épais. Non, pas marron. Ils étaient trop pâles, trop uniques pour un mot aussi ordinaire. Fauve. Comme les plumes des chouettes qu'il observait quand il allait camper avec son père autrefois. L'espace d'un instant, il s'était perdu dans ces yeux et avait ressenti un sentiment de paix et de confort tel qu'il n'en avait plus connu depuis toutes ces années, lorsqu'il faisait la route avec son père et qu'ils dormaient à la belle étoile.

La poitrine oppressée par les souvenirs, il avait posé les yeux sur ses épaisses boucles noires qui encadraient des pommettes délicates. Puis sur l'élégante courbure de son nez, la ligne délicate de sa mâchoire qui, il en parierait sa Kawasaki Ninja ZX-10R, était probablement capable de se crisper dans une moue têtue en un éclair, et enfin son menton et sa minifossette. Son imagination s'attarda sur la beauté quasi criminelle de sa bouche. Ces lèvres épaisses et charnelles capables de mettre un homme à genoux. De bon cœur.

Puis il avait eu une vision intime et détaillée d'un corps qui comportait plus de courbes que la piste la plus dangereuse qu'il connaissait n'avait de virages. Et tout comme lorsqu'il affrontait un circuit difficile, son corps avait vibré du besoin de se jeter dessus.

Des seins pleins et haut perchés tendaient le tissu d'un chemisier en dentelle noire à haut col, qui donnait envie à ses mains de se poser dessus et d'épouser leur forme. Une jupe fuseau en cuir épousait délicieusement des hanches généreuses et des jambes au galbe parfait.

Alors oui, peut-être que l'envie ardente qu'il avait eue de cette femme avait quelque chose à voir avec Madison. Mais ce n'était pas la seule raison – pas même la principale. Nore Daniels, avec ses yeux habités, sa beauté fatale et son corps parfait, avait les manettes.

Et il la voulait. Entièrement. Désespérément.

Il s'arracha à ses pensées et regarda la montre qui avait autrefois appartenu à son père. 1 h 32. La fête était finie depuis une demi-heure, et depuis il l'attendait. Il sentit la déception l'envahir, avec une intensité qui aurait dû l'ébranler. Peut-être plus tard serait-il soulagé d'avoir échappé à une situation épineuse. Mais pour le moment…

Pour le moment, il avait un poids sur la poitrine. Il se leva.

Un mouvement près de l'entrée attira son attention. Il tourna la tête, s'attendant à voir Shorty apparaître, alors qu'il lui avait dit de rentrer chez elle.

Ses abdominaux se raidirent sous l'impact du désir qui le frappa comme un uppercut.

Ce n'était pas Shorty.

Ses yeux rencontrèrent un regard fauve, et de nouveau le calme l'envahit, se mêlant au désir, créant une impossible dichotomie. Et pourtant.

— Est-ce que je dois craindre que la sécurité nous fiche dehors ? demanda-t-elle pour tout salut.

— Je m'en suis occupé.

Grâce à une discussion avec le propriétaire et à une enveloppe bien garnie, ils étaient tranquilles pour la nuit. Être riche avait des avantages.

— Tu es là parce que tu en as envie ? demanda-t-il, passant tout naturellement au tutoiement, d'une voix trop rauque pour être honnête.

Si son sexe qui tentait une sortie n'était pas un indice suffisant de la lubricité qui le dévorait, sa voix la trahissait de toute manière.

— Tu allais partir ? répondit-elle, sans bouger de l'encadrement de la porte.

— Réponds d'abord.

Sa réponse à elle avait plus d'importance que la sienne.

Silence. Elle détourna le regard. Il lui fallut tout le contrôle dont il était capable pour rester en place au lieu de se précipiter sur elle pour lui prendre le menton et la forcer à le regarder dans les yeux.

— Oui, murmura-t-elle. Et non.

Elle eut un rire étouffé et secoua la tête :

— Je suis là, donc oui, j'en ai envie. Mais est-ce que c'est une bonne idée ? Non.

Il hocha la tête. Il comprenait.

— Oui, j'allais partir, dit-il, pour répondre à sa question à elle.

Il vit un éclair de surprise dans ses yeux.

— Tu ne pensais pas que je…

Elle se tut, et une autre expression passa dans son regard. Quelque chose qui lui tordit le ventre au point de lui faire mal.

— … que je viendrais à toi, acheva-t-elle.

Un silence tendu occupa tout l'espace. Il ne pouvait quitter des yeux la cascade d'émotions qu'il lisait sur son visage. Mon Dieu ! il voulait plonger dans cette magnifique tête là. Plonger dans son corps.

Il était troublé. Jamais il n'avait eu autant envie de connaître une femme autrement que physiquement.

Rien que cela aurait dû suffire à le faire partir en courant. Mais tel le papillon attiré par la flamme mortelle, il s'approcha.

Impossible de résister.

— Non, admit-il.

Et parce qu'il lui avait demandé d'être honnête, il se devait de l'être aussi. En outre, il méprisait le mensonge. Lorsque vous aviez grandi nourri de tromperies, elles avaient un goût amer.

— J'espérais que tu viendrais, mais je n'y croyais pas. Je n'ai aucune certitude à ton endroit, Nore.

Elle afficha un sourire sardonique.

— C'est déjà ça.

— Ce qui veut dire ?

— Si je dois faire n'importe quoi, au moins j'aurais donné le change.

Après ces mots énigmatiques, elle soupira et passa la main dans l'épais buisson de boucles qui encadrait son visage et frôlait ses épaules. Il sentit un besoin pressant de se perdre dans ces magnifiques anglaises. Il serra les poings, comme pour retenir cette sensation, puis les relâcha doucement.

— Au risque de faire cliché, c'est nouveau pour moi, reprit-elle. Je n'ai jamais...

— Baisé dans une suite VIP d'un club désert après une fête d'anniversaire ? acheva-t-il. Moi non plus.

— Oui, voilà.

L'ombre d'un sourire contracta les lèvres de Nore, qui redevint aussitôt sérieuse.

— Je n'ai jamais mis en danger mon entreprise, sa réputation et la mienne pour baiser dans une suite VIP d'un club désert après l'anniversaire surprise d'un client.

Le poids de ses mots, sa confession et ce qu'elle risquait en étant là le frappèrent. Il la comprenait. Le fait était que si cette nuit s'ébruitait, il ne risquerait rien. Il en serait quitte pour quelques critiques. Dans certains cercles, il aurait même droit à des clins d'œil complices. Mais Nore ? Elle serait condamnée, marquée au fer rouge, et ne s'en remettrait pas.

Elle avait beaucoup plus à perdre que lui en venant là.

— Si j'étais un type bien, je te dirais de partir. Je te dirais que ça – il agita une main entre eux – n'en vaut pas la peine. Mais je ne suis pas ce genre de type.

Elle pourrait demander à n'importe qui, il l'avait bien assez entendu. Il avait arrêté de tenter d'être quelqu'un d'autre que ce qu'il était – un salaud, un bâtard de naissance et de caractère.

— Je vais faire preuve d'un altruisme rare et te donner une occasion de partir. C'est ta dernière chance, Nore. Va.

Elle l'étudia un instant, et pouffa doucement.

— Si tu avais essayé de me convaincre que c'est une bonne

idée de faire ça, je serais peut-être partie. Mais le fait que tu n'aies même pas essayé…

Elle secoua de nouveau la tête.

— Je ne préfère pas savoir ce que ça dit de moi, ajouta-t-elle.

— Pourquoi prends-tu ce risque ? demanda-t-il.

C'était davantage que de la curiosité. La curiosité ne suffisait pas à décrire ce besoin presque sauvage, impérieux, d'entendre sa réponse. De satisfaire… une envie au fond de lui, ancienne, familière, mordante.

Après un long, un trop long silence, elle haussa doucement les épaules.

— Honnêteté ? demanda-t-elle.

— Toujours, dit-il, en maudissant la supplication qu'il entendait dans sa propre voix, et jusque dans son âme.

— Je ne me suis pas sentie désirée comme ça depuis longtemps.

Elle leva les mains et les tendit vers lui, paumes en l'air. Puis elle plissa le nez.

— Non, ce n'est pas toute la vérité. Je ne me suis pas sentie vivante comme ça depuis longtemps. Et, bon Dieu ! ajouta-t-elle en lâchant un petit rire méprisant et triste, j'en ai vraiment besoin. De me sentir vivante. C'est addictif. Je sais que ça doit avoir l'air idiot.

Il ne pouvait plus parler. À peine respirer, tant les mots qu'il entendait lui serraient la gorge. La chaleur qui était née en lui au moment où Nore était apparue devenait brasier, calcinant tout ce qui n'était pas elle et ce besoin de la toucher, de la goûter. De la consumer jusqu'à ce qu'il ne reste d'eux plus que des cendres.

Elle se passa de nouveau les doigts dans les cheveux.

— Je t'avais dit que…

— Ferme la porte.

Il entendit le ton brutal, presque froid de l'ordre qu'il lui avait donné, mais était tendu à l'extrême, pour s'empêcher de se ruer sur elle comme un prédateur, et ne pouvait contrôler aussi sa voix.

Elle écarquilla les yeux, et malgré la distance qui les séparait, il sentit son souffle court. Vit sa poitrine haletante. Une seconde plus tard, elle se retourna et obéit. Le léger cliquetis du pêne résonna dans l'espace comme une détonation.

Il sentit un sentiment de satisfaction brutal, presque féroce, l'envahir.

Elle avait scellé son destin en fermant cette porte.

Non, avec son « Bon Dieu ! j'en ai vraiment besoin. De me sentir vivante », il ne pouvait pas la laisser partir. Plus maintenant. Ils allaient se brûler les ailes ensemble.

— Viens là.

Cette fois elle n'hésita pas, et il sentit un nouveau frisson de satisfaction – et d'impatience – le parcourir. Il ne fallut que quelques secondes à Nore pour le rejoindre, mais ce moment s'étira, lui semblant durer une éternité. Lorsqu'elle arriva devant lui, il tremblait presque de désir. Son sexe pulsait au rythme de son cœur.

Dès qu'elle s'arrêta – tête levée, yeux fauves braqués sur lui, lèvres entrouvertes – il ne se retint plus. Il céda au besoin féroce qui le tenaillait depuis l'instant où il l'avait vue. Il passa les doigts dans ses cheveux sans chercher à retenir son grognement. Les boucles soyeuses de Nore glissèrent entre ses doigts.

Jusqu'à cet instant, il n'avait pas eu conscience qu'il vivait une existence de privation sensorielle.

Tel un homme affamé, il voulut la dévorer.

Il baissa la tête et, tenant la sienne prisonnière entre ses mains, prit sa bouche. Ou plutôt, il l'assaillit.

Ne fais pas ta putain de bête féroce, ne va pas l'effrayer. Doucement.

Il voulut prendre en compte cet avertissement mental. Bon sang ! il essayait. Mais dès que ses lèvres douces et pleines s'entrouvrirent, lui donnant accès à la profondeur humide et intime de sa bouche, il abandonna et s'abandonna. Il y introduisit profondément la langue, caressa celle de Nore, exigeant qu'elle l'accueille, qu'elle joue avec lui. Qu'elle le prenne.

Ce qu'elle fit.

Caresse pour caresse. Succion pour succion. Ce fut un baiser sauvage, brut, sale. Joaquin ne retenait rien, Nore non plus. S'il avait eu peur de l'effrayer avec son intensité, sa faim, tout cela s'évaporait devant sa réponse tout aussi avide. Non seulement Nore lui donnait-elle tout ce qu'elle avait, mais en plus elle lui ordonnait, avec ses coups de langue érotiques et audacieux, de lui en donner davantage.

La main dans ses cheveux, il lui pencha la tête en arrière et appuya son baiser, demandant toujours plus. Chaque mouvement de sa langue sur la sienne, chaque succion provoquait une pulsion de son sexe. Et lorsqu'elle saisit entre ses dents le petit anneau qu'il avait à la commissure des lèvres et tira doucement…

Bordel !

Un flot d'extase, presque douloureux, gonfla son sexe, et avec un grognement d'impatience, de plaisir, il se rapprocha encore d'elle, s'appuya contre la douceur de son ventre. Au lieu d'apaiser sa tension, la sensation de son corps contre le sien ne fit qu'augmenter son désir au point qu'il se mit à trembler, collé à elle.

Elle s'arracha à lui, et il sentit son haleine chaude et humide contre sa joue. Les mains qu'elle avait glissées dans son dos descendirent le long de sa colonne vertébrale et s'attardèrent sur sa taille. Elle enfonça les ongles dans sa peau, à travers le tissu de sa chemise.

Avec un nouveau grognement, il enfouit la tête dans le creux de son épaule, savourant cette griffure. Il remonta le long de son cou et lui mordit le lobe de l'oreille.

— Ne joue pas, bébé. Plus fort, si tu veux me marquer, dit-il.

Et pour lui montrer ce qu'il voulait dire, il redescendit dans son cou et se mit à la mordre et à la sucer. À la marquer.

Elle poussa une exclamation étouffée. Obéissante, elle enfonça les ongles plus profondément, et un éclair de douleur provoqua une décharge dans la colonne vertébrale de Joaquin, jusqu'à la base de son cou, avant de redescendre tout en bas de son dos. Il étouffa un juron et se pressa contre elle, de plus en plus ardent.

Sur la corde raide, il chercha à tâtons la fermeture Éclair de son haut dans son dos et la descendit d'un coup. Mentalement il s'excusa pour sa brutalité. Mais la seule chose qu'il réussit à dire fut :

— Enlève.

Il souleva le bas de son chemisier, dénudant la peau de son ventre. Elle leva les bras pour l'aider, et lorsqu'il le laissa tomber à terre, à son tour elle s'attaqua aux boutons de sa chemise. Trop impatient, il repoussa ses mains. Il la déboutonna tout seul et la passa par-dessus sa tête. Elle alla rejoindre le chemisier de Nore par terre. Puis il attira de nouveau Nore contre lui.

C'est alors seulement qu'il s'autorisa à la regarder. Et cela n'aida pas la bourrasque érotique qui tourbillonnait en lui à se calmer. La vision de cette femme – de ses superbes seins enrobés de dentelle et de soie noires – faillit annihiler le peu de self-control qui lui restait. Doux Jésus ! elle était... il n'existait pas de mots pour décrire la beauté et le magnétisme sensuel que dégageait cette femme.

— À moins qu'il existe une nouvelle méthode pour me faire jouir juste avec les yeux, il va falloir me toucher maintenant, susurra-t-elle.

Elle souriait, mais savait-elle que sa voix comportait une légère nuance d'incertitude ou que ses yeux reflétaient un malaise ? Qu'est-ce qui pouvait avoir poussé cette femme à avoir le moindre doute sur son pouvoir ? Il dut réprimer un besoin impérieux d'écraser ce qui, ou celui qui avait fait naître ce sentiment chez elle.

— J'ai du mal à décider où mettre mes mains ou ma bouche en premier.

Du doigt, il souligna le contour de ses sourcils.

— Ici, pour que tu fermes ces yeux magnifiques qui me transpercent chaque fois que tu les poses sur moi. Ou ici.

Il posa le pouce sur sa lèvre inférieure charnue.

— Parce que peu importe le nombre de fois où je prendrai cette bouche qui m'appelle à la baise, ça ne suffira pas. Ou bien là...

Il caressa la courbe de son sein du bout du doigt, juste au-dessus de la dentelle, puis plus bas pour frôler son mamelon.

— Parce que tu es tellement sexy. Ça fait des heures que je me demande quel bruit tu feras quand je poserai la langue sur toi.

Il entendait sa respiration de plus en plus hachée et eut envie d'avaler ce souffle de ses lèvres.

— Là, dit-elle finalement.

Elle posa la main sous son sein.

— Je veux ta bouche et tes mains, là.

Sans la quitter des yeux, il saisit son autre main qu'il posa sous son autre sein.

— Tiens-les pour moi.

Elle acquiesça, prise de frisson, tenant sa poitrine pour lui telle une offrande. Il posa les mains sur les siennes, et enfouit la tête entre ses seins, dans la dentelle. Elle poussa une exclamation. Il mordilla le tissu et baissa les bonnets d'un coup avant d'enrouler la langue autour de son mamelon, qu'il se mit à lécher et à mordiller, puis à lécher de nouveau. Elle continuait de porter ses seins comme sur un présentoir, pour lui, et chaque tremblement de son corps, chaque doux gémissement qu'elle lâchait résonnait en lui et dans son sexe.

Il passa à l'autre sein tandis qu'elle se tordait et ondulait contre lui, des gouttelettes de transpiration perlant sur la poitrine.

Il tomba à genoux, posant ses lèvres ouvertes sur son ventre frissonnant, et elle enfonça les ongles dans son cuir chevelu. La douleur associée au plaisir le firent gémir, tandis qu'elle agrippait ses cheveux. Pas pour le repousser, bien au contraire ; pour le pousser plus avant contre elle. Une ivresse s'empara de lui.

Elle était si désinhibée dans ses réactions, c'était terriblement excitant. Addictif. Leurs mains posées sur le corps de l'autre, son haleine à lui sur sa peau pendant que ses hanches ondulaient dans une danse lubrique. L'honnêteté était reine. La luxure et le désir les dépouillaient de tout artifice.

Il baissa la fermeture Éclair sur le côté de sa jupe, le long de la courbe de ses hanches, et elle se retrouva en soutien-gorge et culotte noire échancrée, perchée sur ses diaboliques talons aiguilles. L'incarnation d'un rêve érotique.

— Ça va ? s'assura-t-il en la regardant dans les yeux.

Un regard brillant de plaisir et d'envie lui répondit. Mais il voulait l'entendre. Vérifier qu'elle était bien avec lui.

— Oui, répondit-elle enfin.

Sa voix basse et enrouée le caressa, et il se pencha pour poser la bouche sur son ventre, juste au-dessus de l'élastique de sa culotte.

— N'arrête surtout pas, lui intima-t-elle.

Il sourit et la débarrassa rapidement de ses talons. Puis de sa culotte. Elle se raidit mais il ne s'arrêta pas et, mettant les mains sur ses hanches, l'allongea sur le canapé et posa la bouche sur son sexe.

Son cri se répercuta sur les murs, et elle se raidit, crispant les doigts sur ses épaules, les cuisses ouvertes.

— Oh ! mon Dieu !

Ses hanches se soulevèrent pour rencontrer ses lèvres et sa langue.

Avec un bourdonnement de plaisir, il saisit l'intérieur de ses cuisses qu'il écarta encore plus largement. Il lécha son sexe trempé, titillant son clitoris. Il avait son goût musqué et délicieux plein la bouche. Il se régalait. Elle se tordait sous ses caresses, et il la retenait fermement, tout en plongeant en elle. Ses cris retombaient en pluie autour de lui, et il en voulait toujours plus.

Soudain il enfouit deux doigts en elle, profondément. Elle frissonna, se refermant sur sa main, le suppliant de la faire jouir avec chacune de ses secousses. Il s'en fit un devoir, un plaisir, malgré son sexe jaloux qui pulsait presque douloureusement, anticipant son tour.

Des lèvres, il entoura son clitoris et imprima un va-et-vient en elle avec ses doigts. Il ne pouvait plus s'arrêter. Sa saveur et son sexe frémissant dans sa bouche le rendaient fou. Il se perdait en elle, dans un plaisir partagé. Ils étaient si enchevêtrés que lorsque ses muscles se resserrèrent autour de ses doigts, affolant tous ses sens, il ne put retenir un gémissement. Elle se mit à hurler, et il continua jusqu'à ce qu'elle repousse faiblement sa tête.

— C'est toi qui gagnes.

Il rit, parcouru d'un désir fou et violent. Il parsema son ventre, ses seins et ses clavicules de baisers et finit sur sa bouche, avide. Leurs langues se rencontrèrent, et elle goûta sa propre saveur sur sa bouche.

— Je te veux en moi.

Elle dévorait sa bouche, son menton, et ajouta :

— S'il te plaît. Tout de suite.

À peine eut-elle prononcé cette supplication qu'il avait interverti leurs places et l'avait placée à cheval sur lui. Il prit son portefeuille dans sa poche et en sortit un préservatif. Il déposa les deux sur un coussin et s'apprêta à défaire sa ceinture, mais Nore repoussa ses mains, la défit elle-même et descendit sa fermeture Éclair. Elle plongea la main dans son caleçon et saisit son sexe qu'elle enserra et se mit à caresser.

Il l'attrapa par les hanches et, la tête en arrière, savoura la sensation que lui procuraient ses jolis doigts. Il la regardait, les yeux mi-clos, voyait le plaisir et la fascination peints sur son visage. C'était enivrant. Quel homme résisterait à une telle vision sur le visage d'une femme qui le caressait ?

Une tension dans le bas de son dos l'électrisa ; il posa une main sur les siennes et de l'autre prit la pochette du préservatif qu'il ouvrit avant de le lui tendre. Elle s'en empara avec des mains avides et le lui enfila en un clin d'œil, tandis qu'il serrait les dents face à cette caresse.

— Quand tu veux, Nore.

Il lui posa une main sur la nuque, avant d'ajouter :

— Quand tu es prête.

Pourvu que ce soit bientôt, il était à la limite des capacités de son self-control. Mais il était prêt à attendre.

Enfin, peut-être.

Elle posa une main sur son épaule et, de l'autre, le guida en elle. En sentant son sexe au contact du sien, il inspira comme s'il se noyait. Elle le brûlait déjà de son désir.

Leurs regards se croisèrent, et doucement – oh ! si doucement – elle l'enfonça en elle. Elle se mordit la lèvre. Quand ses paupières se baissèrent, il secoua la tête.

— Non, bébé, tu gardes ces jolis yeux ouverts.

Il lui serra la nuque, elle rouvrit les yeux.

— Voilà. Je veux tout voir.

« Tout », c'était cette vague de surprise et de chaleur qui embrasait ses yeux fauves. Cette détente imperceptible de ses traits tandis que le plaisir les prenait ensemble. Ce petit bruit au moment où elle ouvrit la bouche et lâcha un doux gémissement.

Bon sang ! il était en feu.

Il se contraignit à rester immobile tandis qu'elle le marquait de son sexe, centimètre par centimètre. Lorsqu'elle s'arrêta, le retenant prisonnier, il fit de son mieux pour s'accrocher à ce qui lui restait de contrôle.

Pense à des chiffres. À des acras de morue. À des putains de chiots.

Elle s'enfonça encore.

Les chiots n'allaient pas suffire. Il se redressa, l'embrassa violemment et prit sa bouche avec sa langue.

— Prends-moi bébé, grogna-t-il tout contre ses lèvres.

Elle obéit avec un gémissement qui ressemblait presque à un sanglot. Il se sentit dévoré par un feu liquide. Un long grognement incoercible s'échappa de ses lèvres, et il enfouit le visage dans son cou.

— Bordel ! lâcha-t-il.

Ils s'immobilisèrent, elle à cheval sur lui, lui prisonnier d'elle. Il passa les bras autour de son dos ; elle, les siens autour de son cou. Il absorba ses frissons.

— Il faut que je bouge, murmura-t-elle.

— Vas-y bébé.

Elle se souleva très, très doucement, jusqu'à ce que seul son gland soit encore en elle. Puis elle se baissa, l'avalant entièrement à nouveau. Et encore. Et encore. Elle le chevauchait, ondulait des hanches, exécutait une danse sensuelle qui lui volait son âme et captivait son corps. Chacun de ses va-et-vient émoussait un peu plus son self-control, et il s'agrippait à ses épaules tout en se noyant dans ce corps tendu qui s'offrait à lui.

Pris de frénésie, perdu dans le chaos, ils se laissaient emporter par une tempête charnelle qui embrasait leurs corps trempés et dévorés par une passion salace. Cela ne pouvait pas durer ; un phénomène aussi instable frôlant le cataclysme ne pouvait que déboucher sur une conclusion explosive. Il sentait qu'elle se contractait autour de lui ; glissant une main d'entre eux, il lui caressa le clitoris... et le pinça.

Son cri ricocha sur les murs, et son sexe se referma sur lui, l'aspirant, le poussant vers une libération qui crépita dans tout son corps. Il s'enfonça en elle. Une fois. Deux fois. Trois fois.

Et il lâcha tout. Propulsé dans un orgasme qui s'empara violemment de lui, l'aveuglant et le rendant sourd au monde. Il plongea dans l'extase qui le priva de son souffle, et une seule et unique pensée s'imposa à lui.

Une fois n'allait pas suffire. Sûrement pas.

4

— Pardon ?

Nore fixa Bastian, résistant au besoin de secouer son employé et ami pour lui faire dire ce qu'elle avait envie d'entendre.

Et ce n'était pas qu'elle avait un nouveau rendez-vous client dans dix minutes avec Greer Motorcycles.

Elle se pinça l'arête du nez, espérant chasser la panique qui s'insinuait en elle. Ce n'était pas le moment de faire une crise dans les locaux de Main Event.

Mais bon Dieu ! Greer Motorcycles.

Et spécialement, Joaquin Iverson. Son ancien client. L'homme qui l'avait transformée en une créature insatiable, dévoyée et totalement étrangère dans une suite VIP. Non. Pas question que Joaquin se ramène dans son bureau pour une consultation après ça.

D'autant que tu es partie comme une voleuse dès potron-minet.

Oui, c'est vrai. Il y a ça, aussi, lui rappela sa conscience.

Elle était cuite.

OK, il fallait qu'elle arrête de penser comme ça si elle voulait être capable de le regarder en face dans dix – non, huit minutes.

— J'ai dit qu'on avait un rendez-vous avec Greer Motorcycles. Ils voudraient que nous organisions un autre événement.

Bastian fronça les sourcils.

— Il va falloir que tu expliques ça...

Il agita une main vers son visage.

— Ta réaction, là. C'est une occasion superbe, pas une annonce de décès, mais à ta tête ça n'a rien d'évident. Qu'est-ce qui se passe ?

Nore adorait Bastian. Avec Tatum, c'était son meilleur ami. Pourtant, elle n'avait réussi à parler à aucun des deux de sa décision idiote concernant Joaquin Iverson. À vrai dire, elle ne se l'expliquait toujours pas à elle-même.

— Ce n'est rien.

Elle se força à sourire. Raté, vu la tête de Bastian.

— Ouais, ne fais pas ça.

Il plissa les yeux, et elle eut envie de se cacher.

— Je me sens un peu comme insulté que tu essayes de me la faire à l'envers avec ton « rien ». Qu'est-ce qui se passe en vrai ? Il y a quelque chose que je devrais savoir avant qu'on entre en réunion ?

Il afficha un petit sourire.

— Est-ce que l'Imbitable Merveille y est pour quelque chose ? reprit-il. J'ai vu qu'il avait fait une apparition au bureau aujourd'hui. Ce qui suffit à donner envie d'aller picoler.

L'Imbitable Merveille, c'était James Whitehead, son ancien fiancé et encore partenaire commercial. Son estomac se noua comme chaque fois qu'elle pensait à la bêtise dont elle avait fait preuve avec James. Non seulement elle avait été assez bête pour tomber amoureuse d'un homme qui n'avait pas la moindre idée de ce qu'était la loyauté, mais en plus elle lui avait vendu des parts de l'entreprise qu'elle avait lancée à partir de rien, à part un emprunt à la banque et un rêve dans la tête. Parce qu'elle avait laissé son cœur l'aveugler, sa société, son bébé, la seule chose qu'elle ait jamais eue à elle, devait en payer le prix.

— Je ne savais pas que James était passé ce matin, répondit-elle en prenant sa tablette et son ordinateur. Tu lui as parlé de la réunion avec Greer Motorcycles ?

— Non.

Le rictus de Bastian s'accentua.

— Pourquoi l'aurais-je fait ? Depuis quand s'intéresse-t-il à Main Event à part pour afficher le titre de directeur des opérations – va savoir ce que c'est – et pour toucher son chèque ? En outre, je m'en voudrais d'interrompre son Frappuccino du matin.

— Bien vu.

Elle injecta une note taquine dans sa voix alors qu'un cri de frustration et de rage lui restait en travers de la gorge. Elle le ravala comme elle l'avait fait chaque jour avant la fin de sa relation avec James, et se dirigea vers la porte.

— Allons-y avant qu'ils arrivent.

Elle fit une pause. Tant pis, il fallait qu'elle sache.

— Tu sais qui vient les représenter ?

— Je ne suis pas sûr. Shorty a appelé, elle sera là, elle. Je ne sais pas exactement ce qu'ils veulent qu'on organise. On va le découvrir ensemble.

Il s'inclina :

— Après vous.

— Quelle galanterie ! Tu espères une augmentation ?

Bastian rit.

— Une augmentation ? J'adore ton sens de l'humour.

Quelques minutes plus tard, le ton était redevenu sérieux lorsque Bastian sortit de la salle de réunion pour accueillir les représentants de Greer Motorcycles. Les nerfs de Nore étaient tendus à se rompre.

Mais elle pouvait le faire, c'était une pro. Et Joaquin ne viendrait sans doute pas ; il était P-DG. Qui dans sa position assistait à ce type de réunion ? Elle sentit la tension se relâcher un peu. Bien sûr, à quoi avait-elle pensé ? Joaquin Iverson avait des choses plus importantes à faire que d'organiser une fête. Il avait du personnel, pour ça.

Elle souffla un bon coup et se dirigea vers la porte avec son plus beau sourire. Ça allait aller…

Une large silhouette apparut sur le seuil. Ses poumons se vidèrent d'un coup.

Mon Dieu ! Ça allait être une cata. Une vraie cata.

Elle croisa son regard, et immédiatement les images envahirent son esprit.

Elle, mordant et suçant cette bouche percée et indécente.

Elle, plantant les ongles dans ses épaules luisant de transpiration.

Elle, s'agrippant à lui tandis qu'il lui tenait les hanches et entrait en elle.

Elle, les seins appuyés sur le dossier du canapé, tandis qu'il lui léchait le cou tout en la prenant par-derrière.

Une conflagration la renversa intérieurement, et elle frissonna. Et Joaquin le vit. Il plissa les yeux, ses narines frémirent, et elle sut qu'il avait capté les signaux qui trahissaient ses pensées et la réaction de son corps à sa présence. Ça n'allait pas être une cata. Ça allait être bien pire.

Parce que dans un costume noir sur mesure et une chemise blanche ouverte au col, il était aussi beau, aussi viril que le soir de son anniversaire. Elle sentit sa poitrine gonfler, ses mamelons durcir et son sexe devenir humide.

Elle détourna le regard et se concentra sur les deux personnes derrière lui. Elle tenta d'afficher un sourire qu'elle espéra plus réussi que celui qu'elle avait offert à Bastian.

— Nore, tu te souviens de Shorty et de M. Iverson.

Bastian hocha la tête.

— Je te présente Bran Holleran, cofondateur de Greer Motorcycles. M. Holleran, voici Lenora Daniels, propriétaire de Main Event.

— Nore, précisa-t-elle, en avançant main tendue vers un homme du même gabarit que Joaquin. Des fils argentés parsemaient ses longs cheveux noirs et sa barbe, même s'il n'avait pas l'air beaucoup plus vieux que Joaquin.

— Je suis enchantée de vous rencontrer, monsieur Holleran.

— De même. Appelez-moi Bran.

— C'est un plaisir de vous revoir, Shorty et monsieur Iverson, reprit-elle en mettant délibérément une distance formelle entre eux – même si ce n'était que dans sa tête. Merci de revenir chez Main Event.

— Vous avez été tellement efficaces pour la fête d'anniversaire, répondit Shorty avec un sourire radieux. Mais à dire vrai, c'est Joaquin qui a proposé de revenir vers vous.

— Eh bien, merci, monsieur Iverson.

Elle croisa son regard et se félicita elle-même de son ton de voix aussi égal.

— Nous serions ravis de travailler de nouveau avec Greer Motorcycles.

— Merci, Nore, répondit Shorty.

Joaquin hocha la tête. Il fallait vraiment qu'il arrête de la regarder comme ça. Comme s'il connaissait le moindre de ses secrets ou qu'il était bien décidé à les découvrir un à un.

— Asseyez-vous. Peut-on vous offrir quelque chose à boire ? Thé, café, eau ?

Quelques minutes plus tard, chacun avait une tasse de café, et Nore reprit la parole :

— Dites-moi ce que nous pouvons faire pour vous.

— Nous allons lancer un nouveau modèle de moto, dit Joaquin. Sa voix profonde résonnait dans la salle de réunion et lui caressait la peau comme de la soie. Ce sera la première moto électrique de Greer Motorcycles, un modèle sportif. Charge de 0 à 100 % en neuf heures, directement à partir d'une prise murale standard. Avec une charge, la moto pourra parcourir 280 kilomètres. Bien sûr elle aura le Bluetooth pour connecter le téléphone, la musique, le GPS, bref, tout ce qu'on peut avoir dans une voiture. Nos dispositifs de sécurité comprennent un système de freinage antiblocage et un système antipatinage, plus un système antipatinage amélioré pour les virages. Entre autres nouvelles caractéristiques. Tout cela est fait sur mesure, et nous sommes prêts à le lancer. Comme c'est notre premier modèle de ce type, nous voulons quelque chose de différent. Un genre de révélation.

— Waouh ! dit Bastian. C'est impressionnant. J'ai lu que le dernier modèle en date chargeait en onze heures pour 240 kilomètres.

— Bastian est notre passionné de moto maison, déclara Nore

en souriant, avant de reprendre : Et c'est un fan, même si j'ai promis de ne pas le dire.

— Bien joué, grommela son ami.

— Tout le plaisir est pour moi, plaisanta-t-elle en retour.

Elle se tourna de nouveau vers Joaquin, et ses mots s'étranglèrent dans sa gorge. Parce qu'il regardait sa bouche, et qu'elle eut l'impression de sentir la caresse de ses doigts. Elle s'empêcha de porter la main à ses lèvres. Cet homme était un danger.

— Donc, reprit-elle, vous voudriez que nous organisions la soirée de lancement.

Joaquin leva les yeux pour croiser son regard.

— C'est ça, dit Bran.

Elle fut soulagée que ce soit lui qui parle.

— On n'a encore jamais fait ces trucs-là, ces machins de relations publiques... Euh, pardon, ajouta-t-il.

Nore sourit et hocha la tête, et il poursuivit :

— Tout ça n'est pas franchement notre spécialité. Mais c'est notre première moto électrique, ça fait des années qu'on travaille dessus, et elle est unique. On a consacré de nombreuses heures, beaucoup de transpiration et d'argent pour s'en assurer. Il faut que notre lancement soit très particulier pour montrer qu'on se démarque des autres. Cet événement sera très important pour Greer, pour nous tous.

— Ça a l'air très innovant, dit Bastian en cessant un instant de taper sur son clavier. Peut-on caresser l'espoir de l'apercevoir en avant-première ?

— Très subtil, Bastian. Vraiment, chuchota Nore.

Son ami lui fit un grand sourire.

Étonnamment, Bran sourit aussi.

— Je pense que ça peut s'imaginer. Après tout, si vous organisez la soirée de lancement, il faudra que vous connaissiez le produit.

Bastian leva l'index en regardant Nore.

— Exactement. Tu vois ? Lui, il me comprend.

Elle secoua la tête, et tapa des notes sur sa tablette.

— Parlons du nombre d'invités, de leur identité. Est-ce que nous gérons ça ou est-ce que ce sera vous ?

— Je m'occupe de la liste des invités et vous tiens informés à mesure que je reçois leurs réponses, répondit Shorty.

— Parfait, murmura Nore en prenant des notes.

Au cours de l'heure qui suivit, elle et Bastian collectèrent suffisamment de renseignements pour commencer à travailler. Après avoir abordé d'autres détails et organisé une visite de Greer Motorcycles, elle s'apprêta à clore la réunion.

— Je pense que nous avons ce qu'il nous faut. Excepté une chose : la date.

— Dans trois mois.

Elle sentit Bastian se raidir.

Trois. Mois, se répéta-t-elle, si stupéfaite qu'elle en oublia de ne pas croiser le regard de Joaquin.

Il ne sourit pas, mais ses yeux brillèrent.

— Je sais, c'est court comme délai, mais nous venons de prendre cette décision, et le modèle partira en production dans la foulée. Nous sommes prêts à mettre le prix bien sûr, pour compenser les inconvénients d'un délai aussi serré.

Joaquin jeta un regard à Bran, qui acquiesça.

— Le double de vos tarifs ordinaires ? Plus les frais, bien sûr.

Nom de Dieu !

Elle sentit sa nuque la picoter et ses paumes devenir moites. Leurs tarifs pour ce type d'événements étaient déjà élevés. Le double ? Son cœur s'emballa, elle sentit son pouls marteler dans sa tête. Certes, ce délai provoquait chez elle un début de crise de panique, mais ils allaient y arriver.

Ils le devaient.

Elle le devait.

Parce qu'en additionnant ce que lui rapporterait ce contrat et ses économies, elle aurait peut-être assez pour racheter les parts de James dans Main Event.

La liberté. Cette mission, ce serait retrouver la liberté et l'autonomie totales.

Oh oui ! Quoi qu'il arrive, elle allait faire en sorte de réussir ce job.

— Nous allons nous assurer que votre lancement sera réussi, affirma-t-elle avec une fausse assurance.

— Je n'en doute pas une seconde, murmura Joaquin.

En un instant son tourbillon de nervosité, de panique et d'espoir fou se noya sous un torrent de désir.

Cette voix. Ces yeux. Tout cela associé à cette beauté brute et cette énergie sexuelle lui donnait des bouffées de chaleur dont elle n'avait même pas envie de se débarrasser.

Non, elle n'allait pas traverser la table à quatre pattes pour s'installer sur ses genoux et lui demander de refaire ce qu'il lui avait fait le mois précédent...

La porte de la salle de réunion s'ouvrit, et James apparut sur le seuil, son plus beau sourire de façade aux lèvres.

— Excusez-moi, Dani m'a dit que nous avions un client et je me suis dit que... C'est quoi ce bordel ?

Son ton était passé d'obséquieux à vindicatif en un quart de seconde.

Choquée, elle fixa son ex, bouche bée. Il était devenu fou ? Il avait décidé d'abandonner la carrière de parasite pour devenir saboteur ? Si elle le tuait sur place, aurait-elle des circonstances atténuantes ?

Toutes ces questions lui traversèrent l'esprit à la vitesse de la lumière, et le temps que l'étonnement disparaisse au profit d'une colère noire, elle avait au moins une réponse. Non, elle n'allait pas le tuer. Il ne valait même pas la peine qu'elle se casse un ongle pour lui, alors la prison à vie ?

— James, pardon ? dit-elle sur un ton glacial. Je suis désolée, dit-elle à l'intention du trio muet devant elle.

Lorsqu'elle vit le visage figé de Joaquin, elle sentit son cœur tomber tout au fond de sa poitrine.

— Permettez-moi de m'excuser au nom de...

Bon Dieu ! Je déteste dire ça.

— De mon partenaire, James Whitehead, poursuivit-elle. Je vous prie…

— Il sait parfaitement qui je suis, et tu n'as pas besoin de t'excuser, jappa James en entrant furieusement dans la pièce.

La colère tendait ses traits et tordait sa bouche en un rictus cruel qu'elle n'avait jamais vu sur son visage. Même ses cheveux d'habitude si soigneusement coiffés semblaient hérissés.

— Sur un autre ton, grogna Joaquin sans élever la voix.

Son expression était suffisamment menaçante pour que James referme la bouche en pinçant les lèvres.

Mais ! Elle était parfaitement capable de se défendre toute seule ! Son souffle court et une tension dans le bas-ventre lui signalèrent que cette intervention provoquait en elle une drôle de réaction.

— Bien, finit par dire James en lançant un regard noir à Joaquin. On peut savoir ce que tu fais ici ?

— Greer Motorcycles est venu pour un devis, répondit précipitamment Bastian. Si tu as une objection, ce n'est pas une méthode très professionnelle de l'exposer.

— Professionnelle…

James ricana, sans daigner regarder Bastian, les yeux toujours rivés sur Joaquin qui le fixait sans fléchir.

— Je pense qu'on peut se passer de ces salamalecs, dans la famille.

— La famille ? répéta Nore, dont les yeux allaient de Joaquin, silencieux et au regard glacial, à James, furieux. C'est quoi cette histoire ?

— Ça va, Nore, répondit James d'un ton méprisant. Tu essayes de me faire croire que tu ne savais pas que le grand Joaquin Iverson est mon demi-frère ?

Pour la seconde fois en quelques minutes, elle reçut un choc en pleine tête. Un bourdonnement lui envahit les oreilles en même temps que son sang se glaçait dans ses veines.

Son frère ?

Son regard passa de James à Joaquin… Ses yeux d'argent, tandis que ceux de James étaient marron foncé. D'épaisses mèches blond foncé qui balayaient un visage tout en angles. Cette bouche large et agile. Alors que les cheveux courts et foncés de James soulignaient ses traits classiques et fins. Les deux étaient grands, mais même assis, la stature d'athlète de Joaquin semblait dominer la silhouette plus fine de James. De plus près, peut-être avaient-ils une forme similaire d'yeux et de nez, mais de là à être frères…

— Je croyais que ton frère s'appelait Nathan, dit-elle à James, en sentant des bulles d'acidité remonter de son ventre à sa gorge.

— C'est mon deuxième prénom, expliqua froidement Joaquin.

Mais dans ses yeux, rien de froid. Ils étaient brûlants.

— Joaquin Nathan Iverson, reprit-il.

Nathan. Joaquin et le demi-frère que James méprisait tant étaient la même personne. Et à en croire ce que lui avait raconté son ex, l'aversion était mutuelle.

Elle sentit la nausée l'envahir tandis qu'une pensée épouvantable s'imposait à elle.

C'était pour ça, la nuit au club ? Tu m'as approchée parce que je suis l'ex de James ? C'est pour ça que tu es ici aujourd'hui ?

Les questions se bousculaient dans sa tête, gagnant de la vitesse et prenant de plus en plus de place. Joaquin leva un sourcil, comme s'il avait pu les entendre.

Contre toute logique, elle sentit les griffes de la trahison l'enserrer.

— Quoi que tu sois en train de faire en ce moment, oublie…

— James !

Nore s'était levée brusquement, l'interrompant au beau milieu de sa phrase.

— Dans mon bureau. S'il te plaît.

Le « s'il te plaît, » c'était pour les autres personnes présentes. Elle hocha la tête en direction de Bran et de Shorty, ignorant délibérément Joaquin. Impossible de le regarder pour le moment. Parce que si elle apercevait l'humiliante vérité dans son regard…

— Je vous présente mes excuses pour cette perturbation. Veuillez nous excuser un instant.

Elle posa la main sur l'épaule tendue de Bastian, la pressa et murmura :

— Tu finis cette réunion pour moi ?

Elle sortit furieusement de la salle de réunion sans vérifier si James la suivait. La rage la propulsa jusqu'à son bureau où elle se planta, bras croisés, tandis que James entrait et refermait la porte, l'air au moins aussi furieux qu'elle.

— Comment as-tu pu..., commença-t-il, les dents serrées.

Mais elle leva une main impérieuse.

— Tu as assez parlé. Maintenant, tu écoutes.

Elle recroisa les bras. Pour résister à l'envie de tirer sur ce parfait nœud de cravate Prada jusqu'à l'étouffement.

— Comment oses-tu débarquer en pleine réunion client et te comporter aussi grossièrement ? C'est impardonnable.

Il ricana.

— Ce n'est pas un client. C'est mon trou du cul de fr...

Sa main se releva, l'interrompant aussitôt.

— Je me fous de vos liens de parenté. C'est notre bureau, pas une réunion de famille. Une fois franchi le seuil de cette porte, il devient un client. Qui mérite le respect, d'autant plus qu'il paye, et qu'il revient une deuxième fois. On laisse ses merdes perso à la porte !

— Tu crois vraiment que... Attends une minute.

Il lui jeta un regard noir et tendit le doigt vers elle :

— Comment ça, il revient une deuxième fois ? Quand est-ce que vous avez parlé affaires, et pourquoi n'étais-je pas au courant ?

Il est sérieux ?

Bien sûr qu'il est sérieux, se répondit-elle à elle-même. *Et n'est-ce d'ailleurs pas extrêmement triste ?*

Elle le fixa en se demandant où était passé l'homme affectueux, charmant et aimant avec qui elle était sortie pendant trois ans. Se l'était-elle imaginé pendant tout ce temps ; avait-elle été aveugle ?

Cela n'avait pas d'importance. Elle avait les yeux bien ouverts à présent, et voyait l'homme égoïste, égocentrique et paresseux qu'il était sans le moindre filtre. Dire qu'elle avait failli lier sa vie à la sienne.

Il lui avait vraiment fait une fleur en la larguant.

Si elle pouvait le virer de son entreprise aussi facilement qu'elle l'avait viré de son lit, ce serait le pied.

Elle prit une profonde inspiration, souffla et lui répondit... sans crier.

— Greer Motorcycles nous a recrutés pour organiser l'anniversaire de son P-DG. Je ne sais pas comment tu peux ne pas être au courant, on a bossé des mois dessus. Ce n'était pas un secret, et je ne t'ai rien caché, vu que je n'avais pas la moindre idée que Joaquin Iverson était ton frère.

— Tu en es bien sûre ? Ce n'est pas une petite vengeance puérile parce que j'ai rompu et que je refuse de quitter l'entreprise ?

Elle l'observa un long moment.

Qu'il aille au diable !

— Je t'en prie. Si tu passais plus de temps dans ce bureau à travailler plutôt qu'à « faire une pause déjeuner » ou « aller à des rendez-vous » tu serais au courant du dossier Greer Motorcycles depuis des mois. Et Bastian a mis la réunion d'aujourd'hui à l'agenda hier en fin d'après-midi, donc je l'ai su ce matin, juste un peu plus tôt que toi. Donc personne n'a essayé de se venger, ni n'a même pensé une seconde à toi, en réalité. L'idée c'est que tu aurais eu cette info si tu en avais quelque chose à faire.

— C'est ça.

Il détourna le regard, et un muscle tressaillit dans sa mâchoire crispée.

C'est ça.

Elle contenait son irritation grandissante, sans pouvoir s'empêcher de continuer à comparer les deux hommes. Elle n'imaginait pas Joaquin se livrer à une telle manifestation passive-agressive.

Faire le sale gosse. Le dégoût l'envahit, et elle ne sut plus qui blâmer pour son aveuglement vis-à-vis de James : lui ou elle.

Le responsable c'était surtout son besoin humiliant d'être aimée et de devenir la priorité dans la vie de quelqu'un.

— Écoute, je comprends que tu ne t'entendes pas avec ton frère…

— Demi-frère ! aboya-t-il. Et non, tu ne comprends pas. À moins que tu aies une demi-sœur qui t'a traitée comme de la merde quand vous étiez enfants, qui a foutu en l'air la vie de ta mère et a fait tout ce qu'elle pouvait pour briser le couple formé par tes parents. Qui serait millionnaire et refuserait d'aider sa famille, avant d'exhiber sa fortune à chaque occasion. Comme tu ne m'en as jamais parlé, je vais partir du principe que tu ne peux pas comprendre.

Bon sang ! C'était un champ de mines qu'elle était bien décidée à éviter à tout prix. Ce n'était pas ses oignons. Plus ses oignons.

Mais elle n'arrivait pas à imaginer Joaquin, cet homme si délicat avec elle – même lorsqu'il était en elle –, en train de persécuter James enfant. Rebelle ? Oui. Violent ? Non.

Mais après tout, qu'en savait-elle ? Elle avait bien appris, au cours des mois précédents, que les gens pouvaient changer. Et pourtant… Ce n'était sans doute pas le moment d'apprendre à James à quel point son frère et elle avaient été intimes. Pardon, son demi-frère et elle. James l'avait déjà accusée de se servir de Joaquin pour lui nuire. Évidemment c'était des conneries : elle ne savait pas qui il était lorsqu'ils s'étaient employés à déshonorer ce canapé VIP. Mais sa vie sexuelle ne concernait plus James depuis qu'il avait rompu leurs fiançailles. Et s'il apprenait, pour elle et Joaquin, il s'en servirait comme d'une arme pour refuser ce contrat.

Pas question d'en dire un mot.

— Très bien.

Elle hocha la tête, et reprit :

— Je ne comprends pas ta dynamique familiale.

— En effet. C'est pour ça qu'on va refuser ce contrat.

Sur ce, il fit mine de sortir. Comme si sa parole faisait loi.

— Non.

Elle n'avait pas crié, mais sa gorge était douloureuse comme si elle avait hurlé à pleins poumons. Elle luttait de toutes ses forces pour ne pas transformer son bureau en scène de crime passionnel.

— Il n'y a aucune raison de refuser un client qui paye nos services le double de leur valeur, ajouta-t-elle.

— Je viens de te dire...

— Je t'ai entendu, mais encore une fois tes problèmes personnels n'ont pas leur place ici.

Et puis de toute façon James ne risquait pas de travailler sur ce dossier : il ne foutait jamais rien.

— Donc mon avis ne compte pas ?

Il pointa un doigt vers le sol.

— Je suis le directeur des opérations. J'ai mon mot à dire sur ce qui se passe dans cette boîte, y compris sur la sélection des clients. Et là, je dis non.

— Tu es peut-être le directeur des opérations, mais moi, je suis la présidente, et on n'est pas en démocratie ici. Si tu avais des raisons valables, professionnellement, pour qu'on refuse Greer Motorcycles, je les écouterais et j'en tiendrais compte. Mais là tes raisons sont totalement ineptes. Et il est hors de question que je renonce à l'argent et au réseau que Greer peut nous apporter. Il va falloir que tu te fasses à l'idée que ton demi-frère est notre client, ou faire comme d'habitude – c'est-à-dire rien. Les deux me vont.

— Tu dis que ça n'a rien de personnel, Nore, mais ce n'est pas l'impression que j'ai, dit-il, d'un ton glacial.

Elle secoua la tête. Peu de temps auparavant, la déception de James lui aurait tordu l'estomac d'angoisse, et sa priorité aurait été de faire l'impossible pour rectifier le tir afin de le réconforter. Son bonheur à lui aurait supplanté tout le reste.

Mais ça, c'était avant. Et elle avait juré de plus jamais accorder à personne un tel pouvoir sur ses émotions et ses actes. Sur sa vie.

Elle ne deviendrait pas sa mère.

— Ce que tu ressens, ce n'est pas mon affaire. Et je n'ai aucunement l'intention de refuser Greer Motorcycles. Donc on est dans l'impasse. Enfin pas tant que ça, dans la mesure où en tant que présidente c'est moi qui ai le dernier mot. Et j'ai décidé d'accepter ce contrat. S'ils veulent encore de nous après la scène immature et si peu professionnelle que tu leur as faite.

Il ricana.

— Si tu crois que Nathan est là pour autre chose que me faire suer, tu te mets le doigt dans l'œil. Tu fais bien ton boulot, d'accord, mais franchement, Nore, il y a des dizaines d'entreprises spécialisées dans l'événementiel à Seattle. Et des dizaines probablement mieux équipées et avec plus d'expérience pour s'occuper d'une entreprise qui pèse des millions. C'est à moi qu'il en veut, pas à ton savoir-faire.

Elle reçut le coup en pleine poitrine. Exactement là où toutes ses vulnérabilités secrètes se cachaient de la lumière crue de la vérité. Elle n'était pas naïve au point de ne pas avoir envisagé cette possibilité. Surtout compte tenu de l'hostilité exhibée entre les deux frères dans la salle de réunion un peu plus tôt et dans son bureau, maintenant.

Et si elle n'était pas assez bonne pour attirer un client de ce calibre ? Et si son entreprise n'était qu'une arme dans cette guerre fratricide ?

Et si… et s'il avait couché avec elle uniquement pour se taper l'ex de son frère ?

La douleur lui coupa le souffle. Elle se raidit.

La logique lui disait de ne pas s'en soucier. Ça avait été une nuit de folie qui ne se reproduirait pas, avec un homme qui était autant un étranger pour elle maintenant qu'un mois auparavant.

Mais quand l'amour-propre en prenait un coup, la logique n'avait plus son mot à dire.

Elle prit une profonde inspiration et redressa les épaules. Elle n'allait pas laisser James voir les bleus que ses mots lui infligeaient. Elle n'était peut-être pas assez bonne pour lui, et peut-être pas non plus pour son demi-frère.

Mais elle se suffisait à elle-même.

— Non seulement je vais te prouver que je suis à la hauteur, mais ses invités, qui sont des clients potentiels, le verront aussi, dit-elle en levant un sourcil. Si Joaquin Iverson a des raisons personnelles de se servir de Main Event, très bien. Moi aussi j'ai mes raisons. Et maintenant, poursuivit-elle avec un sourire froid, si tu veux bien m'excuser. J'ai une réunion à terminer.

Sans attendre sa réponse, elle lui passa devant et se dirigea vers la porte. Sur le seuil elle s'immobilisa et attendit qu'il sorte.

Puis elle retourna dans la salle de réunion.

Elle avait déjà pris une fois une décision qui avait concerné son entreprise, sa stabilité et son avenir, en se fondant sur ses émotions. Elle ne ferait pas deux fois la même erreur.

Fini le temps où elle faisait passer un homme avant elle. Elle avait cru des années aux contes de fées et pensé qu'elle en vivait un.

Le temps était venu d'être l'héroïne et de se sauver toute seule. Fin de l'histoire.

5

Joaquin attendit cinq secondes, le temps que la portière arrière de la Cadillac Escalade se ferme derrière lui et le protège du vent froid d'octobre. Shorty et Bran montèrent à côté de lui, et il lâcha enfin la question qui le travaillait depuis quarante-cinq minutes.

— Comment est-ce possible qu'on n'ait pas su que James Whitehead travaillait ici, bordel ? demanda-t-il en se retenant d'exploser.

Il n'avait jamais été le genre de patron qui criait sur ses employés. Du respect, toujours. C'était la règle n° 1. Et il n'allait pas l'enfreindre. Même si la rage bouillait en lui. La rage et le sentiment trop familier d'écœurante impuissance qu'il associait à sa famille.

Il se débarrassa de sa veste d'un mouvement d'épaule et défit le bouton de son col de chemise. Pas assez d'air. Il ouvrit la vitre de la voiture et posa la tête sur la banquette. Tant pis s'il avait l'air désespéré ou hors de contrôle. Il était prêt à faire n'importe quoi pour échapper à cette sensation d'étouffement.

— Je suis vraiment désolée, Joaquin. C'est ma faute, s'excusa Shorty.

La culpabilité dans sa voix l'aida davantage à revenir sur terre que le flot d'air frais qui entrait dans le véhicule.

Bon sang ! il avait trente-cinq ans, avait fait ses preuves dans un sport dangereux et réussissait en affaires. Il n'était plus ce petit garçon de six ans en train d'observer la famille que sa mère avait créée. Une famille où il avait joué le rôle de vilain petit canard. Celui de trop.

Ce petit garçon là n'existait plus.

Et il refusait de punir Shorty parce qu'il avait vécu un moment de régression dans sa famille dysfonctionnelle.

— Arrête. Ce n'est pas ta faute, dit-il en remontant la vitre et en se forçant à s'appuyer contre la banquette.

— Bien sûr que si, reprit-elle. J'aurais dû enquêter…

Il déplia les doigts sur ses cuisses et leva les yeux vers elle. Sa vice-présidente soupira.

— Ça fait dix ans qu'on travaille ensemble, Shorty. Tu n'aurais pas choisi une entreprise que tu n'aurais pas examinée du sol au plafond. Pas pour gérer une fête pour moi, et sûrement pas pour le lancement de notre nouvelle moto. Il y a forcément une explication de…

Il serra les lèvres, sa gorge refusant de prononcer le mot « frère ».

— De la raison pour laquelle James a atterri dans cette société.

Explication qu'il aurait peut-être connue s'il avait parlé à sa mère ou à son frère au cours des trois dernières années et demie.

— Tu veux qu'on annule le lancement avec eux ? Ce n'est pas trop tard, et vu les circonstances… et la scène qu'a faite ton frère, ça ne devrait pas tellement les étonner, dit Bran. Sans vouloir te vexer, ton frère est un tocard.

— Bien d'accord, grommela Shorty. J'aime bien Nore et Bastian. Je n'ai que de bonnes choses à dire sur leur organisation de ton anniversaire. Mais maintenant que je sais que ton frère travaille avec eux et compte tenu de ce que j'ai vu aujourd'hui, j'ai des doutes sur leur professionnalisme et leurs décisions.

Joaquin tourna son attention vers la vitre, sans vraiment voir les bureaux, les boutiques et les restaurants qui défilaient sous ses yeux.

C'était Nore qu'il voyait.

Pendant un mois, il s'était convaincu de ne plus l'approcher après cette incroyable nuit dans le salon VIP. Et il avait réussi jusqu'à ce que cette occasion, avec le lancement, lui tombe toute cuite dans le bec. En entrant dans cette salle de réunion ce matin-là, l'excitation faisait bouillonner ses veines. Chaque souffle, chaque battement de cœur, chaque neurone était focalisé sur elle.

Et bon sang…

Il avait senti sa peau se tendre sur ses os. Un seul regard à ces courbes voluptueuses accentuées à la perfection par un gilet et un pantalon à fines rayures et un chemisier à manches longues avait suffi pour lui mettre le sexe au garde-à-vous. Si le raidissement de son corps n'avait pas été suffisant, l'étau qui lui avait enserré la poitrine lorsqu'il avait croisé le regard de feu de ce si beau visage encadré de boucles foncées aurait déclenché un signal d'alarme.

Il n'aurait pas été très convenable de balayer tout ce qui se trouvait sur cette table, de la coucher dessus et de la faire hurler de jouissance. Il avait encore le goût de son sexe dans la bouche. Être assis sagement en face d'elle et devoir faire comme s'il ne connaissait pas la sensation de son corps sur le sien, la chimie qui existait entre eux, c'était de la torture.

Et James était entré en trombe et avait fait sa scène.

L'indignation et le sentiment de trahison qu'il avait vus sur le visage de son frère lorsqu'il avait regardé Nore… La colère, il pouvait comprendre. Lui-même avait dû s'agripper à sa chaise pour s'empêcher de sauter sur James. En un instant il s'était souvenu pourquoi il n'avait pas vu sa famille depuis bientôt quatre ans. Sa toxicité lui était remontée à la gorge comme de l'acide et avait failli l'asphyxier.

Donc oui, la colère, il pouvait comprendre.

Mais la trahison ? Ça aussi, il comprenait. Intimement, même. Il l'avait connue, avec James.

Et certes, ils étaient dans un contexte professionnel, mais son expression – impossible de ne pas la remarquer – avait été très personnelle.

L'amertume – envers James et, peut-être injustement, envers

Nore – lui nouait le ventre, en même temps que remontait une vieille rancune en lui. Il lutta contre le besoin d'ouvrir de nouveau la vitre.

— Joaquin ?

Shorty l'appelait, et vu son intonation ce ne devait pas être la première fois.

— On garde Main Event pour le lancement. On va faire confiance à Nore pour qu'elle tienne James. Au moindre signe qu'il fait partir le truc en vrille, on annule, dit-il.

— Ça me va, répondit Bran.

Shorty se contenta de hocher la tête.

— Ça va aller, Shorty, murmura Joaquin. Fais-moi confiance.

Il avait encore ces mots dans la tête quelques heures plus tard lorsque la ligne réservée aux communications avec son assistante se mit à sonner.

Il décrocha sans quitter des yeux son écran d'ordinateur et le dernier rapport sur la KING One, leur dernière moto électrique, qui détaillait son cadre léger en aluminium. Le design de Bran ne se contentait pas de renforcer la maniabilité de la machine, il donnait au conducteur un parfait contrôle en ville comme sur route.

Il sentit la fierté l'envahir. Bien qu'il ait appris à l'École du dimanche où sa mère le forçait à aller que la fierté garantissait la chute, il l'accueillit avec joie. Joaquin avait donné le nom de son père à cette moto même si, clairement, King Iverson aurait sans doute dédaigné une moto électrique au profit de sa Harley-Davidson. Mais King aurait été fier de lui et aurait chanté les louanges de son fils à qui aurait bien voulu l'entendre.

Joaquin était bien placé pour le savoir.

Il avait rencontré son père biologique à l'âge de dix-huit ans, et n'avait pu le fréquenter que quatre ans avant qu'il meure dans un accident de moto. King avait pourtant eu le temps d'être ce genre de père.

Comme il le faisait si souvent, il regarda la photo posée sur son bureau. Lui et son père, les bras croisés, debout devant la Harley-Davidson Heritage Classic paternelle.

C'est pour toi, papa.

— Oui, dit-il dans le combiné, la voix un peu enrouée.

— Monsieur, une Mlle Nore Daniels est là pour vous voir. Elle n'a pas rendez-vous, ajouta Magda sans cacher sa désapprobation.

Son assistante avait deux consignes strictes : jamais plus de trois sonneries avant qu'elle décroche, et personne n'arrivait jusqu'à lui sans rendez-vous. En temps normal il n'aurait pas dérogé à cette règle mais pas cette fois, pas avec ce nom qui résonnait comme une promesse coquine.

Ou un signal de danger.

Deux bonnes raisons de dire à Magda de ne pas la laisser entrer et de lui demander de prendre rendez-vous, comme tout le monde. Mais alors que sa main se crispait sur le combiné, il sut qu'il n'en ferait rien.

— Faites-la entrer. Et ne me passez pas d'appel pendant la prochaine demi-heure, dit-il, déjà debout.

— Bien, monsieur.

Il repoussa son fauteuil et s'avança fébrilement au milieu de la pièce. Lorsque la porte s'ouvrit, il savoura la vision de Nore Daniels entrant dans son sanctuaire.

Et quelle vision !

Elle ne s'était pas changée, et son tailleur parfaitement ajusté mettait en valeur sa démarche sensuelle et confiante. Aussi inapproprié que ce fût, il ne pouvait s'empêcher d'y superposer une autre image d'elle, plus charnelle. Il voyait ce gilet, ce chemisier à manches bouffantes tomber à terre. Ce pantalon large qui lui collait aux hanches disparaître, la laissant nue devant lui, uniquement vêtue de cette magnifique peau marron dans laquelle elle avait vu le jour.

Il sentit un picotement au bout de ses doigts, un besoin de caresser cette peau, d'en suivre chaque ligne. Ses fantasmes le tourmentaient, marquaient son esprit au fer rouge, l'empêchant de l'oublier. Et bordel ! il n'en avait pas envie, de toute façon.

Par instinct de conservation, il faillit reculer d'un pas. Battre en retraite. Il n'avait jamais reculé devant rien, de toute sa vie. Ni devant la haine de sa mère ni devant l'indifférence de son beau-père ou les petites cruautés mesquines de son frère. Ce qui ne l'avait pas empêché de monter son entreprise à vingt-cinq ans, alors que personne ne croyait en lui.

Battre en retraite, ce n'était pas son truc.

Mais là, il était à deux doigts de l'envisager. Parce qu'il avait beau dominer cette femme de toute sa stature et de tous ses muscles, si elle choisissait de le toucher du bout du doigt, il pourrait tomber.

Une seule femme avait exercé un tel pouvoir sur lui.

Et le souvenir de cette femme – et de comment il l'avait perdue – lui glaça le sang.

Physiquement, Nore ne ressemblait pas à Madison Berry. Mais les circonstances... Elles n'étaient que trop familières. Comme une répétition de l'histoire qu'il voulait éviter.

— Je suis étonné de te voir ici, Nore, dit-il en croisant les bras. On a oublié quelque chose ce matin ?

Elle secoua la tête.

— Non, on a tout ce qu'il faut pour organiser votre lancement. Toutes mes excuses de débarquer sans rendez-vous.

— Aucun problème.

Il agita la main vers les sièges.

— Tu veux t'asseoir ?

— Merci.

Elle hésita brièvement avant de se diriger vers le canapé de cuir noir.

Il la suivit et s'installa dans le fauteuil assorti en face d'elle, le dos bien appuyé au dossier. Malgré la distance entre eux, il pouvait sentir son odeur sensuelle le titiller. Elle lui rappelait le bois fraîchement coupé et l'herbe après la pluie. Encore une chose d'elle qui le hantait. Son parfum unique, qui collait à sa peau humide, à son sexe étroit, trempé, parfait.

Il se frotta la lèvre inférieure et inspira profondément, comme s'il pouvait encore la goûter. Nore se tortilla ; il leva les yeux vers elle et surprit son regard sur sa bouche. Le désir déferla en lui, et il prit une profonde inspiration, forçant son corps à se détendre, muscle par muscle.

— Je t'écoute, dit-il.

Elle se racla la gorge.

— Merci de me recevoir. Je voulais te parler de ce qui s'est passé à mon bureau avec James. Et te présenter mes...

— Non.

Il avait levé la main.

— Si c'est pour t'excuser pour James, tu peux arrêter tout de suite. Le seul responsable, c'est lui.

Pendant trop d'années les gens avaient couvert son frère et lui avaient trouvé des excuses. Hors de question de la laisser le faire elle aussi.

Nore détourna brièvement le regard.

— C'est juste, murmura-t-elle. Alors je dois te présenter des excuses en mon nom. Je ne voulais pas te mettre dans cette position. Je ne savais pas que tu étais le demi-frère de James quand nous avons...

— Baisé ? acheva-t-il, un sourcil levé.

C'était cru. Mais elle avait l'air de le regretter, alors il avait une excuse.

— Fait connaissance, rectifia-t-elle, avec une très légère crispation des lèvres. James m'avait parlé de son frère Nathan, pas d'un Joaquin, je ne pouvais donc pas me douter. Crois-moi, si j'avais su...

Elle laissa sa phrase en suspens, et il s'autorisa un sourire sardonique.

— D'accord. J'ai compris, Nore. Tu n'aurais pas couché avec l'ennemi.

Elle secoua la tête.

— Ce n'est pas ce que je veux dire. J'ai conscience de la tension dans vos relations. Ça...

Elle agita une main entre eux.

— Ça n'aurait fait que mettre de l'huile sur le feu, et je ne le souhaite ni pour toi ni pour James.

— Il n'y a pas de tension dans nos relations, car il n'y a pas de relation entre James et moi.

Sauf si s'employer activement à s'éviter comptait. Et ces graines d'hostilité avaient été plantées bien avant Nore. Bien avant Madison.

— Si James s'est assez confié à toi pour te dire que j'existais, j'imagine qu'il t'a également dit pourquoi Dieu et Satan s'entendent mieux que nous.

Elle hésita puis admit :

— James m'a dit deux ou trois trucs sur vos désaccords. Mais je ne crois pas qu'il soit convenable de te les répéter.

— Je ne te le demande pas, même si, connaissant James depuis plus longtemps que toi, je devine le genre de bobards qu'il t'a servis.

Il ricana, se leva et se mit à arpenter la pièce avec fébrilité. Il avait besoin de bouger. De brûler ce sentiment d'impuissance qui surgissait chaque fois que sa « famille » entrait en scène.

— Je veux dire que tu ne pouvais pas détériorer une relation qui n'existe pas. Ce qui m'amène à autre chose, qui me taraude depuis que j'ai quitté ton bureau.

Il s'arrêta devant le bar, déboucha une carafe et se versa une généreuse dose de whisky dans un verre en cristal. Il tourna la tête vers elle.

— Je te sers quelque chose ?

Il leva son verre et en but une gorgée, savourant la douce brûlure de l'alcool sur sa langue et l'apaisement dans sa poitrine et son estomac.

— Whisky ? Vin ? Eau ?

— Non, merci, répondit-elle.

Elle se leva et se planta devant lui, bras croisés.

— J'ai autre chose à te dire.

Il aurait pu la laisser parler. Mais une part de lui ne voulait pas l'entendre le reléguer dans le placard de ses petits secrets sales. Il avait déjà vécu ça – la majeure partie de son enfance.

— Ne t'inquiète pas, Nore.

Il but une autre gorgée en la regardant.

— Je suis un expert pour garder les secrets.

Et pour en être un.

— Ni James ni personne n'entendra parler de ce qui s'est passé. C'était une erreur, et c'est oublié.

Bon sang ! Quand il décidait de mentir, il ne faisait pas semblant.

Elle cligna des yeux, et s'immobilisa totalement. Ses paupières se baissèrent, cachant momentanément ses yeux fauves, et ses lèvres se crispèrent.

— Je suis ravie que nous soyons d'accord, répondit-elle, d'une voix égale. Pour garder notre... rencontre entre nous, et également sur le fait que c'était une erreur.

Ça n'aurait pas dû lui faire mal. D'autant qu'il avait commencé. D'autant qu'il essayait de se convaincre qu'il se foutait qu'elle regrette. Elle avait honte d'avoir été avec lui, de toute façon.

— Je suis curieux.

Il porta son verre à ses lèvres, mais le reposa sans boire et ajouta :

— Cette requête, c'est plus pour des raisons professionnelles... ou personnelles ? Qui parle ? La P-DG ou la maîtresse de James ?

Elle plissa les yeux, et il sentit ses tripes se nouer. Ce suspense était dur à gérer. Il s'en délectait comme de dents qui s'enfonçaient dans sa peau. Il n'avait même pas besoin de fermer les yeux pour se souvenir de ses dents à elle marquant son épaule sur le canapé de ce salon VIP.

— C'est important ?

— Fais-moi ce plaisir.

— La femme qui le demande c'est celle qui a construit sa boîte à partir de rien, travaillé comme une chienne pour que ça marche et ferait n'importe quoi pour la protéger.

Quelque chose brilla dans ses yeux, et il aurait donné sa Harley-Davidson Fat Boy pour savoir ce que c'était.

— Et James n'est pas mon amant. Il n'est plus rien pour moi, sauf un partenaire commercial.

— Plus rien.

Les mots étaient acides sur sa langue.

— Plus rien, non, répéta-t-elle menton levé. Non que j'aie à m'étendre sur ma vie privée devant toi. Cette conversation aurait pu se tenir il y a un mois. Et tu n'avais pas l'air de t'en préoccuper à ce moment-là.

Sa main se crispa sur son verre.

— Je mérite une explication si tu étais avec mon demi-frère à l'époque. C'était le cas, Nore ? Tu étais encore avec lui quand tu as couché avec moi ?

— Non, répondit-elle sèchement. On avait rompu depuis des mois.

Il finit son verre cul sec, le reposa et prit quelques secondes pour étouffer la colère et l'amertume qui tentaient de l'entraîner dans un passé qu'il s'était juré d'oublier. Il serra les poings dans ses poches, pour ne pas montrer que cette conversation était en train de le dévorer de l'intérieur.

Comme si ses réponses ne pesaient pas sur sa poitrine.

— Alors, c'était une vengeance ? Ou tu t'es servie de moi pour oublier ton ex ? Est-ce que tu savais très bien qui j'étais, mais que tu as décidé de t'octroyer une compensation en te tapant le type que ton ex déteste le plus ?

— Rien de tout ça.

Elle secoua la tête.

— Contrairement à l'adage, je n'ai pas besoin de sauter du lit d'un homme à un autre pour me remettre d'un chagrin d'amour – ou d'un lit à un canapé.

Un éclair de lubricité le traversa. Des images de ce qu'elle lui avait fait sur ce canapé repassèrent devant ses yeux comme un film érotique. Il serra les dents, luttant contre le frisson qui lui parcourait l'échine et lui faisait dresser le sexe.

— Et je répète, poursuivit-elle, que je ne savais pas que tu étais le frère de James. On a fait des recherches sur Greer Motorcycles pour ta fête d'anniversaire ; et rien dans ta bio ou dans ton dossier presse ne mentionnait ta famille. Et je n'ai pas fait le lien puisque James, ta mère et ton beau-père ont toujours fait référence à toi en te nommant « Nathan ». Et il n'y avait pas de pho...

Elle s'interrompit brusquement.

Il n'avait pas besoin qu'elle termine sa phrase. Et s'il n'avait pas compris, l'éclair de pitié qui traversa son regard avant qu'elle baisse les yeux lui aurait tout dit.

Elle pouvait s'épargner la pitié. Pour le petit garçon ostracisé qu'il avait été, celui qui avait été blessé par la négligence de sa famille, peut-être pas. Mais l'homme qu'il était devenu s'en foutait complètement.

L'acide qui lui remontait dans la gorge disait tout autre chose, mais il avait appris à ignorer ça au fil des années.

— Photos, acheva-t-il à sa place. Il n'y avait aucune photo de moi chez eux. Ne t'inquiète pas. La vérité ne me blesse pas. J'ai passé ce cap.

Nore soupira, et ses yeux se fermèrent brièvement.

Quelques instants plus tard, lorsqu'elle le regarda de nouveau, l'irritation qui avait obscurci son regard fauve avait disparu.

— Ça ne va pas marcher, n'est-ce pas ? murmura-t-elle.

Elle leva les mains, paumes au ciel.

— J'ai dû me battre avec James pour qu'on ne rejette pas ta demande à cause de ses raisons personnelles. Mais il n'y a pas que James dans cette histoire.

— Je ne te laisserai pas te défiler. Nous avons signé un contrat.

Sa colère s'embrasait.

— C'est toi qui devras le rompre. Je ne le ferai pas. Mais je te préviens, Nore, si tu fais ça, je m'assurerai que la réputation de ta boîte ne s'en remette pas.

— Tu menaces mon entreprise ? demanda-t-elle d'une voix blanche.

— Oui. J'ai trois mois pour le lancement de cette nouvelle moto. Ça va tout changer pour Greer Motorcycles.

Et c'était le lancement le plus important de sa carrière. L'investissement n'était pas juste professionnel et financier, il était personnel, aussi. Cette moto, c'était la sienne.

— Je ne permettrai pas que le moindre grain de sable enraye ses rouages, y compris la façon dont elle sera présentée au public et à nos investisseurs.

Il vit un muscle se crisper dans sa mâchoire.

— Inutile de me menacer pour que je fasse mon travail, rétorqua-t-elle. Mais je ne peux pas le faire si je ne suis pas sûre que le client n'est pas en train de saboter mon travail.

Elle le regarda dans les yeux, et son regard était de glace.

— Intentionnellement ou pas, ajouta-t-elle.

Comment ça, « intentionnellement ou pas » ?

— Est-ce que j'insiste pour être dans la boucle pour les décisions concernant le lancement ? Absolument. Est-ce que je te mettrai des bâtons dans les roues ? Non. Je viens de te dire ce que ce lancement signifiait pour mon entreprise. Si tu t'engages à faire de ton mieux, je n'interviendrai pas.

Elle le fixa pendant un long, un très long moment.

— J'espère sincèrement que tu le penses. Et, Joaquin ?

— Oui ?

— Si tu menaces encore une fois ma société, j'arrête tout. Tant pis pour ton lancement.

Lentement, il sourit.

Une sorte d'excitation, assez comparable à celle qu'il connaissait au début d'une course, l'envahit.

Il ne lui faisait pas confiance. Il ne faisait confiance à personne ayant la moindre connexion avec son frère. La croyait-il quand elle disait qu'elle ne savait pas qui il était ce soir-là, à la fête ? Peut-être. Elle avait l'air sincère, mais il s'était déjà fait avoir.

S'était fait briser le cœur par quelqu'un qui avait estimé que son frère était une option plus avantageuse que lui. Les douloureuses leçons du passé étaient tatouées dans son âme. Alors non, il ne la croyait pas aveuglément quand elle disait qu'elle ne s'était pas servie de lui pour se venger. Il ne parierait pas son entreprise sur des paroles qui sortaient de cette bouche si sexy.

Mais il comptait bien en avoir le cœur net avant trois mois.

6

— Je récapitule, dit Tatum en s'installant confortablement sur son canapé, un saladier de pop-corn entre ses jambes croisées.

Elle en goba une poignée. Rares étaient ceux à voir son amie comme ça ; la plupart des gens ne connaissaient que la fille parfaitement policée d'un magnat des médias.

— Il y a un mois, reprit-elle, tu as eu un plan cul d'un soir dans le salon VIP d'un club, et c'est aujourd'hui que tu me le dis ?

Nore vit Tatum lui lancer un regard noir depuis l'écran de l'ordinateur portable posé sur la table basse en face d'elle.

— Je crois que tu as violé le Code de l'amitié entre copines, là.

— Désolée de ne pas t'avoir tenue informée de mes exploits sexuels, Tate, répondit Nore en secouant son propre saladier de pop-corn pour que les grains non éclatés retombent dans le fond. J'étais trop occupée à juger mes choix de vie. Non seulement j'ai filé la moitié de mon entreprise à mon trou du cul d'ex, mais en plus je me suis tapé son frère sur un canapé en cuir étonnamment robuste.

Tatum toussa. Elle se frappa la poitrine et tendit le bras vers son verre de vin. Elle en but plusieurs gorgées avant de le reposer.

— Pardon ? dit-elle en se penchant en avant, les yeux écarquillés. Tu as fait quoi avec qui sur un canapé ?

Nore se renversa en arrière et fixa le plafond de son salon. Elle ferma les yeux et fut immédiatement bombardée d'images de Joaquin Iverson. Ce mélange de beauté virile, de luxure et de colère, auquel s'ajoutaient sa méfiance et autre chose encore. Quelque chose de trop proche de la douleur.

Stop !

La douleur de Joaquin, ce n'était pas son problème. Elle ne le connaissait pas… autrement que sexuellement. Pas assez en tout cas pour décrypter ses humeurs et ses émotions.

Le mieux était de ne pas penser à lui du tout. Le mieux, et surtout le plus sûr.

— Lenora Renae Daniels, gronda Tatum. Réponds-moi : Qu'est-ce que tu as fait ?

Nore soupira et se pinça l'arête du nez.

— J'y arrive. Hier j'ai eu une réunion avec un client qui est ce coup d'un soir. Et qui – je n'arrive toujours pas à le croire moi-même – s'avère être le demi-frère de James. Celui dont il peut à peine dire le prénom sans grincer des dents. Celui-là même qui m'a donné plusieurs orgasmes qui m'ont ouvert les fenêtres d'un tout nouvel univers.

Tatum la regardait bouche bée.

— Plusieurs orgasmes ? Un nouvel univers ?

— Absolument. Et laisse-moi te dire qu'il est très intéressant à explorer.

— Je te hais.

Tatum hocha la tête et précisa :

— Je t'aime, ma choute, mais je te hais quand même.

— Euh… tu es consciente que ce n'est pas logique ?

Tatum jeta une poignée de pop-corn sur son écran.

— C'est toi qui n'es pas logique. Explique-toi. Comment as-tu pu te retrouver dans cette situation avec James et ce…

— Joaquin.

Nore se fourra une poignée de pop-corn dans la bouche.

— J'essaye encore de comprendre comment ma vie en est arrivée là. Je ne pensais pas un instant que je reverrais Joaquin. Quant au fait qu'il soit le frère de James… C'est horrifiant, tu imagines. Et James a fait une scène odieuse devant tout le monde, en plus.

— Mon Dieu ! James...

Tatum esquissa une moue de dégoût et leva son verre.

— Il donne envie de se pinter. Ça tombe bien, j'ai de quoi faire.

— Oh ! Il était sacrément en forme, Tate.

Nore sentit sa colère se réveiller.

— Il a commencé par nous foutre la honte, à Bastian et à moi. Ensuite il a eu l'audace de me demander de refuser le contrat. Je suis censée refuser du travail à cause de ses disputes. Alors qu'il ne fiche jamais rien.

Tatum secoua la tête et se versa un autre verre.

— Il devrait être reconnaissant pour chaque nouveau client qui lui met de l'argent dans les poches sans qu'il fasse rien. Même pour son frère. Enfin, son demi-frère, James met un point d'honneur à le préciser. Mais il est hors de question que je lâche ce client. Si moi je peux gérer ce... malaise, James le peut aussi. En outre on y gagne tous les deux. Joaquin paye le double des honoraires habituels. Ce qui me permettra, avec mes économies, de racheter les parts de James dans Main Event. Et de me libérer enfin de lui, murmura-t-elle.

— Oh ! Nore !

Malgré les milliers de kilomètres qui séparaient Seattle de Boston, Nore détectait facilement la compassion et l'amour dans les yeux de Tatum.

— Tu l'as aimé, reprit-elle. Tu lui faisais confiance. Il allait être ton mari, pourquoi aurais-tu douté qu'il ferait un bon partenaire professionnel ? Arrête de te flageller, lâche un peu.

— J'essaye.

Nore prit son verre de vin, qu'elle fixa sans le boire.

— Mais chaque fois qu'il revient au bureau après un déjeuner de quatre heures ou que je l'entends se vanter de son poste de directeur des opérations de ma société... ou que je dois renoncer à donner une promotion à Bastian à cause de ce poids mort...

Nore, honteuse, ne levait plus les yeux.

— Je suis la seule responsable de tout ça.

— Tu as fait une erreur. Regarde-moi, ma chérie. Personne n'est parfait, et tu as droit à l'erreur. Arrête de te flageller ! Bastian ne t'en veut pas. Personne ne t'en veut, à Main Event. Tout le monde t'aime, sinon ils seraient tous partis depuis longtemps. Comment je le sais ? En deux mots : James Whitehead. Pour le supporter lui, ce trou du cul, c'est qu'ils t'aiment et te respectent, toi.

— T'as dit : « trou du cul », dit Nore la voix humide de larmes, dans un demi-sourire.

Tatum leva un sourcil, se redressa et en un clin d'œil redevint une princesse de la haute société.

— Ma chérie, les circonstances l'exigeaient.

Une seconde plus tard, la princesse disparaissait à nouveau, cédant la place à la copine de fac.

— Je comprends que ce ne soit pas simple à accepter. Mais ça sert à ça, une meilleure amie. Je le répéterai jusqu'à ce que tu me croies.

Nore cligna des yeux pour tenter de juguler ses larmes et plongea le nez dans son verre de merlot.

— Assez parlé de moi, dit-elle en se raclant la gorge. Plus que deux mois avant le mariage. Raconte-moi tout, est-ce que ta mère te rend folle ?

— Absolument.

Tatum gloussa.

— Je t'ai dit ce qu'elle a fait avec le traiteur ?

Pendant une demi-heure, elles discutèrent de l'organisation du mariage et des caprices de la mère de Tatum. Lorsqu'elle lui raconta qu'elle avait failli en venir aux mains avec la fleuriste, Nore se tordit de rire.

— Je ne te mens pas, Nore, dit Tatum entre deux gloussements. Maman tenait ce lys au-dessus de sa tête comme une massue, prête à la frapper. J'ai cru que la fleuriste allait appeler la police.

Elle essuya une larme de rire.

— Je te jure, la seule chose qui ne l'a pas fait criser, c'est la robe. Pour l'instant.

— Ce n'est pas possible, ça, elle est tellement belle, précisa Nore.

Mais Regina Haas était capable de tout, y compris de s'en prendre à des orphelins ou à des chatons. Elle ajouta :

— Oh ! merde ! Elle va probablement refuser que tu portes la broche. « Ma chérie, ça casse la ligne de la robe », dit-elle en imitant la voix de la mère de Tatum.

— Je ne devrais pas rire, dit Tatum en s'esclaffant. Non, elle ne gagnera pas cette bataille-là. Tu m'as acheté ce magnifique bijou, et je le porterai. Il est tellement...

Elle s'interrompit et fit une moue bizarre.

— Quoi ? Qu'est-ce qu'il y a ?

— C'est toi qui l'as.

— Euh... oui. Tu en es à combien de verre, là ?

— À en croire la légende, celle qui la détient rencontrera son âme sœur. La voie sera semée d'embûches, mais elle trouvera le véritable amour.

— Je me rappelle. Et alors ? demanda Nore en débouchant une bouteille d'eau.

Elle avait un rendez-vous le lendemain, pas question d'y aller avec une gueule de bois.

— Aloooors...

Tatum s'arrêta, fixant Nore, et quand celle-ci haussa les épaules, elle reprit en ouvrant les bras :

— Alors tu n'as pas envisagé que la magie de la broche était en train de travailler pour toi ? Peut-être que Joaquin, le salon VIP, le fait qu'il soit ton client, tout ça n'est pas une coïncidence...

— Oh ! on se calme !

Nore rit et avança les mains vers l'écran.

— Ça fait beaucoup. Et c'est pour toi que j'ai acheté cette broche, pas pour moi.

— Tu crois que la magie ne peut fonctionner que pour une personne ? Je ne crois pas que ça marche comme ça.

— Peut-être pas, mais pour moi de toute façon c'est fini. Et ça me va très bien. Concentrons-nous sur ton conte de fées, et laisse-moi juste être là.

Son histoire avec James n'avait fait que confirmer ce dont elle se doutait – les femmes de la famille Daniels n'étaient pas faites pour les relations longue durée. Et étaient abonnées aux toxiques. Combien de fois Nore avait-elle ramassé sa mère après que son énième mec l'avait laissée tomber ? C'était toujours la même chose : euphorie, mépris, tromperie, violence, abandon.

James n'avait pas levé la main sur elle, mais il y avait eu d'autres choses. Notamment la tromperie. En tout cas elle le soupçonnait. Et il n'avait pas été le premier à mal la traiter. Contrairement à sa mère qui était encore au point de rupture avec un tocard, Nore avait fait le ménage dans sa vie. Les montagnes russes, c'était fini pour elle.

— D'accord, murmura Tate.

— Tate...

— Quoi ? j'ai dit : « D'accord. »

Nore avisa l'expression un peu trop innocente de son amie, et son ton trop conciliant.

— Je te connais depuis onze ans et je sais que tu dis ça pour me faire plaisir.

— Je te jure, je laisse tomer.

Elle posa son verre sur la table et s'étira.

— Il faut que j'aille me coucher. Je vois papa demain matin. Il va me falloir le plus de repos possible pour gérer ça.

— Moi aussi. Nous, demain, on va visiter les locaux de Greer Motorcycles.

Et ce n'était pas du tout un frisson d'excitation qui la parcourait à cette idée.

Non, pas du tout.

Tatum sourit jusqu'aux oreilles.

Nore la regarda de travers.

— À quoi tu penses ?

— À rien, juste...

Tatum gloussa.

— Tu sais ce que tu as ?

— Mon Dieu ! Non, quoi, dis-moi ?

— Le sens de la famille. Tu t'es tapé deux frères, quand même.

Elle pouffa.

— Pourquoi est-ce que je suis encore copine avec toi ? répondit Nore.

Et elle se mit à rire avec Tatum ; c'était bon.

7

— Combien de motos produisez-vous en série par an ?

Bastian ne pouvait dissimuler l'excitation dans sa voix en posant la question à Bran Holleran, tout en enlevant son casque de chantier à la sortie de l'usine de Greer Motorcycles.

— C'est une idée fausse, le corrigea Bran en enlevant son propre casque et en passant la main dans ses cheveux poivre et sel. Nous ne les produisons pas en série, nous les fabriquons sur mesure. Nos clients nous disent ce qu'ils veulent spécifiquement comme moto, payent des arrhes, et nous la fabriquons. Nous en produisons entre 200 et 300 par an. La KING One va faire s'envoler ce chiffre.

Nore sourit ; elle voyait distinctement les motos virevolter dans la tête de Bastian. C'était vraiment son truc, il avait adoré la visite de l'usine. On aurait dit Belle valsant dans la bibliothèque de la Bête. Elle n'aurait pas été étonnée qu'il se mette à chanter.

— Si vous avez le temps, je peux vous montrer un prototype de la KING One.

Bran désigna des portes vitrées du menton.

— On a un circuit là derrière, on est en train de la tester.

— Il n'en peut plus, on ne va pas réussir à le tenir, plaisanta Nore.

— Ne te moque pas, répondit Bastian en lui jetant un regard de côté. Elle n'a pas tout à fait tort cela dit, ajouta-t-il en se tournant vers le cofondateur de Greer. Oui, j'adorerais.

Un grand sourire aux lèvres, Bran lui indiqua le chemin.

— Par ici. On va te prêter une combinaison.

— Ce serait génial.

Bastian s'arrêta, regardant Nore.

— Ça te va ?

— Bien sûr. C'est pour le travail.

Elle agita la main.

— Amuse-toi bien.

— Si tu veux on peut prendre un café dans mon bureau en attendant qu'ils aient terminé. Ou on peut aller les regarder. Comme tu veux.

Cette voix vibra en elle et fit palpiter toutes ses zones érogènes, connues et inconnues. Nore se mordit la lèvre et ferma brièvement les yeux avant de se forcer à sourire et de se retourner pour se retrouver face à Joaquin.

— Café, merci.

— Suis-moi.

L'ordre aurait dû être facile à suivre. Mais vu qu'il était vêtu d'un costume qui le moulait de partout, ça allait être compliqué. Tout comme prendre un café avec lui dans une petite pièce. Se concentrer pour le suivre dans l'escalier. Boire ledit café tout en gardant une bonne distance de sécurité entre eux.

Tout allait être compliqué.

Elle huma son café en avisant l'usine animée, aussi impressionnée que pendant la visite.

— Joaquin, c'est incroyable ce que tu as construit ici. Tu dois être fier.

Elle ne le regarda pas mais le sentit venir vers elle. Son odeur profonde la pénétra, et elle l'inhala avec plaisir, comme lorsqu'elle avait émané de sa peau humide.

Impossible d'échapper à ces souvenirs.

En avait-elle d'ailleurs vraiment envie ?

Oh non ! pas question d'aller par là !

— Je le suis, oui.

Elle attendit, mais rien d'autre. Elle pouffa.

— Tu es bavard, dis-moi !

— Je ne vais pas jouer la fausse modestie. Et ça ne veut pas dire que Bran, Shorty, moi et un tas d'autres gens, on ne s'est pas donné un mal de chien pour faire de Greer ce qu'elle est aujourd'hui.

Elle hocha la tête et risqua un regard vers lui. Pendant les deux jours précédents, elle avait tenté de se convaincre qu'elle avait imaginé ce magnétisme animal. Mais en voyant ces yeux d'argent, ces épais sourcils au-dessus de son nez aquilin, cette bouche sensuelle et son piercing sexy qui détonnait tant avec son costume du businessman…

Elle ne pouvait nier l'existence de cette attraction.

— C'est évident. Tout comme le fait que votre équipe fonctionne et que tout le monde te respecte. Ça en dit beaucoup sur toi.

Elle balaya du regard le bureau et l'usine en contrebas.

— C'est fou ce que tu as fait en dix ans. Pour certains, toute une vie n'y aurait pas suffi.

Il leva le menton.

— Tu as fait la même chose. Lancé ta boîte à vingt-trois ans avec un petit emprunt remboursé en trois ans. Et ta société d'organisation d'événements est l'une des plus réputées de l'État.

La surprise papillonna au creux de son ventre.

— Tu as fait tes recherches !

— Toujours, quand je travaille avec quelqu'un.

La pression qui s'était imposée dans sa poitrine depuis que James avait accusé Joaquin d'avoir recours à Main Event uniquement pour le faire chier s'allégea.

— Qu'est-ce qui se passe ? murmura-t-il en s'appuyant contre la fenêtre.

— Comment ça ?

Il la dévisagea, s'attardant sur sa bouche avant de revenir vers ses yeux. Elle sentit une tension familière naître entre ses cuisses.

Ne pas bouger, ne pas serrer les jambes pour se soulager.

— Tu viens de penser à quelque chose. Et contrairement à ce que tu crois peut-être, tu n'es pas tellement douée pour le cacher. Mais tu n'es pas obligée d'en parler.

Il était toujours si direct.

— Honnêteté ? demanda-t-elle en faisant délibérément référence à la soirée qu'ils étaient tous deux convenus d'oublier.

Alors que c'était elle qui lui avait demandé de laisser le passé où il était.

Il allait falloir qu'elle se décide.

— Toujours, dit-il.

Le souvenir de la dernière fois qu'ils avaient prononcé ces mots la traversèrent. De ce qui s'était passé ensuite. De ce qu'ils avaient partagé, et qu'elle ne connaîtrait sans doute plus jamais.

Recommencer avec cet homme... ce serait jouer à la roulette russe. Et elle n'était pas tellement douée pour les jeux de hasard.

Elle s'arracha à son regard brûlant et se tourna vers la fenêtre. C'était plus sûr.

— Si tu as fait des recherches, tu t'es donc adressé à mon entreprise parce que tu penses que nous sommes capables de faire ce que tu attends de nous. Et pas à cause...

Elle hésita, et poursuivit :

— Pas à cause d'un lien avec James.

— Tu me crois capable de saboter mon lancement, et donc mon entreprise, juste pour emmerder James ?

Il esquissa un demi-sourire et glissa les mains dans ses poches.

— C'est plutôt James qui me croit capable de ça. Je me trompe ?

— Il a... un avis bien arrêté sur tes raisons de faire appel à Main Event, admit-elle en regrettant d'avoir abordé ce sujet.

Le sourire de Joaquin devint carnassier.

— Laisse-moi éclaircir un ou deux trucs, Nore. Mon équipe a fait des recherches sur ton entreprise, c'est vrai. Mais James doit être la discrétion incarnée, parce que si j'avais su qu'il avait le moindre lien avec vous, je ne vous aurais jamais engagés. Quelles que soient vos qualités.

Il pencha la tête.

— Ce qui me conduit à te demander quel est le rôle de James exactement. Parce qu'il est hors de question qu'il s'approche de mon projet, de près ou de loin. Je sais qu'on ne connaît pas le même James. Tu lui fais confiance. Pas moi. Si ça te pose un problème, tu dois me le dire maintenant, et on peut annuler le contrat.

— Ça ne sera pas un problème.

Pour une raison inexplicable, ne pas tout raconter à Joaquin de sa relation avec son demi-frère lui semblait être une trahison.

Elle voulait lui dire qu'elle avait vendu une partie de sa société pour un rêve. Qu'elle n'avait aucune confiance en James. Qu'elle ne le laisserait jamais s'approcher de cette mission. Jamais.

Mais les mots restaient coincés dans sa gorge, parce qu'admettre tout cela la ferait passer pour une idiote. Une idiote aveuglée par l'amour.

Rien que d'y penser la tuait. Alors le dire à haute voix, et voir la pitié ou, pis, le dégoût sur le visage de Joaquin ?

Elle ne pourrait pas le supporter. C'était sûrement sa fierté qui parlait, mais tant pis. Au cours des mois précédents, sa fierté avait été sa seule compagne fiable.

— Je peux te poser une question ? demanda-t-elle enfin

Elle vit du coin de l'œil qu'il hochait la tête, se tourna vers lui mais préféra pour plus de sécurité se concentrer sur sa barbe.

Puis elle se rappela comment celle-ci lui avait enflammé les seins et les cuisses tandis qu'il la dévorait…

Bon sang ! rien n'était jamais innocent avec ce type.

— Ça a été difficile d'abandonner la course pour lancer Greer ? J'ai cru vaguement comprendre que ça n'a pas été une promenade de santé.

— C'était génial.

Elle plissa le nez.

— Il faut vraiment que tu travailles sur ce problème d'estime de toi.

Il ne sourit pas mais la lueur qui passa dans ses yeux eut l'effet pervers d'accélérer son pouls. Si cet homme lâchait tout son pouvoir de séduction sur elle, elle pourrait bien en perdre la tête… et sa culotte.

Encore une fois.

— Je t'ai dit que la fausse modestie, ce n'était pas mon truc, dit-il en traversant la pièce pour aller jeter son gobelet de café à la poubelle. Je n'avais pas le gabarit des pilotes ordinaires, ce qui aurait dû être une limite à ma pratique, mais qui ne l'a pas été. J'ai commencé à courir sur route avec la CMRA à dix-sept ans, mais ça faisait déjà un bail que je faisais des courses. J'ai commencé à onze ans.

— Mon Dieu ! s'exclama Nore. Ta mère devait être ravie.

Il la regarda un long moment.

— Tu as raison, elle ne l'était pas. Mais pas pour les raisons auxquelles tu penses. Je n'ai pas hérité que du physique de mon père, mais aussi de son amour des motos. Et si ma mère avait pu effacer le tout, elle l'aurait fait. Mais comme j'avais cinq ans quand elle a rencontré Scott, le père de James, elle n'a pas pu prétendre qu'il était mon père. Mais elle a pu me cacher tout le reste – mon histoire, tout ce qui concernait la seconde moitié de mon ADN. Y compris l'origine de mon goût pour les motos. Elle prétextait que c'était parce que je fréquentais le frère de Scott, qui tenait un garage. C'est vrai que c'est là que j'ai commencé, mais mon amour de la moto ? Cette passion, ce don ? Je les tiens d'un père qu'elle s'est efforcée d'évincer de ma vie.

— Où était-il ? murmura-t-elle, le plus doucement possible.

Elle ne voulait pas risquer de le braquer, de l'empêcher de se confier à elle. Il était d'un grand intérêt professionnel qu'elle en sache le plus possible sur son client. Pour plus d'efficacité. Pour...

Bon, d'accord, elle se cherchait des excuses pour en savoir plus sur cette énigme faite homme.

— Mon père ?

Ses yeux se durcirent, renforçant les traits aigus de ses pommettes, la ligne carrée de sa mâchoire sous sa barbe blond foncé.

— Mort.

La compassion pour le petit garçon qu'il avait été lui glaça le cœur.

— Oh ! Joaquin, fit-elle dans un murmure.

Elle brûlait de lui toucher les joues, de lui caresser la poitrine, de poser les mains sur son cœur.

Elle non plus n'avait pas eu de père dans sa vie ; il avait quitté sa mère avant sa naissance. Et Nore avait toujours eu la sensation qu'il lui manquait quelque chose… qu'elle avait quelque chose en moins. Une part d'elle avait pleuré un homme qui se fichait éperdument d'elle. Elle pouvait imaginer la douleur de perdre un père.

Soudain il eut un rictus qui plomba son empathie. Il avait les poings serrés dans ses poches.

— Ma mère m'a dit que mon père était mort, mais ce qu'elle voulait dire c'est qu'il était mort pour elle.

Il ne souriait plus, et son regard s'était assombri.

— Elle m'a menti dès que j'ai été assez grand pour qu'on en parle, m'a dit que mon père était mort dans un accident de voiture avant mes deux ans. Alors qu'ils s'étaient séparés et qu'elle avait refusé qu'il me voie.

Son esprit tenta d'intégrer toutes ces révélations, de concilier l'image d'actes si… cruels avec la femme qu'elle avait rencontrée tant de fois au cours des trois années où elle était sortie avec James. Certes, Mona Whitehead pouvait se montrer entêtée et aimait tout contrôler, mais ça ? Ça ?

Incrédule, elle secoua la tête sans même s'en rendre compte et entendit un petit rire narquois.

— Quoi ? C'est difficile à croire, c'est ça ? Pourquoi la si gentille et aimante Mme Scott Whitehead aurait-elle fait une chose aussi atroce que mentir à son propre enfant et lui faire croire que son père était mort ? C'est moi qui dois mentir, ou avoir mal compris.

Il secoua la tête.

— « Ton père a pris le volant alcoolisé, a grillé un feu rouge et s'est encastré dans un camion. » C'est plutôt clair, pourtant.

Elle le croyait. Elle était incapable de dire pourquoi. Peut-être le mince filet de colère… ou de douleur qui perçait dans sa voix. Peut-être parce qu'il n'était même pas en train d'essayer de la convaincre.

Elle le croyait.

Et ça la rendait malade.

— Comment as-tu découvert la vérité ? demanda-t-elle tout bas.

D'une voix toujours aussi tranchante, il répondit :

— À dix-huit ans, j'ai engagé un détective privé pour retrouver ma famille paternelle. Ma mère disait qu'il n'en avait pas, mais ça faisait longtemps que je prenais plus tout ce qu'elle disait pour parole d'évangile. Elle avait dit la vérité sur un point, cependant : il n'avait plus de famille. En revanche, lui, il était toujours vivant.

— La vache ! Ça a dû être un sacré choc. Pour toi et pour lui.

Il hocha la tête.

— Surtout pour moi, car mon père savait que j'étais en vie. Mes parents s'étaient rencontrés en Virginie. Vers mes deux ans, il a eu des problèmes et est allé en prison. Quand il en est ressorti trois ans plus tard, elle avait pris la poudre d'escampette. Le temps qu'il trouve un travail, retombe sur ses pieds et gagne assez d'argent pour engager un détective privé pour nous retrouver, ma mère avait épousé Scott, James était né, et elle avait trouvé un avocat qui a menacé de ressortir tous les dossiers de mon père pour prouver qu'il était inapte en tant que père. Elle voulait qu'il disparaisse totalement de ma vie, comme s'il n'avait jamais existé.

— Et il a cédé ?

L'incrédulité et la colère se mêlaient en elle.

— Il a fait tout ça pour te retrouver, et il a cédé à ce chantage ?

— Je n'étais évidemment au courant de rien. Ma mère m'a tout caché, et à la fin j'avais quatorze ans. Il n'avait plus d'argent, ne pouvait plus se battre, et il s'est dit que je viendrais à lui quand je serais grand. Évidemment, il ignorait que je le croyais mort.

— Mon Dieu ! mais c'est...

— Tordu ?

— J'allais dire : « surréaliste », mais oui, « tordu » c'est le mot.

Nore posa son café froid sur la table derrière elle.

— Tu n'es pas obligé de faire ça, Joaquin.

Elle se rapprocha de lui, mais s'arrêta en voyant son regard. Que voulait-elle faire ? Le toucher ? Le réconforter ? Ce n'était pas parce qu'elle l'avait vu jouir qu'elle en avait le droit. Et il était son client. Il y avait entre eux une ligne qu'il était dangereux de franchir.

— Ce ne sont pas mes oignons, alors ne te sens pas obligé...

Elle s'interrompit, tandis que Joaquin la regardait toujours plus intensément.

— Pas tes oignons ? demanda-t-il à voix basse. On peut prétendre entretenir des relations strictement professionnelles, mais la vérité c'est qu'il y avait autre chose entre nous avant même qu'on baise dans ce club. On a même été à deux doigts d'être de la même famille, pas vrai ?

Le coin de sa bouche, celui au piercing, se plissa.

— Alors oui, Nore, ce sont tes oignons.

Elle se mordit la lèvre inférieure. Sa question à venir était ridicule, elle le sentait.

— Ça ne te fait pas mal d'en parler ? Parfois il vaut mieux laisser certaines choses derrière soi. Les ressasser leur donne un pouvoir sur nous qu'elles ne méritent pas.

Elle était bien placée pour le savoir. Elle n'avait qu'à visiter le cimetière de ses relations passées pour voir surgir le motif des dysfonctionnements dont elle avait été témoin toute son enfance. À quel point était-ce pathétique qu'elle ait compris le problème, juré de ne jamais s'abaisser à mendier l'amour et fini par renoncer à la moitié de son entreprise juste pour être aimée ?

— Je pourrais presque croire que c'est une question sincère, murmura-t-il en la regardant, la tête penchée, comme si elle appartenait à une espèce curieuse et inconnue.

— Presque, oui, répondit-elle sur le même ton.

Ça lui apprendrait à être sentimentale.

— Tu n'as pas besoin de faire semblant avec moi, Nore. La compassion, la gentillesse, les faux-semblants...

Il agita la main, comme pour éloigner ces sentiments qu'il énumérait, de la même façon qu'il le ferait avec des insectes agaçants.

— On n'en a pas besoin pour travailler ensemble. Je ne te raconte pas tout ça pour que tu me prennes pitié.

— *Pourquoi* me racontes-tu tout ça, alors ?

À cet instant, elle lui en voulait de lui avoir montré une part cachée de lui, pour le lui reprocher juste après.

— Pour que tu saches qui je suis. Ce qu'est cette entreprise. Pour que tu comprennes pourquoi ce lancement ne peut pas échouer. Tu dis qu'il faut laisser certaines choses dans le passé ; moi, je suis mon passé. Quand on a été privé de qui on était pendant l'enfance et l'adolescence, on passe le reste de sa vie à vouloir l'incarner. Cette entreprise existe parce que je ne pouvais pas me détacher d'un sport qui me liait avec mon père, même après que des blessures m'ont empêché de piloter en pro. Ce lancement doit être une réussite, parce que cette moto, c'est l'héritage de mon père. Elle porte son nom. C'est un hommage que je lui rends.

— King, murmura-t-elle. Il s'appelle King.

Il hocha doucement la tête.

— C'était son nom de coureur. Son nom de baptême, c'était Joaquin, comme moi. Ce qui explique pourquoi ma mère refuse de m'appeler comme ça. Tout le monde l'appelait King. C'était le seul nom auquel il répondait.

Répondait ?

— Ton père...

Elle ravala le frisson d'horreur qui lui montait dans la gorge.

— Ton père, reprit-elle. Il n'est pas... Tu dis l'avoir découvert à dix-huit ans...

— J'ai eu quatre ans avec lui avant qu'il meure dans un accident de moto. J'avais vingt-deux ans.

Il avait la voix dure, et elle détourna le regard avant qu'il puisse y voir la compassion dont il ne voulait pas, comme il venait de lui dire.

Mais elle n'était pas assez forte, ou assez indifférente, pour ne pas le toucher.

Malgré son cœur battant la chamade, elle s'approcha de lui. Il la regardait, sa bouche sensuelle étirée en une ligne fine et tendue, mais resta muet. Il ne lui demanda pas ce qu'elle faisait. Ne lui ordonna pas d'arrêter.

Alors elle n'arrêta pas.

Les doigts et le sexe de cet homme avaient été en elle, et pourtant elle se sentait plus stressée à cet instant que dans le salon VIP. Avec ce qu'ils venaient de partager... le moment semblait encore plus intime.

Elle le rejoignit et s'arrêta à côté de lui.

Sans le regarder, elle glissa la main dans la sienne et la referma. La tension qui vibrait dans le corps immobile de Joaquin les enveloppa. Ou peut-être vibrait-elle, elle aussi. La pièce sembla s'emplir d'un bourdonnement à la saveur particulière, comme épicée.

— Je suis désolée, Joaquin, dit-elle.

Lorsqu'il referma les doigts autour des siens, quelque chose se noua dans le ventre de Nore. Elle sentit comme une vague de chaleur et ferma les yeux, repoussant l'attrait érotique qu'elle ne pouvait nier mais qui n'était pas du tout le bienvenu.

— Je n'ai pas eu de père, et tant de fois j'ai souhaité pouvoir passer un jour, une heure, cinq minutes avec lui. Toi, tu as eu quatre ans. Ce devait être un type bien s'il a eu un tel impact sur toi. Je suis vraiment désolée que tu n'aies pas pu en profiter davantage. Je suis mieux placée que personne pour savoir ce que tu as manqué.

Il ne répondit pas.

Pendant un instant, il garda les doigts autour des siens, puis les serra avant de lâcher sa main.

— Laisse-moi te conduire au circuit pour que tu constates par toi-même les performances de la KING One.

Leurs regards se croisèrent, et si elle avait cru qu'elle y verrait une émotion plus douce, elle fut très vite ramenée à la réalité par son expression lointaine et dure comme l'acier.

— Ça te donnera peut-être des idées pour le lancement, ajouta-t-il.

Elle hocha la tête, dévastée par la déception. Bon sang ! Elle se détestait d'accorder tant d'importance à ce qu'elle ressentait. De lui en accorder, à lui.

Parfois c'était vraiment chiant d'être la fille de sa mère. Elle se força à sourire et indiqua la porte.

— Après toi.

Il traversa la pièce d'un pas décidé, et elle le suivit, pressée de quitter le lieu de son humiliation. Il ouvrit la porte, mais au moment de sortir s'arrêta net sur le seuil.

— Nore ?

— Oui ?

Elle fronça les sourcils, les yeux braqués au milieu de son dos.

— Merci.

Et il sortit.

8

Joaquin entra dans son garage, éteignit le moteur et resta assis au volant de son Aston Martin pendant un long moment. Pour une fois, il ne se réjouit pas de voir les étagères bien rangées, les murs couverts d'outils et de pièces détachées, sa collection de motos et ses deux autres voitures. Pour la première fois depuis l'achat de sa maison à Medina, il ne ressentait pas cette incroyable sensation de paix en rentrant chez lui après le travail. Pas la peine d'être Sherlock Holmes pour comprendre pourquoi.

Nore Daniels. Plusieurs heures s'étaient écoulées depuis qu'elle avait quitté l'usine, mais dans son esprit elle était toujours là. Pas moyen de l'en déloger. Et ça n'avait pas été faute d'essayer. Mais il n'avait pas eu plus de succès cet après-midi-là qu'au cours du dernier mois.

Merde !

Il se frotta le front, mal à l'aise. Il avait la gorge serrée depuis le matin. Rien ne pourrait effacer le péché capital qu'il avait commis un peu plus tôt.

Il avait parlé de son père. Alors qu'il s'était juré de ne *jamais* le faire.

Le maximum qu'il en avait jamais révélé, c'était lorsqu'il avait dit à Bran et à Shorty qu'il donnerait son nom à la moto électrique. Sans plus de détails. Mais avec Nore...

Il se frotta le visage sans douceur. Avec Nore, il s'était confié comme s'il avait été chez le psy.

C'était la première fois, et c'était involontaire. Et ça le gonflait, vraiment.

Le doute et la prudence lui hurlaient : « Mais qu'est-ce que tu fous, bordel ? » Dans son univers, la confiance était une denrée rare et précieuse, difficilement acquise et rarement accordée. Et il venait de confier des informations qui lui étaient précieuses comme il aurait distribué des bonbons pour Halloween.

Il ne pouvait pas mettre ça sur le compte de ce magnifique visage, de ces adorables grands yeux dorés, de ces pommettes hautes et de cette bouche impure, non. Ni l'imputer aux courbes dangereuses de ce corps que ses mains et sa langue avaient si bien cartographiées qu'elles étaient gravées dans son esprit. Non, il avait déjà couché avec des femmes superbes auparavant. Et le sexe avait été incroyable – pas aussi ébouriffant qu'avec Nore, mais très bien. Et personne ne lui avait délié la langue ni ne l'avait conduit à dévoiler ses secrets.

Personne, sauf Nore Daniels. L'ex de son frère.

Comment était-ce arrivé ? Comment expliquer cette imprudence avec elle ? Lorsqu'il n'était pas à moto, il était le plus prudent des hommes, surveillait chacun de ses mots, de ses gestes, de ses respirations pour ne pas se trahir. Quand on avait grandi dans sa famille, c'était une seconde nature.

Il n'avait été capable de relâcher cette pression qu'avec très peu de gens – son père, Bran, Shorty... pas Nore Daniels.

Et puis elle lui avait pris la main.

Ses doigts fins et délicats s'étaient accrochés aux siens tandis que sa voix douce et rauque avait exprimé la peine qu'elle avait *pour lui*.

Une poigne de fer lui serra le cœur, en même temps que son sexe réagissait à certains souvenirs.

Il était incapable de lui échapper.

Son téléphone sonna, et quand il vit le numéro qui s'affichait, il sentit ses tripes se contracter. Il envisagea de ne pas répondre.

Il ne croyait pas aux prémonitions, mais il ne pouvait nier que la coïncidence était troublante.

C'était sa mère.

La plupart des gens se réjouissent quand la femme qui leur a donné le jour les appelle ; lui avait envie de jeter son téléphone au fond du lac le plus proche et qu'un monstre marin le gobe.

Il pourrait l'ignorer. Mais il connaissait Mona Whitehead. Elle n'abandonnerait pas. Pas si elle avait une idée en tête. Elle finirait par se pointer, et c'était bien la dernière chose dont il avait envie. Mieux valait répondre.

Les dents serrées à se faire mal, il décrocha.

— Maman, dit-il platement.

— Nathan.

Entendre son deuxième prénom lui donnait l'impression de devoir supporter le bruit des ongles sur un tableau noir. Parce que chaque fois qu'elle l'appelait ainsi, cela lui rappelait à quel point elle détestait une part de lui.

— Que puis-je faire pour toi ? demanda-t-il.

Elle ne faisait pas semblant de s'intéresser à lui, et c'était réciproque.

— Tu m'expliques pourquoi tu es allé embêter ton frère jusque dans son entreprise ? jappa-t-elle.

— C'est comme ça qu'il t'a présenté les choses ? Intéressant.

Un sourire sans joie lui crispa les lèvres.

— Qu'est-ce qu'il était censé me dire ? demanda sa mère dont la voix était montée d'une octave. C'est la vérité. Tu es venu à son bureau, oui ou non ? Tu as pris contact avec sa partenaire, oui ou non ? C'est petit, Nathan. Ça ne te suffit pas d'avoir ta propre boîte et de refuser d'aider ton frère, tu veux saboter la sienne ? Où est-ce que je me suis plantée, avec toi ?

Il attendit la fin de la diatribe. Malgré les années et l'habitude, il n'avait pas réussi à se blinder complètement, et ses propos acides le brûlaient encore.

Mais il se demandait toujours ce qu'il avait bien pu faire, à part être le fils de son père, pour mériter une telle hostilité. Trente-cinq ans de mystère.

— Oui, sa partenaire organise un événement pour ma société. James a omis de t'informer que j'ignorais qu'il travaillait pour Main Event quand je les ai engagés. Ils ont déjà organisé un événement pour moi il y a un mois, et il n'y a pas participé, donc je ne vois pas comment j'aurais pu savoir qu'il travaillait avec eux.

— James dit que ce prétendu événement pour lequel tu les as engagés pourrait être organisé par n'importe qui. Maintenant que tu sais que ton frère est propriétaire de Main Event, tu peux facilement te rétracter.

— Encore une fois, on t'a mal informée, dit-il en prenant une profonde inspiration pour se forcer à parler d'une voix calme.

James était doué pour lancer leur mère dans la bataille. Il serait toujours un fils à maman. Surtout sachant qu'elle prendrait toujours son parti.

— Ce n'est pas une simple fête, et on a des délais serrés. Sa partenaire est douée, elle sait ce qu'elle fait, et j'ai besoin des meilleurs. Donc je n'irai pas voir ailleurs juste parce que James est mal à l'aise.

— Tu n'as jamais pensé qu'à toi. Comme ton père.

L'uppercut final.

Encore une fois, ce n'était pas nouveau. Mais ça faisait mal, chaque fois. Parce que dans sa bouche c'était une insulte. Une manière de salir King et Joaquin.

— Je suis désolé que tu aies une aussi mauvaise opinion de moi, ce qui ne m'empêche pas d'être fier d'être le fils de mon père. Tu as autre chose à me dire ? J'ai du travail.

Il allait falloir qu'elle raccroche avant qu'il se mette à taper sur le volant. Ses seules victoires avec sa mère avaient été de ne pas la laisser voir à quel point ses mots l'affectaient. Pas question de lui faire ce plaisir.

— Ce n'est pas parce que tu as réussi et que tu t'es payé une belle maison que je vais te laisser persécuter ton petit frère sans réagir. Tout cet argent, et tu es encore jaloux de lui. C'est triste, Nathan.

La communication s'interrompit, et il ferma les yeux, restant sans bouger pendant plusieurs secondes. Sa main se crispa avec force autour du téléphone. La douleur lui fit lâcher prise ; il baissa le bras, et l'appareil tomba sur le siège passager.

Une part de lui savait que répondre à ses appels était une forme de flagellation. Un dysfonctionnement qu'il était incapable de comprendre mais dont il ne pouvait nier l'existence. Il avait, quelque part, l'impression de mériter les mauvais traitements qu'elle lui infligeait.

Une autre partie de lui, plus faible, acceptait l'idée qu'il répondait parce qu'il voulait être aimé.

Oui, il était un putain de paradoxe ambulant.

— Chier ! grommela-t-il.

Il sortit de la voiture, plombé par cette conversation.

Les grands arbres qui entouraient sa maison sur deux niveaux semblaient la protéger et lui donner un air un peu surnaturel. Avec, ses portes-fenêtres ouvragées, ses terrasses en brique – dont une très grande orientée vers le soleil levant – et un quai donnant sur le lac Washington, sa maison était un abri loin des tempêtes de l'existence. Mais en pénétrant dans l'entrée aux poutres apparentes, tandis que ses pas résonnaient sur le parquet, sa poitrine restait oppressée par la colère et ses épaules raidies par la tension.

Il traversa d'une traite le salon, la salle à manger et la cuisine et passa directement sur le ponton donnant sur le lac. Il s'y débarrassa de sa veste, de sa chemise, de ses chaussures et plongea, laissant l'eau glacée l'avaler tout entier. Il mit de longues secondes à revenir à la surface, savourant l'obscurité qui l'enveloppait jusqu'à ce que ses poumons menacent d'exploser.

Lorsque sa tête jaillit de l'eau, il inspira une longue goulée d'air. Il laissa sa tête aller en arrière, contempla le ciel et… lâcha prise.

9

Nore jeta un œil à son téléphone. 13 h 32.

Il n'avait que deux minutes de retard.

Elle recula d'un pas et regarda le bâtiment de brique au bord de l'eau. En plein jour, la structure de trois étages ne payait pas de mine. Mais elle avait été à l'intérieur, et...

Elle regarda de nouveau l'heure, trépignant d'impatience et d'angoisse.

Au cours des deux semaines écoulées depuis la réunion avec Joaquin, Bran et Shorty, elle avait organisé des visites de plusieurs lieux. Et chaque fois Joaquin avait mis son veto. Trop petit. Trop grand. Trop moche. Trop joli. Oui, trop joli, bon sang ! Bon, cette fois, c'était parfait. Restait à espérer que Joaquin serait du même avis.

— Nore.

Elle se retourna, il était là.

Ce n'était pas juste, un P-DG aussi sexy, avec sa barbe, son piercing et ses épaules de lutteur. Pas juste du tout.

— Joaquin, tu es en retard.

Il haussa un sourcil.

— Une réunion qui a débordé. Je te présente mes excuses pour ces trois minutes d'attente.

— Ha ha ha ! Si tu es prêt, nous sommes attendus à l'intérieur.

— Je te suis.

Elle inspira profondément et ouvrit la porte en verre fumé.

Ils pénétrèrent dans une vaste pièce octogonale au magnifique lustre en cristal. Des miroirs et des photographies des années 1920 ornaient les murs vert olive. Des appliques aux ampoules roses projetaient des halos sur le sol en béton. C'était un lieu éclectique et plaisant.

— On est où ? demanda Joaquin.

Elle refoula un frisson.

— Dans un ancien bar clandestin, un *speakeasy*, répondit-elle sans se retourner. Voici la gérante.

Une femme noire d'un certain âge, au visage adorable illuminé par un grand sourire, fit son apparition. Cheveux courts, chemise blanche, pantalon gris à fines rayures et bretelles : elle semblait tout droit sortie de l'époque de la prohibition.

— Bienvenue. Vous devez être Nore Daniels et Joaquin Iverson.

Elle leur tendit la main.

— Je suis Helen Moore, la responsable du Holt's. Merci de venir nous voir. Monsieur Iverson, Mme Daniels m'a expliqué le genre de lieu que vous cherchiez, et je crois que nous avons ce qu'il vous faut. Laissez-moi vous faire visiter, pour que vous vous fassiez votre propre idée.

Pendant la demi-heure qui suivit, Helen Moore leur fit découvrir une grande salle de réception pourvue de deux bars, avec tables hautes et chaises, canapés et scène tout équipée. En face d'un mur orné d'une énorme fresque, une grande verrière donnait sur un jardin privé. Plusieurs autres salons moins grands arboraient eux aussi des scènes, des tables, des canapés et des œuvres d'art.

— Les bars sont fonctionnels, et vous pouvez faire venir votre traiteur ou utiliser le nôtre. Le personnel sert dans tout le domaine, vous pouvez utiliser toutes les pièces.

De retour dans la pièce principale, Helen Moore leur sourit.

— Je vous laisse quelques minutes pour réfléchir.

Elle sortit, non sans avoir demandé au barman de leur servir quelque chose à boire.

Nore se jucha sur un tabouret de bar et sourit pendant qu'on lui servait un verre de vin rouge.

— Qu'en penses-tu ?

Joaquin ne répondit pas immédiatement. Il but quelques gorgées de whisky en laissant son regard balayer la pièce. Nore s'ordonna de cesser de regarder ses lèvres et le va-et-vient de sa pomme d'Adam. Elle brûlait de caresser les deux.

C'est un client. Pas touche à la pomme d'Adam !

— Ce suspense est insoutenable, dit-elle en riant pour cacher sa nervosité.

— Dis-moi ce que tu as en tête, lui intima-t-il.

— Eh bien, ici ce serait le cœur de la fête. Ta liste compte deux cents invités, ça tient facilement. Je suggère que tu fasses venir ton traiteur parce qu'on envisage un menu et des boissons à thème. Sur la scène, on expose la KING One. Et on peut projeter des images de la KING One en action. Les tests, en gros plan. Dans les autres salles, on peut soit exposer d'autres motos, soit les éléments de la KING One qui la rendent unique.

Elle fit une pause pour étudier son expression.

— Bien sûr, si ça ne te plaît pas on peut toujours...

— C'est parfait.

Il y eut un silence.

— Comment ?

Il esquissa un rictus, et elle reprit :

— Pardon, j'avais tout un argumentaire pour te convaincre, et tu m'as coupé l'herbe sous le pied. Mais tu as dit que cet endroit était parfait, donc.

— Absolument.

— Parfait. Tu as dit...

— Nore, murmura Joaquin.

Elle leva les mains et pouffa.

— Pardon, pardon. C'est qu'au bout de mille visites, je commençais à douter de jamais entendre ce mot.

Elle sourit.

— Je suis ravie, j'aime aussi beaucoup ce lieu. Notamment le fait qu'on ne se doute pas de ce qui nous attend, de l'extérieur.

— Oui, c'est comme entrer dans une autre époque, acquiesça-t-il. Et toutes tes idées me plaisent. Particulièrement celle d'installer des pièces de la KING One sur les petites scènes, on pourra même installer des panneaux expliquant à quoi elles servent.

— Ou alors, avoir des membres de ton personnel postés devant, chargés de tout expliquer à tes invités. Ce sera plus chaleureux, plus interactif aussi.

Joaquin se frotta la lèvre inférieure, les yeux fixés sur elle.

— Tu as raison, c'est une bien meilleure idée.

Il sourit, et elle sentit l'excitation gagner sa culotte.

Ne te tortille pas.

— Tu es vraiment très bonne, ajouta-t-il.

L'adjectif glissa sous sa robe émeraude moulante, caressa sa peau, la laissant pantelante. C'était agréable à entendre. James ne lui avait jamais dit ce genre de chose. Il lui disait seulement qu'elle serait mieux avec lui, jamais qu'elle était bonne toute seule. Ce qui aurait dû l'alarmer. Mais elle n'avait rien voulu voir.

— Merci, murmura-t-elle. C'est un travail collectif.

— Que tu diriges. Accepte le compliment.

Elle plongea dans ses si beaux yeux, si intenses. Comment faisait-il cela ? Comment arrivait-il à l'entortiller autour de son petit doigt malgré elle ?

— Je vous sers un autre verre ? demanda le barman, rompant fort heureusement l'ensorcellement dont elle était victime.

Elle le gratifia d'un sourire un peu trop appuyé pour être sincère.

— Non, mais merci beaucoup.

Joaquin refusa également, et elle ne put s'empêcher de le regarder de nouveau. Elle inspira profondément et se répéta mentalement : « C'est un client, c'est un client, c'est un client. »

— Je rappelle Helen Moore dès que tu as terminé pour qu'on signe le contrat, dit-elle. C'est un soulagement d'avoir trouvé un lieu. Bastian était sur le point de sortir l'artillerie lourde. Genre Disneyland.

— C'est pas idiot, répliqua Joaquin en finissant son verre. Ça se négocie. Je n'y suis jamais allé. Ça pourrait être marrant.

Elle fronça les sourcils.

— Mais non.

— Je crois savoir mieux que toi si j'ai déjà mis les pieds à Disneyland.

Elle fit mine d'évacuer son sarcasme d'un geste de la main.

— J'ai vu la photo chez ta mère. Toute la famille, et le château au fond ? Je me souviens avoir été un peu jalouse, car je n'y suis jamais allée.

Joaquin reposa son verre et le fixa. La tension dans sa mâchoire, sous sa barbe, était visible.

Elle sentit le malaise monter.

Merde !

Pourquoi avait-elle parlé de ça ? Elle aurait mieux fait de laisser ces fantômes au grenier.

— Tu as raison, cette photo existe. Mais je ne suis pas dessus.

Elle ne comprenait plus rien. Elle se pencha en avant, les paumes posées sur le bar.

— Tu étais ailleurs dans le parc…

— Non, Nore. Je n'étais pas ailleurs dans le parc. Je n'étais pas dans le parc du tout. Ma mère ne m'a pas emmené.

Elle le regarda sans oser le croire. Sa mère à elle avait pu la négliger, surtout lorsqu'elle était sous l'emprise d'un homme, mais elle n'aurait jamais été délibérément cruelle. Et ça, c'était de la pure cruauté.

Elle fut peinée pour le petit garçon qu'il avait été, et pour l'homme assis en face d'elle. Les deux portaient les cicatrices de ce rejet.

— Le séjour était un cadeau des parents de Scott. Pour ma mère, ça voulait dire que c'était réservé seulement à leur petit-fils. Elle m'a casé chez des amis, et ils y sont tous allés. Plus tard j'ai découvert qu'elle avait dit aux parents de Scott que je n'avais pas voulu venir.

Jusque-là, Nore avait vu Mona Whitehead comme une mère

un peu surprotectrice mais sympathique. Mais à présent… Si elle l'avait devant elle, elle aurait du mal à se retenir de lui dire ce qu'elle pensait d'elle.

Elle sentait la fureur l'envahir. Les enfants étaient des cadeaux que les parents devaient protéger et aimer. Elle-même, bien qu'ayant été aimée, comprenait la douleur, la confusion et la honte de se sentir dévalorisé.

— Tu sais que ce n'est pas ta faute si ta mère ne t'a pas donné ce qu'elle n'avait pas.

Joaquin resta silencieux. Elle avait probablement dépassé les bornes, et elle se maudit pour ça. Elle soupira.

— Je suis déso…

— Qu'est-ce qu'elle n'avait pas ?

— Un cœur.

La vérité jaillit, tant pis s'il était offensé. Les lèvres de Joaquin se crispèrent. Puis, lentement, s'étirèrent en un sourire. Pas très grand, mais suffisamment sincère pour enflammer son cœur.

Bon sang !

Son sourire était tout bonnement dévastateur. D'une beauté brute.

Elle jeta un œil à son verre vide. Elle en aurait bien voulu un autre, finalement. N'importe quoi pour l'occuper avant qu'elle fasse quelque chose de stupide pour elle et sa carrière.

— J'ai à moitié envie de te reprocher de ne pas me dire de me taire, dit-elle.

— Je ne suis pas un hypocrite. Donc non.

Elle aurait dû s'arrêter là. Mais…

— Je suis vraiment contente que tu aies eu ces quatre années avec ton père. Tu les méritais.

Il lui saisit le menton de ses doigts fins et la força à se tourner vers lui. C'était la première fois qu'il la touchait volontairement depuis leur folle nuit, et elle sentit un courant électrique la parcourir et réveiller son sexe. Elle ne put s'empêcher de frissonner. Et il le vit. Elle aurait dû en mourir de honte. Peut-être plus tard. Mais là, avec l'entrejambe humide et le cœur affolé, pas moyen.

Si seulement ils pouvaient retourner dans ce salon VIP.

— Je ne devrais pas prendre la mauvaise habitude de te remercier, dit-il en caressant le coin de sa bouche avec son pouce.

Elle retint un gémissement.

— Merci, Nore.

— De rien, chuchota-t-elle.

Il accentua la pression de son pouce. Les souvenirs affluèrent.

— Excusez-moi.

Nore sursauta, mais Joaquin garda son menton dans sa main plusieurs secondes avant de le lâcher, marquant sa peau comme au fer rouge.

Il se tourna vers Helen Moore. Nore ferma les yeux et se força à garder les mains sur ses cuisses. Surtout ne pas se toucher le visage, là où il avait laissé un chemin de feu.

Elle était dans la merde.

Un client. Ce n'est qu'un client.

Elle le regarda s'avancer, tout en muscle, vers Helen Moore, et comprit qu'elle n'y croyait pas une seconde.

Elle était totalement dans la merde.

10

— Permission de parler, m'sieur ?

Joaquin leva les yeux de son ordinateur et vit Shorty souriante, faisant le salut militaire. Il rit.

— Sérieusement ? Assieds-toi, tu vas te faire mal.

Son ami et vice-présidente obtempéra en riant.

— Il est presque 19 heures. Tu vas rentrer quand ?

— Je pourrais te poser la même question.

— Partir avant le patron ? Tu me prends pour une feignasse ?

Elle leva la main.

— Non, ne réponds pas.

Il rit à nouveau.

— Sérieusement, qu'est-ce que tu fais encore là ? demanda-t-il.

Elle croisa les jambes, soudain gênée. Il fronça les sourcils. Ça ne lui ressemblait pas.

— Qu'est-ce qui se passe ? demanda-t-il.

— Ta mère est passée.

Il se raidit. Il n'avait plus entendu parler d'elle depuis ce coup de fil trois semaines auparavant. Ce qui n'avait rien d'anormal. Elle n'avait pas coutume de donner de ses nouvelles.

— Pourquoi ne m'as-tu pas prévenu ?

Elle fit la moue, sans le quitter des yeux. Il avait toujours admiré ça chez elle. Elle ne se laissait pas intimider facilement. Et elle était honnête.

— Tu étais en réunion. Et puis...

Elle fit une pause et prit une profonde inspiration.

— Elle ne venait pas discuter gentiment avec son fiston. Elle voulait foutre la merde au sujet de ton espèce de frère, et il était hors de question que je la laisse faire ça.

La peine le disputait à la gratitude chez Joaquin. Shorty était avec lui et Bran depuis les tout débuts de Greer. Dix ans de collaboration, d'amitié, d'entraide. Quel contraste avec la femme qui lui avait donné le jour !

Évidemment, ce n'était pas une découverte. Il avait tout compris à six ans, lorsqu'elle l'avait remplacé par une nouvelle famille et l'avait fait se sentir comme un intrus dans le foyer de son nouveau mari.

Et pourtant… Chaque anniversaire non souhaité, chaque victoire personnelle ou professionnelle délibérément ignorée, chaque demande d'argent laissée sans réponse lui arrachait un nouveau petit bout d'âme.

— Elle a dû adorer, murmura-t-il.

— Absolument, répondit Shorty avec un grand sourire. Elle était furieuse. Je me suis contenue par respect pour toi, mais Joaquin…

Elle secoua la tête et poursuivit :

— Franchement ? J'étais à deux doigts d'exploser. Et on m'a élevée dans la foi chrétienne et le respect de mes aînés.

Malgré le trou qui lui emplissait la poitrine, il lâcha un petit rire et se renversa dans son fauteuil.

— Merci, Shorty. J'apprécie ton soutien. Mais je ne veux pas que tu t'inquiètes, d'accord ? Je me charge de ma mère. Et de James. Tu as eu raison de ne pas interrompre ma réunion.

— Ça m'étonnerait qu'elle lâche l'affaire, l'avertit Shorty.

— En effet. Mais j'ai l'impression qu'il y a autre chose, Shorty. Je me trompe ?

Elle soupira, posa le coude sur son genou et se pencha en avant.

— Tu es libre de me dire de m'occuper de mes oignons, d'accord ?

— D'accord.

— Écoute, on est assez proches pour que tu me pardonnes de

m'immiscer dans ta vie privée. Et pour que je me permette de t'avertir de ce que je vois, parce que je suis ton amie.

— Shorty, grommela-t-il. Pas besoin de gants. Dis ce que tu as à dire.

— Très bien. Je sais que toi et Nore Daniels n'avez pas que des relations de travail.

Il se raidit.

— De quoi parles-tu ?

Elle fit la grimace.

— Crois-moi, je préférerais parler d'autre chose que de ta vie sexuelle. C'est plus traumatisant qu'autre chose. Mais après ta fête d'anniversaire, le propriétaire du club a appelé pour demander s'il devait facturer les heures supplémentaires que tu y avais passées à Main Event ou à toi directement. Vu que tu n'avais pas quitté Nore des yeux de la soirée et que je vous ai vus discuter tous les deux, j'ai vite compris. Je n'ai rien dit parce que ce ne sont pas mes affaires. Mais maintenant que tu l'as recrutée à nouveau, tu passes du temps avec elle, et il se trouve que James est son ex. Je ne te parle même pas de ta mère qui se pointe, comme par hasard. Donc, bon...

Merde !

Il n'avait rien vu arriver. C'était une mauvaise nouvelle ; pas pour lui, pour Nore. Elle serait sûrement très gênée d'apprendre que Shorty savait qu'ils avaient couché ensemble. Il la connaissait assez bien pour savoir qu'elle craindrait pour sa réputation. Il fallait à tout prix qu'elle ne sache rien.

Il pouvait lui épargner ça.

— Je veux que tu ne le dises à personne. Ça ne sort pas d'ici. On est d'accord ?

Shorty hocha la tête.

— Naturellement. Je n'ai aucune intention d'en parler à Nore.

— Bien. Et Shorty, en tant qu'amie et vice-présidente de Greer, tu as tous les droits de t'inquiéter pour moi et de m'en parler. Je ne vais pas te mentir. On a couché ensemble une fois, le soir de mon anniversaire, et depuis nos relations sont strictement professionnelles.

Il se souvint de sa petite main délicate qui serrait la sienne. Il se vit lui raconter ses souvenirs. La sensation de sa peau sous ses doigts.

Professionnelles, ricana-t-il en son for intérieur. *Mon œil !*

— Ce lancement est si important pour Greer, reprit Shorty. Tu le sais mieux que personne. On ne peut pas se permettre de laisser quoi que ce soit nous mettre des bâtons dans les roues. Pas de distractions. Pas de publicité négative. Et surtout pas ton demi-frère. Et il pourrait vouloir se servir de Nore contre toi.

Elle le fixa.

— Ça fait à peine un an qu'il t'a demandé un prêt et des parts de ta société, et traité de tous les noms.

— Tu penses que Nore serait encline à lui donner un petit coup de main ?

Il leva un sourcil.

— Désolé, Shorty, mais intellectuellement James n'a pas les moyens de jouer les conspirateurs, et Nore... Je ne connais pas les détails de leur séparation, ni comment il est arrivé dans son entreprise. Mais vu la tension entre eux, à la réunion, je crois qu'ils n'ont pas grand-chose à se dire. Et ça m'étonnerait qu'elle ait envie de l'aider pour quoi que ce soit, encore moins contre moi.

— Tu es prêt à parier le succès du lancement sur ça ? Sur elle ?

Il eut envie de dire oui. Mais à la dernière seconde, la minuscule ombre d'un doute l'en empêcha.

Pensait-il que Nore complotait avec James, contre lui ? Non.

Est-ce qu'une part de lui pensait que Nore avait choisi James en premier et que lui ne serait jamais à la hauteur ? Qu'il passerait, comme toujours, derrière son frère ? Comme avec sa mère, avec Madison...

Il préféra éluder la question.

— Je ne fais confiance qu'à toi et à Bran en ce qui concerne l'entreprise.

— Joaquin. Je ne voulais pas être blessante…

— Tu ne l'es pas. Promis, ajouta-t-il d'une voix adoucie. Je comprends et j'apprécie ton inquiétude, mais elle est sans fondement. Tout va bien, d'accord ?

— D'accord.

Elle se leva et sourit.

— Je crois qu'il est temps de rentrer. Pour toi aussi, d'ailleurs.

— Je te suis.

Mais lorsqu'elle fut sortie, il resta assis, les yeux rivés sur la porte, mais sans vraiment la voir. Il aurait voulu oublier cette conversation. La sortir de son esprit.

Mais de son cœur ? Son cœur si souvent brisé par ceux qu'il aimait, et dont il avait voulu l'amour ?

C'était une autre histoire.

11

— Le jet de ma société ?

Joaquin entra dans la cabine et l'examina comme s'il allait y trouver la clé du mystère. Pourquoi Nore l'avait-elle fait venir ici ?

— Patience, dit-elle, avant de s'installer dans un des six fauteuils avec un petit sourire nerveux.

— Que se passe-t-il, Nore ?

— Je sais qu'on s'est mis d'accord pour le *speakeasy*, mais j'ai encore un lieu à te montrer. J'en ai parlé à Bran, il est partant. On veut être certains d'avoir exploré toutes les possibilités.

Elle attacha sa ceinture.

Une hôtesse de l'air souriante apparut.

— Excusez-moi, monsieur Iverson. Si vous voulez bien vous asseoir, le capitaine est prêt pour le décollage.

Il ne bougea pas.

— Je n'aime pas ça. Il n'a jamais été question de quitter l'État pour cette réunion. J'aurais dû être informé. Je m'y serais opposé.

Il ne pouvait expliquer l'étau qui comprimait ses côtes, les serres qui lui déchiquetaient la poitrine. Il n'avait jamais eu d'attaque de panique. Il l'avouait facilement : il aimait garder le contrôle. L'instabilité affective de son passé lui avait donné le besoin de maîtriser son univers. Et son entreprise, évidemment. Qui était tout ce qu'il avait dans la vie.

— Joaquin.

La voix rauque de Nore transperça le brouillard de ses pensées. Il croisa son regard fauve, et l'étau se desserra un peu.

— Tu as raison. J'aurais dû te donner plus de détails sur notre destination. Je crois que j'étais un peu inquiète de ta réaction. Mais c'est vrai, c'est ton lancement, et tu as le droit de refuser ce qui ne correspond pas à ta vision.

Elle étendit le bras vers le siège à côté d'elle.

— Excuse-moi de ne pas avoir été totalement transparente avec toi. On ne se connaît pas depuis longtemps, mais j'espère que tu sais que je ne trahirais pas la confiance que tu as placée en moi.

« Tu es prêt à parier le succès du lancement sur ça ? Sur elle ? »

Il regarda Nore. Son visage adorable. Ses yeux magnifiques.

Et merde !

Il hocha la tête en direction de l'hôtesse de l'air et s'installa dans le fauteuil couleur crème à côté de Nore. Le sourire qu'elle lui adressa sembla couler dans ses veines et lui réchauffa le cœur.

Il détourna la tête.

C'était une relation professionnelle. Elle avait été très claire là-dessus.

Ils avaient juste commis une erreur.

C'était lui qui avait lancé le mot, mais elle se l'était approprié avec bonheur. Une erreur qu'elle n'avait pas l'intention de reproduire. Et malgré l'attraction de ses yeux, de sa bouche, de sa peau, il se plierait à sa volonté.

— Disneyland ?

Le mot s'étrangla dans sa gorge. Il détourna les yeux du château de la Belle au bois dormant pour regarder la femme à côté de lui. Malgré le château, la statue de Walt Disney et Mickey Mouse, il avait du mal à croire qu'ils étaient bien là. Et que Nore avait échafaudé ce plan.

— Je sais que c'est extrêmement peu orthodoxe, que je dépasse les bornes. J'ai détourné le jet de ta société pour des raisons personnelles.

Elle souffla, se tordant les mains.

— Mais tu n'es jamais allé à Disneyland. C'était tellement cruel, surtout au vu des raisons pour lesquelles tu n'y es pas allé. Et c'était à un peu moins de trois heures d'avion...

Si elle continuait à se tordre les doigts, elle allait finir par s'en casser un.

Il n'arrivait toujours pas à parler, et pouvait à peine respirer, tant sa gorge était serrée. Il aurait dû être en colère. Et il en ressentait, de la colère, mais avec une myriade d'autres émotions – émerveillement, joie enfantine, gêne...

Il se força à se détourner d'elle et embrassa du regard le parc joyeux qui déclinait sur tous les tons le thème de Halloween : énormes citrouilles aux oreilles de souris, géants sur échasses, fantômes et sorcières. Des enfants de tous âges couraient partout en criant de joie, à l'assaut des attractions et des manèges.

— Dis quelque chose, murmura-t-elle.

Les yeux de Nore étaient assombris par l'inquiétude. Pour lui. Après tout ce qu'elle avait organisé pour lui fabriquer un souvenir, c'était encore et toujours à lui qu'elle pensait en premier.

Bordel !

Cédant à une impulsion, il la prit dans ses bras.

— Merci, murmura-t-il dans ses boucles brunes.

Il inspira son parfum, ferma les yeux et la serra plus fort. Il passa une main derrière sa nuque et l'autre dans ses cheveux. Il lui tira la tête en arrière et posa les lèvres sur son front, sur ses sourcils élégamment arqués, sur la délicate arête de son nez.

— Personne ne m'a jamais fait un tel cadeau. Merci, Nore. Merci de me voir comme quelqu'un d'assez spécial pour mériter ça.

Il effleura ses lèvres très légèrement, rien de sexuel, mais au moment où il relevait la tête elle le prit par la nuque, se dressa sur la pointe des pieds et écrasa la bouche contre la sienne. Il s'immobilisa une fraction de seconde, stupéfait, poussa un grognement et lâcha prise.

Il ouvrit les lèvres et prit le contrôle du baiser, plongeant la langue dans sa bouche et lui faisant danser un tango dont il ne pourrait jamais se lasser. Elle enfonça les ongles dans sa peau, et de l'autre main agrippa le col de son manteau. Il l'embrassait comme un affamé, avide et insatiable. Et elle s'offrait tout entière.

Mon Dieu, comment avait-il pu croire qu'il pourrait vivre sans cela ?

Un gloussement et une petite toux le sortirent de son brouillard de luxure, dont il s'extirpa presque douloureusement.

— J'imagine que ma surprise te plaît, alors ? dit-elle en reculant d'un pas.

Il lui caressa la joue du dos de la main.

— Oui, ça me plaît.

— Bien.

Elle joignit les mains.

— On commence par quoi ? Space Mountain ? Et il faut que je t'achète des oreilles de Mickey.

— Naturellement.

Il lui sourit et lui tendit la main, qu'elle prit après une brève hésitation.

— Allons-y.

Le reste de la journée se passa dans un brouillard coloré et bruyant de manèges, de sucreries, de jeux, d'achats, de spectacles... Joaquin tenta de vivre toute une enfance en un seul jour.

Assis à une table du Jolly Holiday Bakery Cafe après le feu d'artifice, en attendant que le gros de la foule ait disparu avant de prendre le chemin du retour, Joaquin se tourna vers Nore et posa les bras sur la table. Il devait s'empêcher d'écarter ces jolies boucles de son visage, de caresser cette douce peau marron. Il avait pris assez de libertés ce jour-là. Sa bouche le brûlait encore du baiser du matin. Ce baiser, cette saveur unique, cette journée – tout cela serait inextricable et inoubliable.

— Grands dieux !

Nore avait poussé une exclamation volontairement exagérée.

— Je crois bien avoir vu un sourire sur ton visage !

Il pouffa.

— Il fait trop sombre. C'est ton imagination.

— Sûrement, dit-elle avec un grand sourire. Ça doit être une hallucination.

— Merci pour cette journée. C'était...

Les mots refusaient de sortir de sa gorge serrée.

Elle lui pressa gentiment la cuisse.

— Je t'en prie.

Elle renversa la tête en arrière et contempla les arbres et le ciel nocturne.

— Ce n'était pas totalement désintéressé. Je me suis amusée aussi. Un tout petit peu.

— Un tout petit peu ? Ce n'est pas toi que j'ai entendue hurler dans Big Thunder Mountain ? demanda-t-il en riant.

— Ce n'est pas très poli de me le rappeler, grommela-t-elle. Mais sérieusement, reprit-elle, merci de m'avoir laissée passer cette journée avec toi. Je n'ai pas été aussi bien depuis longtemps.

— Depuis combien de temps ? demanda-t-il, se découvrant avide d'en savoir plus sur elle.

Quelle était sa couleur et son film préférés ? Était-elle née à Seattle ? Depuis quelques heures, il savait qu'elle aimait les hot-dogs à la moutarde et pas le ketchup, mais quoi d'autre ? Qu'est-ce qui la rendait triste ? Joyeuse ? En colère ?

Inconsciemment. Il s'était rapproché d'elle. Avide de prendre tout ce qu'elle serait prête à lui donner. Ce... besoin aurait dû l'alarmer. Lui faire peur.

Mais il l'ignora.

Ou peut-être ne s'en souciait-il pas.

— Depuis quand ? murmura-t-elle, avec petit sourire. Facile !

Il y a quelques mois, j'ai emmené Tatum, ma meilleure amie, à Vegas. Une expédition entre copines, et aussi pour enterrer sa vie de jeune fille.

— Vous êtes proches ?

— Tu vois Shorty et Bran, pour toi ? Je suis comme ça avec Tatum. On est amies depuis la fac. Ma mère et moi...

Elle soupira.

— Bon, j'ai juste accepté qu'on est comme on est. Parfois, souhaiter un autre genre de relations avec les gens, ça ne conduit qu'à souffrir davantage. Parce qu'ils ne changeront pas, peu importe ce qu'on peut faire. C'est là que Tatum a joué un rôle. Quand je l'ai rencontrée, elle est devenue ma famille, ma sœur d'adoption.

— Tu as de la chance de l'avoir. Et... tu parles à ta mère ?

— Oui. Je l'appelle au moins une fois par mois, et si elle n'est pas tombée amoureuse, dit-elle en pouffant, parfois c'est même elle qui m'appelle. C'est comme ça qu'on fonctionne. J'ai décidé de l'accepter, pour la garder dans ma vie. Elle m'aime à sa façon.

Il ne put s'empêcher de comparer ce lien à sa relation avec sa propre mère.

— Et qu'est-ce qui était si bien, dans cette expédition à Vegas ? demanda-t-il.

Elle avait toujours la main posée sur sa cuisse.

— Pardon, je...

Elle l'enleva précipitamment et la mit sur sa poitrine.

— Je ne voulais pas...

— Chut !

Il lui reprit la main et la reposa sur sa cuisse, en gardant la sienne par-dessus.

— Termine, ajouta-t-il.

Elle le regarda.

— Déjà, j'ai pu passer du temps avec ma meilleure amie que je ne vois que par Zoom vu qu'elle habite à Boston. Et puis...

Elle baissa la tête.

— J'avais une autre raison d'aller à Las Vegas. Ça ne faisait pas longtemps que James m'avait quittée, et Tatum voulait m'éloigner de Seattle. De lui. Il m'avait... brisé le cœur. Même en sachant ce que je sais de lui aujourd'hui, je ne peux pas changer ça. Il me fallait un peu d'air. On s'est éclatées. Et j'ai décidé de lâcher prise, de tourner la page.

« Il m'avait brisé le cœur. »

« Je ne peux pas changer ça. »

La douleur le transperça comme une épée. Pour elle. Pour l'écho de peine et d'insécurité qui s'insinuait en lui.

— Je pourrais facilement avoir une position amère face à l'amour, vu mon passif. Et puis je regarde Tatum et Mark, son fiancé, et je ne doute pas que ça existe. Ils sont si amoureux. Ils irradient... C'est à les baffer ! ajouta-t-elle en riant. Bref, je suis allée dans un dépôt-vente pour vendre ma bague de fiançailles.

Il laissa échapper un rire bruyant.

— Arrête !

— Je te jure. Et je l'ai vendue bien moins cher que ce qu'il l'avait payée.

Elle sourit.

— Et c'est là que j'ai vu cette magnifique broche.

— Celle que tu portais à mon anniversaire ?

Nore hocha la tête.

— Absolument. La vendeuse nous a raconté que sa propriétaire trouverait son âme sœur. Sur un coup de tête j'ai lâché six mille deux cents dollars pour que mon amie puisse la porter le jour de son mariage.

Il la regarda fixement.

— Tu y crois vraiment ? Aux âmes sœurs ? Au destin ?

Elle pencha la tête.

— On est à cent mètres du château de la Belle au bois dormant, où les légendes heureuses sont la norme plutôt que l'exception, non ?

— C'est une rumeur.

— Eh bien, dans ce cas... j'ai envie d'y croire, dit-elle en haussant les épaules. Je n'ai que ça. Et toi ? demanda-t-elle en lui pressant les doigts. Tu y crois ?

Il pensa à son père, perdu peu après qu'il l'avait retrouvé. À son amour pour Madison, et au moment où il avait découvert la vérité sur elle et James, à son cœur brisé.

Non, il n'y croyait pas. Il n'y avait qu'à Disney que les gens vivaient heureux pour toujours.

Il se leva et la prit par la main.

— Viens, on rentre.

12

Nore ferma son calendrier. Elle ouvrit un mail, rédigea un rapide message à Bastian au sujet d'une visioconférence avec un client particulièrement… exigeant, et l'envoya. Elle s'étira et sourit en voyant la boule à neige Cendrillon sur le coin du bureau.

La soirée de la veille, en Californie, devant le feu d'artifice avec Joaquin, avait été magique. Et la joie qu'elle avait lue dans ses yeux en avait fait toute la beauté.

Elle avait pris un énorme risque avec ce voyage. Il avait fallu un petit miracle pour tout organiser, mais sa réaction, son expression, sa joie, le baiser… Pour toutes ces raisons, cela en avait valu la peine. Et si techniquement, c'était elle qui lui avait fait ce cadeau de cette première journée à Disneyland, en réalité c'est elle qui l'avait reçu. Être témoin de son émerveillement avait été incroyable. Et le plaisir que ce petit sourire et cette étincelle de bonheur dans ses yeux lui avaient procuré lui avait fait comprendre qu'elle était allée trop loin. Elle ne pouvait plus se mentir ; ce n'était pas juste un client. Il l'embrasait toujours.

Elle avait été si imprudente.

Elle s'était préparée à résister à l'attraction physique entre eux, mais l'attirance émotionnelle l'avait prise par surprise. Et il était trop tard. Son regard retomba sur la boule à neige. C'était idiot de l'avoir achetée, et encore plus de l'avoir mise là.

— Tu étais où hier ?

Et merde !

Apparemment, elle n'avait pas fini de payer ses imprudences.

Nore jeta un regard froid à son ex.

— Il ne me semble pas t'avoir entendu frapper.

— Ce n'est pas comme si tu étais en réunion.

James s'installa dans le fauteuil en face d'elle.

— Il ne me semble pas t'avoir dit d'entrer non plus, ajouta-t-elle en éteignant son ordinateur. Je pars, là. Reviens demain.

— Une expédition à Disneyland, c'est considéré comme un voyage d'affaires ? demanda-t-il en ignorant superbement ses paroles.

Elle resta muette de stupeur. Elle eut l'impression d'avoir reçu un seau d'eau glacé en pleine figure.

James eut un sourire mauvais.

— C'est bien ce que je pensais. Pas sûr que Mickey ait un rapport avec un lancement de moto électrique.

— Je n'ai pas à me justifier, finit-elle par répondre.

Ça sentait la culpabilité à des kilomètres, et James n'était manifestement pas dupe.

— Tu n'as rien à voir avec le dossier Greer Motorcycles, je n'ai pas à t'expliquer mes décisions, ajouta-t-elle.

— Quand il s'agit de l'argent de la boîte, si.

— Arrête, James. Tu travailles peut-être ici, mais ça ne te donne pas le droit de m'épier.

— Je ne fais pas que travailler ici. Je suis actionnaire...

— Je t'en prie, n'essaye pas de me faire gober que ça veut dire quelque chose, tonna-t-elle. Ça impressionne peut-être tes amis et tes conquêtes, mais toi et moi on sait pertinemment que tu ne fais rien d'autre que toucher ton chèque en fin de mois.

— Ne tombe pas dans les attaques personnelles. Parfois les relations amoureuses ne marchent pas, il va falloir que tu te fasses à cette idée. Je te parle de notre société et de ton comportement débile avec un client.

Il avait craché le mot « client » avec un incommensurable mépris.

— Oh ! Crois-moi, j'ai complètement tiré un trait sur notre

relation, et je m'en réjouis. Par contre, ce que j'aimerais savoir c'est comment tu as su où j'étais hier.

Pour la première fois depuis qu'il était entré dans son bureau, son vernis d'arrogance sembla se fendiller.

— Quelle importance ?

— Tu es entré dans mon bureau en exigeant des réponses, à toi de répondre maintenant, dit-elle d'un ton acide.

— Très bien. J'ai lu tes mails.

De nouveau, le choc la figea.

— Quoi ?

— J'ai lu tes mails. J'ai vu les informations sur le vol, sur les billets d'entrée, dit-il d'un air de défi. Bastian ne voulait rien dire, et ça ne te ressemblait pas de disparaître comme ça. Alors, j'ai décidé de percer le mystère, et comme tu n'as pas changé de mot de passe depuis qu'on s'est séparés...

— Comment as-tu pu ?

Elle se leva lentement, les paumes sur son bureau. Elle avait envie de lui sauter à la gorge.

— Tu violes ma vie privée et tu as le culot de venir exiger des explications ? C'est une blague ?

— Calme-toi, Nore, inutile de t'exciter.

James se leva à son tour et grimaça.

— Je n'aurais pas été obligé de recourir à ces extrémités si tu m'avais dit...

— Non.

Elle pointa un doigt dans sa direction.

— Non, répéta-t-elle. Tu ne me mets pas tes actions indéfendables sur le dos. Sache que je n'ai rien caché. C'est toi qui, comme par hasard, te mets à t'intéresser à la boîte au moment où ton frère devient client.

James partit d'un rire mauvais.

— Et alors ? Je suis censé me sentir coupable de ne rien vouloir avoir à faire de près ou de loin avec Nathan ? Il a sa carrière, la gloire, la reconnaissance, l'argent, et est-ce qu'il partage ? Oh que non ! Par contre, il a aidé son bon à rien de père, ça oui. Alors qu'il a refusé de me donner un travail, à moi.

Sa main battit l'air, et il reprit :

— Je ne lui demandais pas une faveur, juste un job. Mais rien pour sa famille ! Et le voilà qui débarque la bouche en cœur pour que ma société bosse pour lui ? Il y a un truc qui ne va pas, là. Maintenant que ça marche pour moi, il veut m'humilier. Et il est prêt à utiliser tout et n'importe qui pour ça, y compris mon ex-fiancée crédule.

— Qu'est-ce que tu viens de dire ?

— Tu m'as très bien entendu, dit-il la bouche tordue par le dédain. Tu fais bien ton boulot, mais c'est le cas de plein d'autres boîtes. Si mon demi-frère le millionnaire qui avait tous les choix possibles est venu ici, c'est à cause de moi. Il en a toujours eu après moi, et tu t'es simplement retrouvée entre nous.

— Tu as vraiment une haute opinion de toi-même, répondit-elle en se détestant de ne pas avoir la voix plus affirmée.

Il eut un sourire de pitié.

— Dis-moi, est-ce que par hasard Nathan t'a parlé de Madison ?

Nore ne répondit pas. James se réinstalla dans son fauteuil et se carra confortablement, les mains sur son ventre plat, tandis qu'elle restait debout.

— J'avais vingt et un ans, reprit-il, et Nathan vingt-sept. Je sortais avec cette fille, Madison, depuis six mois. On passait beaucoup de temps ensemble, et j'ai découvert qu'elle passait aussi beaucoup de temps avec Nathan. Il lui a demandé de choisir, et c'est avec moi qu'elle est restée. Il ne me l'a jamais pardonné. Alors comment crois-tu qu'il se venge de moi pour lui avoir pris la femme qu'il aimait ? En prenant celle qui m'a aimé, peut-être ? Quitte à passer derrière moi...

— Dis « d'occasion » pendant que tu y es, tu en brûles d'envie, rétorqua-t-elle.

— Moi non, mais Nathan ? J'ai essayé de t'avertir quand tu l'as accepté comme client, mais tu n'as rien voulu savoir. S'il est ici, c'est pour des raisons personnelles, et tout ce que tu espères en retirer, réseau, argent, références, ce sera du vent. Crois-moi, je le connais. C'est toujours comme ça avec lui.

Elle sentit la nausée monter en elle et appuya les doigts sur le bureau jusqu'à la douleur.

« Comment crois-tu qu'il se venge de moi pour lui avoir pris la femme qu'il aimait ? En prenant celle qui m'a aimé, peut-être ? Quitte à passer derrière moi... »

Les mots ricochaient dans sa tête et venaient réveiller son sentiment d'insécurité. Depuis sa mère, pour qui elle n'avait jamais été une priorité et qui avait toujours placé ses hommes avant sa fille, aux échecs de sa vie amoureuse.

Une tristesse infinie s'empara de son âme. James prit son silence pour un encouragement, et poursuivit :

— Tu as visité son usine ? Tu as vu la nouvelle moto qu'il va lancer ?

Il se pencha en avant, les yeux luisant d'un regard mauvais.

— Si tu pouvais...

— Non.

— Allons, Nore. Tu te rends compte de l'argent qu'on pourrait se faire avec des informations sur le dernier modèle de Greer Motorcycles ? Je te vendrais volontiers mes parts de Main Event...

— Tais-toi, James ! Arrête de parler. Je ne t'écoute plus. Je n'arrive même pas à croire que tu...

Elle secoua la tête, leva la main.

— Tu sais quoi ? reprit-elle. J'ai bien compris que tu t'abaisserais jusqu'à trahir ton sang et que tu envisages de me traîner là-dedans pour te venger d'un affront imaginaire et gagner un argent que tu considères comme un dû.

Elle se racla la gorge.

— Tu vas sortir de mon bureau, James. Et écoute-moi bien, je ne te le répéterai pas : ma relation avec Joaquin Iverson est strictement professionnelle.

Mensonge. Ils avaient franchi cette ligne la veille, mais James n'avait pas besoin de le savoir.

— Notre déplacement d'hier était professionnel, et je n'ai pas à me justifier auprès de toi. Tu vas rester à l'écart de tout ce qui concerne le dossier Greer Motorcycles. Si je découvre que tu y as mis le nez, directement ou indirectement, je préviens Joaquin Iverson. Et si tu violes de nouveau ma vie privée, tu le regretteras.

Il devint cramoisi et bondit de son siège.

— Tu ne peux pas...

— Si. Et si je suis forcée de partager cette entreprise avec toi, rien ne m'oblige à supporter ta présence dans mon bureau. Sors. Et ne reviens pas sans y avoir été invité.

James la regarda avec des yeux furieux, fit volte-face et sortit.

Elle s'affaissa dans son fauteuil et sentit la colère la quitter.

Les yeux fixés sur la porte, elle ne ressentait... rien.

Nore, debout devant sa porte, ferma les yeux.

Inutile de regarder par le judas ; la vision de l'Aston Martin noire dans l'allée lui avait appris l'identité de son visiteur.

Le front contre le bois de la porte, elle jura silencieusement. Elle avait à la fois envie de ne pas lui ouvrir et de se jeter dans ses bras pour poser la tête contre sa large poitrine.

Elle ne fit ni l'un ni l'autre.

Elle ouvrit la porte et resta sur le seuil, sans le toucher.

Ses larges épaules bloquaient la lumière du porche.

— Que fais-tu ici, Joaquin ? Ai-je intérêt à savoir comment tu as eu mon adresse ?

— Sans doute pas.

Elle sentit la rage monter.

— Super ! Deux violations de ma vie privée en une soirée, un record.

— Je ne sais rien de la première, mais ton adresse perso figurait sur le contrat pour la location du *speakeasy*. Je suis venu ce soir, parce que je n'ai pas eu l'occasion de te parler aujourd'hui et que tu ne réponds pas au téléphone. J'étais un peu inquiet. Je te demande pardon d'avoir utilisé cette info ; si tu veux que je parte, je le ferai.

Merde !

— Non, ça va.

Elle recula d'un pas.

— Je suis désolée. Entre.

Il entra, amenant avec lui son parfum de cuir et de chocolat, telle une caresse décadente. C'était une mauvaise idée, elle le savait ; son cœur au bord des lèvres ne cessait de le lui rappeler. Les hautes fenêtres du salon laissaient entrer la lumière des lampadaires de la rue en renfort des lampes disséminées ici et là.

Que voyait-il ? Un canapé, des fauteuils trop chargés de coussins où elle aimait se blottir avec un livre les jours de pluie. Une table basse, des rayonnages de livres, une grande cheminée.

Elle sentit l'angoisse monter, le désir contradictoire d'être vue et la peur de s'exposer.

— De quoi voulais-tu me parler de si important ? demanda-t-elle.

Son regard d'étain se posa sur elle, sur sa gorge, sur ses bras croisés.

— De quoi as-tu besoin qu'on parle ?

Elle voulut émettre une objection mais se retint au dernier moment. Elle alla jusqu'à la cheminée. Le dos tourné, elle soupira et répondit :

— Comment as-tu su ?

— Premièrement, tu es une femme d'affaires, et tu m'aurais rappelé si tu avais pensé que je voulais te parler du lancement. Deuxièmement, Bastian m'a laissé un message. Il a vu James arriver en partant du bureau, et ça l'a un peu inquiété. Lui non plus n'a pas réussi à te joindre. Comme il sait qu'on était... ensemble hier, il s'est dit qu'il allait m'en parler.

— Ce qui est aussi inapproprié que cette visite chez moi.

— Je crois qu'on n'en est plus là, Nore. N'essaye pas d'éviter le sujet juste parce que ça te fait peur.

— Qui est Madison ?

Elle avait jeté ce prénom comme une grenade dégoupillée, une sorte de geste de désespoir.

— Regarde-moi.

Elle se raidit. Pour la première fois depuis qu'elle l'avait rencontré, elle eut peur de Joaquin.

— Tourne-toi et regarde-moi, Nore.

Elle ferma les yeux et obéit à cette voix d'acier. Leurs regards se croisèrent.

— Répète. Quand on lance un poignard, on a la courtoisie de regarder l'adversaire.

Elle tremblait mais pas de peur. D'une sorte d'angoisse qui confinait à la tension sexuelle, devant ce ton si dur, ces yeux de fer. Allait-il lui faire du mal… qui lui ferait du bien ?

Bon sang ! que lui arrivait-il ?

— Qui est Madison ? murmura-t-elle.

— C'était ma femme.

Le coup dans sa poitrine faillit la faire tomber à genoux. Le souffle lui manqua.

Sa femme ?

Elle secoua la tête. Ce n'était pas possible.

Sa femme ?

— Joaquin…

— Le soir de mon anniversaire, quand on a couché ensemble, ça aurait été notre cinquième anniversaire de mariage.

Elle ferma brièvement les yeux.

— Tu t'es servi de moi ? À propos de ça ?

— J'avais besoin de toi. Je te désirais. Et oui, j'ai eu envie de me perdre en toi. Donc oui, je me suis servi de toi.

— Ça a marché ?

Il la regarda droit dans les yeux.

— Oui.

— Parfait, alors, répondit-elle farouchement. Tu as encore besoin de te servir de moi ?

Les narines de Joaquin palpitèrent, ses yeux luisirent.

— Oui.

Elle l'attrapa par le revers de son manteau, passa son autre main dans ses cheveux et se hissa sur la pointe des pieds. Sans la moindre hésitation, elle appliqua la bouche contre la sienne et enfonça la langue entre ses lèvres, entamant un ballet audacieux et sans aucune vergogne. L'invitant à se servir d'elle.

Il n'hésita pas une seconde. De ses deux mains, il saisit ses cheveux, la griffant au passage, et elle poussa un gémissement, laissant aller la tête dans ses immenses paumes. Il prit le contrôle du baiser, et elle le laissa faire avec une bonne volonté qui l'étonna elle-même.

Il laissa glisser ses grandes mains de ses cheveux à son dos et jusqu'à ses fesses qu'il se mit à caresser. Puis il se pencha et attrapa ses cuisses pour qu'elle s'accroche à lui, les jambes enroulées autour de sa taille.

Son sexe tendu titillait son clitoris. Elle sentit la chaleur la submerger, à la fois devant tant de force et devant la démonstration de son désir.

— Où on va ? grommela-t-il entre ses lèvres sans cesser de se frotter contre ses cuisses.

— Chambre, réussit-elle difficilement à répondre.

Elle poussa une exclamation en sentant le bout de son sexe s'enfoncer un peu. Le plaisir était fou, malgré ses leggings et son pantalon de costume.

— Par là. Deuxième porte à droite.

Quelques secondes plus tard, il la jetait sur son lit. Elle se releva en un éclair et posa une main sur son torse. Il ne bougea pas. Ce type était en marbre

Dans ses yeux, elle lut de la pure luxure.

Peut-être s'était-il servi d'elle, mais elle ne pouvait douter qu'il la désirait. Pas avec ce regard de feu.

Et elle était partante. Qu'il fasse ce qu'il voulait d'elle. Elle en mourait d'envie, même.

Il lui permit de le repousser sur le lit. Et elle avait bien l'intention d'en tirer parti. Les mains un peu tremblantes, elle lui enleva son manteau, puis son pull. Il était là, à moitié nu, dans toute sa puissance, devant elle. Elle passa les mains sur ses épaules et le long de ses bras avec un « Hum ! » appréciateur. Il était tellement beau.

— Qu'est-ce que tu fais, bébé ? demanda-t-il en lui prenant une poignée de cheveux.

Elle ne répondit pas et frotta la joue contre les muscles de son torse, la dureté de ses abdominaux. Elle lui mordilla les mamelons, lui lécha la peau, savourant son goût unique. Folle d'impatience, elle défit sa ceinture, ouvrit sa braguette et plongea la main dans son caleçon pour enrouler les doigts autour de son sexe épais.

Tous deux gémirent en même temps.

Il pulsait dans sa main, et elle exerça une pression de la base au sommet de sa verge. Il souffla et, d'un mouvement du bassin, accompagna son geste. Elle sentait en elle des crépitements annonciateurs d'un orage intérieur.

Elle baissa la tête et passa la langue sur son gland rosé, immédiatement soufflée par sa saveur musquée et addictive. Elle était accro. Il fallait qu'elle l'ait.

Il lui maintenait la tête, une main dans les cheveux, l'autre sous le menton.

— Regarde-moi ça, dit-il d'une voix rauque. Tu es si belle quand tu me suces.

Sa voix était une caresse. Elle le prit plus profondément dans sa bouche, jusqu'au fond de sa gorge, retenant son souffle, détendant tous ses muscles. Puis elle recula la tête et prit une profonde inspiration.

— Bordel ! grogna Joaquin, haletant comme s'il avait couru. Encore, bébé, encore.

Elle obtempéra. Elle n'avait pas besoin de se faire prier. Elle le caressa avec la langue puis le reprit profondément en bouche une nouvelle fois. En l'entendant gémir, elle sentit ses mamelons durcir, son sexe se mouiller. Elle glissa une main dans sa culotte et se toucha.

— Stop !

Il lui tira la tête en arrière et l'embrassa à pleine bouche.

— Si tu jouis, ce sera avec mon sexe, pas avec tes doigts.

Il la souleva, la déposa sur le lit et la déshabilla. Il allongea son grand corps nu sur elle, et elle sentit des larmes lui monter aux yeux... Elle l'enveloppa de ses bras et de ses jambes et enfouit le visage dans son cou.

Il posa la main sur sa joue.

— Tu es prête, Nore ?

— Oui.

Elle s'arc-bouta, les seins contre son buste, haletant sous les sensations électriques que lui procurait ce contact. Elle se frottait contre son sexe, suppliant son corps de lui donner ce dont elle mourait d'envie.

— Viens en moi, Joaquin. Maintenant.

Elle eut à peine le temps de finir sa phrase qu'il la pénétra jusqu'à la garde.

La remplissant totalement.

Un immense plaisir mêlé à une infime douleur la submergea. Ils s'emboîtaient parfaitement.

— Je t'en prie...

Nore se tortillait, gémissait.

— Bouge, Joaquin. Je t'en supplie.

Il grogna et glissa les mains sous elle, soulevant ses fesses.

— Avec joie.

Et il lui fit l'amour. Sauvagement. Totalement.

La brisa. La reconstruisit.

Elle ne serait plus jamais la même.

Ce n'était pas seulement son sexe qui excitait tous ses nerfs, pas seulement cette tension sauvage et sensuelle déclenchée par sa présence en elle, pas seulement ses doigts sur son sexe, caressant, frottant, provoquant un immense plaisir. Pas seulement les grognements d'extase qui sortaient de lui à un rythme primal.

C'était tout ça, et c'était davantage.

Dans un cri, elle se joignit à lui pour se caresser le clitoris et, d'un coup, explosa. En mille morceaux.

Au-dessus d'elle, Joaquin se raidit. Il poussa un grognement et jouit à son tour. La dernière chose dont elle se souvint avant de sombrer fut qu'il criait son prénom.

13

— Parle-moi d'elle.

La tête sur la poitrine de Nore, Joaquin cligna des yeux dans le noir. L'air était lourd de l'odeur de leurs sexes.

Il aurait dû avoir des scrupules à parler dans les bras d'une autre, encore humide de leur étreinte, de la femme qu'il avait aimée et perdue ; mais il n'en avait pas. Elle faisait partie de son passé. Et Nore... Eh bien il ne savait pas trop ce qu'elle était pour lui.

Elle faisait sans conteste partie de son présent. Mais la voyait-il dans son avenir ? Cette idée le terrifiait. Son passé à elle pourrait tout démolir. Il avait déjà tant perdu à cause des membres de sa « famille ».

Hors de question de leur donner de nouveau ce pouvoir.

— Tu n'es pas obligé, Joaquin, murmura Nore, les doigts dans ses cheveux. C'est seulement si tu en as envie.

— J'en ai envie.

Elle se blottit contre lui, la jambe sur les siennes, la moiteur rassurante de son sexe contre sa cuisse.

Les yeux au plafond, il poursuivit :

— J'ai rencontré Madison à vingt-sept ans, à une levée de fonds caritative. C'était une belle femme, dans tous les sens du terme. Je l'ai aimée tout de suite.

Il eut un rire rauque.

— C'était pathétique ! Elle n'avait que vingt-trois ans. Au bout de cinq mois ensemble, j'ai su que je voulais finir ma vie avec elle.

— Je ne vois pas ce qu'il y a de pathétique là-dedans.

— Oh ! tu n'y étais pas. J'étais un homme à femmes, alors j'avais l'habitude que ce soit elles qui me sollicitent. Mais pas avec Madison. Je faisais tout ce qu'elle voulait. Je lui achetais tout, payais tout. Je l'aimais. Mais je ne savais pas qu'elle se servait de moi. Elle et James se servaient de moi.

Nore resserra son étreinte.

— Mais tu sais tout ça, non ? James t'a raconté sa version ?

— Non.

Elle secoua la tête, et ses boucles lui chatouillèrent le menton.

— Il ne m'a pas dit grand-chose. Juste que vous étiez en contact avec la même femme, qu'elle l'avait choisi et que tu ne lui avais jamais pardonné. Et qu'il le payait depuis.

— Je vois. Il est fort pour se faire passer pour la victime.

Elle déposa un petit baiser sur son torse.

— Raconte.

— On était ensemble depuis cinq mois quand je suis rentré de voyage d'affaires en avance pour lui faire une surprise. En arrivant devant chez elle, je l'ai surprise en pleine dispute avec James. À mon sujet. Il voulait qu'elle obtienne plus d'argent parce qu'il voulait s'offrir une Camaro. Elle venait de me demander de payer son loyer, donc elle ne voulait pas me redemander de l'argent si vite. James lui disait de se faire offrir un collier ou des boucles d'oreilles, qu'elle « perdrait », pour qu'il puisse se payer sa voiture.

— Joaquin, dit-elle dans un murmure.

Appuyée sur un coude, Nore le regarda, ses yeux fauves brillant de colère et de chagrin. Il sentit cette chaleur réchauffer son cœur glacé.

— Je suis tellement désolée.

Du pouce, elle lui caressa la lèvre inférieure.

— Personne ne mérite d'être traité comme ça, et surtout pas toi. Tu t'es donné entièrement et tu n'as reçu que des mensonges et des trahisons en retour. J'aurais vraiment aimé t'avoir connu à ce moment-là. Ça ne se serait pas passé comme ça !

Il se mit à rire, étonné d'en être capable dans un tel moment.

— Qu'as-tu fait ? Tu leur as parlé ?

— Pas tout de suite, non.

L'image de Madison et James sur ce trottoir devant son immeuble, négociant son argent à lui comme s'il n'était qu'un vulgaire portefeuille, lui revint douloureusement à l'esprit.

— Je suis parti sans qu'ils me voient. Plusieurs jours plus tard, je l'ai invitée à dîner chez moi, lui ai offert un collier et lui ai dit que ce serait le dernier. Qu'elle pouvait choisir de le garder ou de le donner à James pour qu'il s'achète une voiture.

— La vache !

— Comme tu dis. Au moins n'a-t-elle pas essayé de nier. Elle a admis sortir avec James, et qu'il l'avait convaincue de me soutirer de l'argent. De plus, sa mère avait un cancer du sein et une très mauvaise assurance qui ne payait pas les frais médicaux. Elle s'est laissé convaincre de se servir de moi comme d'une vache à lait.

— Elle avait le choix, intervint Nore. C'est vrai que c'est une situation tragique, et je sais de quoi je parle : ma grand-mère est morte d'un cancer. Mais ce n'est pas une excuse pour se servir des gens et abuser de leur confiance. C'est un choix qu'elle a fait. Elle aurait dû tout te dire. Elle aurait dû savoir que tu l'aurais aidée.

— Calme-toi, bébé.

Il lui caressa le dos. Elle se hissa à sa hauteur, le visage tout près du sien :

— Tu mérites mieux que ça, martela-t-elle.

Il l'embrassa, et son baiser avait non seulement le goût de sa bouche mais aussi celui de sa bienveillance et de son soutien.

— Merci de le penser, murmura-t-il.

— Je suis sincère. Mais tu ne m'as pas tout dit ; comment Madison a-t-elle fini par devenir ta femme ?

— Six ans plus tard, je visitais un hôpital pédiatrique où j'avais laissé des cadeaux pour les enfants. En sortant, j'ai vu Madison. Elle attendait devant l'ascenseur du service d'oncologie. Je pensais que c'était pour sa mère, mais non.

— C'était pour elle. Elle avait un cancer, devina Nore.

— Cancer du sein, stade 4.

Sa gorge se serra.

— Les médecins lui avaient donné six mois. Je l'ai gardée un an.

— Tu l'as épousée pour pouvoir la soigner, parce que tu l'aimais, ou…

— Oui, chuchota Joaquin. Tout ça. À la fois. Mon amour pour elle n'avait pas faibli, la douleur non plus. Mais sachant qu'elle n'était plus sur Terre que pour quelques mois, j'ai tout envoyé paître. Rien ne comptait plus. Et je ne voulais pas qu'elle se fasse du souci, pour l'argent, les factures, tout ça. Je voulais qu'elle soit bien pour le temps qu'il lui restait. Elle avait déjà perdu sa mère, elle n'avait plus personne. Mais pendant un an, on s'est eus, tous les deux.

— Joaquin Nathan Iverson, tu es un vrai héros.

Il tressaillit. Personne ne lui avait jamais dit ça. Même pas à l'apogée de sa carrière de pilote.

— Tu parles. Après m'être laissé mener en bateau par mon frère, m'être volontairement aveuglé ? Ça n'a rien d'héroïque de prendre soin d'une femme mourante qu'on aime. C'est juste être humain.

Elle eut un petit sourire triste.

— Tout le monde n'aurait pas fait comme toi, Joaquin. La plupart des gens n'épouseraient pas quelqu'un qu'ils verraient comme un fardeau. Sans parler de ce que Madison t'avait fait. Alors excuse-moi si je continue de trouver que tu es quelqu'un d'extraordinaire. Et je pense que Madison penserait la même chose si elle était en vie.

Vu sa détermination, il ne chercha même pas à discuter. Elle soupira et reprit :

— Quant à se faire avoir, eh bien, demande-moi comment James est devenu mon partenaire commercial…

— Comment ça s'est passé ?

Elle fixa un instant le plafond.

— Je suis tombée amoureuse. Dans la série « aveuglée par l'amour », je me posais là.

Elle haussa les épaules.

— On s'est rencontré lors d'un événement que j'organisais pour un client, il était invité. Ça te dit quelque chose ?

— Je t'en prie, ne compare pas ce qui s'est produit entre nous avec lui, grogna-t-il.

— De toute façon, ça n'a pas grand-chose à voir. Ça n'a pas été... explosif. Plutôt progressif. Il m'a fait la cour, j'ai été flattée. Et aussi ravie que quelqu'un d'aussi charmant et beau que James ait envie de moi. Et quand il m'a eue, je n'ai pas voulu voir les signaux qui montraient que quelque chose n'allait pas.

Elle tourna la tête et croisa son regard. Ils se fixèrent un long moment sans rien dire.

— La première fois qu'il a suggéré d'investir dans mon entreprise, je ne l'ai pas pris au sérieux. Il travaillait pour une société de prêt-à-porter, et ça ne lui plaisait pas. Je comprenais, mais il n'y connaissait rien en organisation d'événements. Et puis Main Event... c'était à moi. Je l'avais bâtie de mes mains, c'était la première fois que je possédais quelque chose rien qu'à moi. Donc non, je n'avais pas envie de la partager. Mais James sait être convaincant. La troisième fois qu'il m'en a parlé, ça faisait un peu plus de deux ans qu'on était ensemble, j'ai craqué. Il m'avait demandée en mariage, et puisque j'allais partager ma vie avec lui, pourquoi ne pas partager mon entreprise ? En tout cas, c'était son argument, et il m'a semblé valable.

Elle se frotta la poitrine, juste au-dessus du cœur, comme si elle avait mal.

— Dès qu'il m'a donné le chèque de vingt mille dollars et que je lui ai octroyé le titre de directeur des opérations, il a changé. Adieu l'homme attentionné et aimant avec qui je m'étais fiancée. Il a cédé la place à un gamin paresseux, égoïste, gâté avec un complexe de supériorité. Et il détenait une partie de mon entreprise.

— Bébé...

Il se redressa, s'appuya contre la tête de lit et la prit dans ses bras. Il déposa un baiser sur son front, et elle lui passa une main derrière le cou, comme pour s'amarrer à lui. Et il espéra pouvoir être un soutien pour elle.

— Il a nui à ta société ?

— Ça dépend de ce que tu entends par là. Il n'a pas cherché activement à la détruire, non, mais c'est un poids mort qu'on traîne. Il aspire nos ressources, notre main-d'œuvre, nos finances. Il dépense et ne gagne rien. J'ai gagné trois fois son investissement depuis qu'il me l'a donné, mais il refuse de me laisser racheter ses part. Il aime trop son titre, mais le travail ne l'intéresse pas. Et puis il s'est dit qu'il préférait avoir la boîte mais pas la fille.

Elle s'interrompit, avant de reprendre d'une toute petite voix :

— J'ai vendu une partie de ma société par amour. Et tous les jours je suis confrontée aux conséquences de cette décision.

Joaquin allongea Nore et se glissa en elle. Puis, lorsque son sexe soyeux lui parut trop chaleureux, trop mouillé, il se retira, enfila un préservatif et la prit de nouveau. Prisonnier volontaire entre ses cuisses, il savoura ses gémissements de plaisir.

— Pas de mots consolateurs, alors ? haleta-t-elle entre deux coups de boutoir.

— Qu'il aille se faire foutre !

Il se retira, ne laissant en elle que l'extrémité de son sexe, puis la pénétra doucement de nouveau, frottant la base de son sexe sur son clitoris.

— Qu'il aille se faire foutre pour ne pas avoir vu qui il avait en face de lui.

Nouveau coup de boutoir.

— Pour avoir pris ton amour et ne pas voir su chérir ce trésor.

Nouvelle poussée. Elle cria.

— Et pour avoir merdé. Rien n'est ta faute, Nore. Nore Daniels, tu es parfaite.

Et il allait lui prouver à quel point.

14

On frappa à la porte, et Nora retint un grognement quand elle vit qui c'était.

Merde !

La matinée avait si bien commencé. Le traiteur pour le lancement de Greer Motorcycles proposait un super menu et une dégustation. Le *speakeasy* avait envoyé la carte des boissons. Shorty avait transmis la liste des invités, la plupart avaient répondu. Et Nore avait un rendez-vous quelques heures plus tard avec une entreprise extrêmement cotée.

Et voilà que James se tenait sur le pas de sa porte, tel un oiseau de mauvais augure.

Avec Mona Whitehead à côté de lui.

Bon Dieu !

Quatre nuits auparavant, elle avait été blottie contre Joaquin, éreintée après une nuit d'a... de sexe.

On garde la tête froide.

La dernière fois qu'elle s'était précipitée, ça avait fini en catastrophe, et cette catastrophe était sur le point d'entrer dans son bureau, alors...

Mais cette fois, ce n'était pas pareil. Joaquin n'était pas pareil. Tout était différent.

— James, dit-elle en se levant et en contournant son bureau.

Elle tendit la main.

— Mona, quelle surprise.

— Bonne, j'espère.

Mona sourit et prit Nore dans ses bras, l'enveloppant de son parfum lilas si familier et, oui, réconfortant.

Pendant trois ans, Mona avait été une figure maternelle pour Nore, et même en sachant comment elle avait traité Joaquin, ses souvenirs étaient en contradiction avec ces récits d'enfance. Comment concilier l'image de la femme gentille, parfois drôle, qu'elle avait connue avec le personnage cruel dépeint par Joaquin ?

— Bien sûr. Je suis ravie de te voir, répondit Nore. Comment vas-tu ?

— Très bien. Je regrette de ne plus te voir aussi souvent ; ce n'est pas parce que tu n'es plus avec James que tu dois devenir une étrangère. À mes yeux tu restes la fille que je n'ai jamais eue.

Elle tapota le bras de Nore.

— Et puis James et toi, vous continuez de diriger cette entreprise ensemble.

— Certes.

Nore jeta un œil à James, appuyé à la fenêtre. Ce n'était pas la première fois que Mona était présente dans les locaux de Main Event, elle venait parfois voir James ou emmener Nore déjeuner. Mais cette visite ne pouvait pas être innocente.

— Qu'est-ce qui t'amène aujourd'hui ? Tu passais voir James ?

— Oui, mais je voulais aussi te parler.

Nore se força à sourire et désigna un fauteuil.

— Je t'en prie. Que puis-je faire pour toi ?

Elle commençait à en avoir une petite idée.

— Nore, j'ai parlé à mon fils et je ne peux pas te cacher que je suis inquiète. Il m'a dit que mon autre fils semait la discorde entre vous. Et j'en suis triste pour toi.

Mona prit la main de Nore.

— James et toi n'êtes plus ensemble mais vous avez une société à gérer, et ça se passe si bien. Je n'ai pas envie que Nathan vienne tout gâcher.

Nore sentit la colère monter et lutta pour ne pas retirer la main de celle de Mona.

Cette femme n'en avait rien à faire, ni d'elle ni de Joaquin.

— Comme je l'ai dit à James, Greer Motorcycles est un client très important pour Main Event. Pas juste financièrement, mais aussi en termes de réseau. Je suis navrée que ton fils ait porté à ta connaissance des informations professionnelles confidentielles, ce qui est non seulement peu éthique mais aussi carrément illégal. Il n'aurait pas dû t'imposer ça, dit-elle d'une voix douce.

Mona afficha un sourire crispé.

— Il a eu besoin de parler à sa mère. Nathan est son frère, après tout.

— S'il y a un problème avec lui, James est le seul à l'avoir. Et comme il n'est en rien connecté à ce dossier, il n'a pas le moindre fardeau à porter. Sauf bien sûr si le vrai problème est entre lui et ton autre fils, auquel cas c'est strictement personnel. Et ça n'a aucune place ici, dans mon entreprise. Ou dans mon bureau.

— Notre entreprise, tu veux dire, intervint James pour la première fois.

— Oh ! bienvenue dans la conversation ! ironisa-t-elle. Je me demandais si tu allais participer ou laisser ta mère tout faire. Ne te fais pas d'illusions. Posséder 35 % des parts de Main Event n'en fait pas ton entreprise. Elle reste à moi, et c'est moi qui la gère. Tu n'es qu'un employé « privilégié ». Et quand bien même ne me vendrais-tu jamais ta part, tu ne seras jamais celui que tu voudrais désespérément être : Joaquin.

Mona poussa une exclamation, et James devint cramoisi.

— Pardon ? jappa Mona en se levant d'un bond.

Nore se leva aussi, emportée par la colère.

— Je ne veux pas te manquer de respect, mais je vais te demander de quitter mon bureau avant que je perde mon sang-froid. Je refuse de parler de ma société avec toi. Mais je vais te dire une chose : tu as deux fils, et l'aîné s'appelle Joaquin, pas Nathan.

Il vaut au moins deux fois son frère. Maintenant, si tu veux bien m'excuser, j'ai à faire.

Elle se dirigea vers la porte et s'arrêta net. Joaquin était là. Bon sang ! Il la regarda, impénétrable, immobile. Puis avisa sa mère et James.

— Nore.

Une pause.

— Maman, James.

— Comme c'est heureux ! ricana James. On parlait justement de toi, Nathan. Je veux dire, *Joaquin*.

Non, tu ne peux pas traverser cette pièce pour lui sauter au cou, non.

Joaquin leva un sourcil.

— Vraiment ?

— Non, dit Nore la mâchoire crispée. James s'apprêtait à raccompagner ta mère, car notre discussion est terminée. J'ai été ravie de te revoir, Mona. Au revoir.

— Pas si vite, dit James en croisant les bras et en esquissant un sourire mauvais. Tu tombes très bien, enchaîna-t-il à l'intention de Joaquin, sans pour autant quitter Nore des yeux. Nous discutions d'un désaccord dans l'entreprise, et je pense qu'il est grand temps d'éclaircir la situation. Nath... Joaquin, je veux dire, ça me pose un problème que Nore t'accepte comme client, et j'imagine que ça ne t'étonne pas. Au début Nore a insisté pour garder le dossier Greer, mais quand je lui ai expliqué à quel point ça m'affectait, elle a accepté de me soutenir, en collègue et petite amie loyale qu'elle est.

Une terreur froide envahit Nore. Incapable de parler, paralysée, elle ne pouvait qu'écouter sans réagir les mensonges tissés par James telle une araignée maléfique.

— Quand elle a visité ton usine, je lui ai demandé de prendre des notes sur ton nouveau modèle. Pour voir ce qu'on pourrait faire avec. Des trucs qui seraient utiles à la concurrence. Pour nous rapporter un peu d'argent.

Son sourire s'agrandit.

— Ça te rappelle quelque chose ? Ça a marché une fois, pourquoi pas deux ?

Le visage de Joaquin se durcit mais il ne répondit rien. Il semblait à peine respirer.

— Dehors.

L'ordre avait été chuchoté.

— Dehors. Maintenant ! répéta Nore, plus fort cette fois, d'une voix tendue, rauque, mais ferme. Tu es au-delà du méprisable et de l'odieux. Tu es pathétique, jaloux, petit. Un sale gosse, et certainement pas un homme !

Elle se tourna alors vers Mona.

— Tout est ta faute. Si tu ne l'avais pas élevé contre son grand frère, si tu ne lui avais pas fait croire qu'il était un dieu vivant, il ne serait pas aussi méprisable et inutile. Et ça te rend responsable de toutes les vies qu'il abîme. J'espère que tu peux vivre avec ça. Mais en vrai, je m'en fous. Tous les deux, sortez de mon bureau. Tout de suite. Sinon, respect des aînés ou pas, actionnaire ou pas, j'appelle la sécurité et je vous fait foutre dehors !

James prit sa mère par le bras et la guida vers la sortie. Celle-ci n'adressa pas un seul mot à Joaquin, ce qui mit Nore encore plus en rage. Les mensonges de James résonnaient dans son bureau comme le glas.

Madison l'avait trahi avec James. Avec des mensonges.

Et James venait de se servir d'elle comme d'une arme.

— Joaquin.

Elle s'avança vers lui.

— James a menti. Je n'ai jamais envisagé de te trahir.

Il haussa les sourcils.

— Il a tout inventé ?

Elle écarta les bras.

— C'est vrai qu'il m'a demandé de prendre des notes sur la KING One pour la concurrence. J'ai refusé. Je ne te ferais jamais une chose pareille. C'est ce que je lui ai répondu.

— Mais tu ne m'en as pas parlé. Pourquoi ? demanda-t-il d'une voix froide.

— Je l'avais oublié, Joaquin, murmura-t-elle en faisant un pas de plus vers lui. Honnêtement, c'était si ridicule que je l'ai oublié tout de suite. Je te demande pardon de ne pas t'en avoir parlé. Dis-moi que tu me crois.

— Je te crois.

Son soulagement fut bref. Il n'avait pas bougé, et son expression était de marbre. Ses yeux restaient durs.

— Vraiment ? demanda-t-elle.

— Oui. James n'a jamais dit la vérité, je ne vois pas pourquoi il commencerait aujourd'hui.

Elle souffla.

— Ce n'est pas vraiment que tu me crois, mais plutôt que tu es conscient que ton frère est un serpent. Je ne sais pas si je dois être offensée ou reconnaissante.

Elle le regarda un long moment, et la semence de terreur qui s'était installée dans son ventre se mit à croître.

— Dis-le.

— Nore.

— Non. Dis-le. Ou plutôt, dit-elle en secouant la tête, je vais le dire pour toi : c'est fini. Ce qu'on vivait, ou qu'on commençait à vivre. Ou qu'on allait vivre. C'est terminé. C'est bon ? Je l'ai dit comme il faut ?

Il la transperça d'un regard qui lui coupa le souffle et la submergea de douleur.

Voilà ce qu'elle récoltait, pour s'être de nouveau ouverte à quelqu'un.

Pour avoir donné son cœur.

Mais quand apprendrait-elle ?

— Cette scène, Nore… Je prends mes distances avec ça. Par choix. J'ai dû grandir là-dedans, et il est hors de question que ça vienne se mêler à mes affaires professionnelles. Tomber nez à nez avec James et ma mère ? Et James qui menace tout ce pour quoi je travaille depuis toujours... Je ne veux pas prendre ce risque. Je me suis berné moi-même en pensant que je pouvais t'isoler de ton passé avec lui. Ce n'est pas possible. Et je ne remettrai pas tout en jeu. Pas une nouvelle fois.

— Parce que je n'en vaux pas la peine, murmura-t-elle, en prenant conscience de l'atroce vérité au moment où les mots quittaient sa bouche.

— Bébé..., chuchota-t-il en faisant un pas vers elle.

Mais elle recula aussitôt.

— Non. Tu ne m'appelles pas comme ça, et tu ne me touches pas. Plus maintenant. Plus jamais. J'en ai marre de toujours passer en deuxième, en troisième, de n'être rien. D'être la remplaçante, mais jamais l'officielle. Je viens de comprendre une chose : j'ai toujours défendu tout le monde, sauf moi. Il est temps que je devienne ma propre priorité. Que je me batte pour moi. Parce que je le mérite. Et que j'en vaux la peine. Mais tu es trop occupé à te croire la victime de James et de Mona pour t'en rendre compte.

Elle recula davantage.

— Si tu ne veux plus que nous organisions le lancement de Greer, merci de nous le faire savoir par écrit. En attendant, nous n'avons pas de rendez-vous prévu, j'ai une journée chargée, donc je te prie de quitter mon bureau. Je ne te raccompagne pas.

Elle retourna à son bureau et ne prit place dans son fauteuil qu'après avoir entendu la porte se refermer discrètement. Elle sortit son téléphone, ouvrit la liste de ses contacts favoris et sélectionna le premier nom.

— Salut, poulette, dit Tatum.

— Tate, j'ai besoin de toi, sanglota Nore.

— Je suis là.

15

— Je pensais bien te trouver ici.

Joaquin ne leva pas les yeux du guidon de sa Kawasaki KZ900, qu'il était en train de nettoyer. Même pas lorsque Bran posa un pack de bière devant lui.

— Tu peux m'ignorer, je ne bougerai pas. Par contre je boirai tes bières.

Joaquin soupira et jeta son chiffon dans un seau près de sa moto – une des nombreuses qu'il stockait dans son garage – et se leva. Il rejoignit son ami, ouvrit une bière et la porta à ses lèvres.

— Merci, dit-il en s'essuyant la bouche du revers de la main. Tu es venu vérifier que j'étais vivant, tu as vu, tu peux le dire à Shorty. La porte est là, je garde les bières.

— Petit morveux ingrat, répondit Bran sans bouger d'un pouce. Depuis dix ans que Greer Motorcycles existe, tu ne t'es absenté du bureau qu'une seule fois hors de tes déplacements professionnels. Parce que tu avais une pneumonie. Et même là il a fallu t'interdire l'accès au bâtiment et te forcer à t'aliter.

— Je m'en souviens, merci.

— Ça fait quatre jours que tu n'es pas venu au bureau. Excuse-nous d'être un peu inquiets et de venir vérifier que tu n'es pas parti nager un peu, comme à ton habitude, mais sans retour cette fois.

Joaquin posa sa bouteille de bière sur le comptoir dans un choc sourd, sans quitter son ami des yeux.

— Tu ne savais pas que je savais ?

— Je n'ai jamais envisagé de ne pas revenir, dit calmement Joaquin.

Bran fixa son visage, et hocha la tête.

— On a tous besoin de faire taire tout ce bruit dans nos têtes de temps en temps, mon pote, je le sais bien.

Il s'avança et lui claqua l'épaule.

— Tu as laissé ton passé dicter ton présent pendant trop longtemps. Quand arrêteras-tu de courir pour commencer à vivre ? J'ai connu ton père. La famille et la liberté ; c'étaient ses deux plus grandes valeurs. Et il souhaitait ça pour toi. Il aurait détesté savoir que tu t'étais enchaîné à ton passé – un passé où il figure aussi.

— De quoi tu parles ? Mon père – le retrouver, le temps passé avec lui –, c'était le meilleur moment de toute ma vie.

— Et tu le traînes comme un boulet. Dans un sens, il t'a motivé et aidé à aller de l'avant. Avec Greer et la KING One par exemple. Mais dans un autre, il te retient. Il t'empêche d'aimer, te donne trop peur de perdre. Il serait le premier à te dire : « OK, ta mère est partie en vrille avec toi », mais lui a fait ce qu'il pouvait pour te retrouver. Et même s'il n'a eu que quelques années avec toi, c'étaient les meilleures de sa vie, et elles en valaient la peine. Tu en valais la peine. La famille et l'amour, ça en vaut la peine. Et ils méritent qu'on risque tout pour eux.

« J'en ai marre de toujours passer en deuxième, en troisième, de n'être rien. D'être la remplaçante, mais jamais l'officielle. »

Joaquin ferma les yeux, se pinça l'arête du nez. Qu'avait-il fait ? Était-il vraiment sorti de ce bureau en lui laissant croire qu'elle ne méritait pas qu'on se batte pour elle ? Qu'elle n'était pas seulement sa priorité, mais surtout sa vie ? La vérité, c'était qu'il était affolé. Paralysé par la terreur à l'idée de la perdre. Qu'elle ne le trouve pas à la hauteur. Qu'elle le quitte, comme les autres.

Il était juste… terrifié.

Mais il ne pouvait plus vivre comme ça. Seul, comme un gamin apeuré dans un corps d'homme.

Il ne pouvait plus vivre… sans elle.

À un moment, entre une soirée dans un club bondé et une attraction à Disneyland, il était tombé amoureux d'elle. Et maintenant il l'avait peut-être définitivement perdue. Mais il n'abandonnerait pas.

Est-ce qu'elle méritait qu'on se batte pour elle ? Elle allait voir ce qu'elle allait voir.

— On a fini les jérémiades ? Parce que j'ai un pack de six à finir, moi, dit Bran.

— Apporte-le dans la maison, dit Joaquin avec un sourire – le premier depuis longtemps. On a du boulot.

— Eh ben, c'est pas trop tôt, grommela Bran.

En effet.

16

— Je n'arrive pas à croire que tu sois là, si peu de temps avant ton mariage. Tu ne devrais pas, dit Nore en passant le bras autour de la taille de son amie.

Elle avait encore du mal à y croire. Une semaine auparavant, elle avait appelé Tatum en pleurant, et le lendemain son amie sonnait à sa porte, sa valise à la main. Et elle était toujours là, malgré les protestations de Nore.

En secret, elle était ravie que Tatum soit restée. C'était tellement bon d'avoir sa meilleure amie à ses côtés. Mais elle ne pouvait plus être si égoïste. Tatum se mariait trois semaines plus tard. Il fallait qu'elle parte, même si Nore devait pour cela la fourrer dans sa valise Louis Vuitton.

— Je suis là quand ma meilleure amie a besoin de moi. Mark le comprend très bien, lui assura Tatum alors qu'elles arrivaient dans le hall de Main Event.

Elles sortaient déjeuner.

— En outre, tu vas bientôt venir me voir à Boston avant le mariage pour m'aider à ne pas devenir folle face à la mère de Mark.

Tatum leva les yeux au ciel et ajouta :

— Bon Dieu ! Je l'aime mais elle me rend folle.

Nore rit.

— Je jure solennellement de me mettre entre toi et ta future belle-doche.

— Jure de ne pas dire le mot « belle-doche » à mon mariage. Jure-le sur ton poster des Backstreet Boys.

Nore prit un air indigné et se posa la main sur le cœur.

— Tu vas trop loin. Je veux bien jurer sur mon poster des NSYNC, mais pas sur celui des Backstreet Boys.

— Saleté ! grommela Tatum.

Elles se regardèrent et éclatèrent de rire en même temps.

— Je t'aime, toi, chuchota Nore. Merci pour... tout. D'être là.

— Toujours.

Elles s'étreignirent.

— Excusez-moi d'interrompre cette scène idyllique, dit Bastian derrière elles, tout sourire. Je déteste m'imposer, mais j'ai une question.

Du menton, il désigna les bureaux.

— Je me demandais juste pourquoi le bureau de James était complètement vide. Et si tu étais au courant.

Hein ?

N'ayant pas vu James depuis plusieurs jours, Nore s'était imaginé qu'il avait été un peu malin pour une fois dans sa vie et qu'il l'évitait. La porte de son bureau était fermée, et elle n'était pas allée y frapper.

Son regard alla de Bastian à Tatum, qui la regardait. Nore se demanda si l'espoir qu'elle voyait dans les yeux de Tatum se lisait aussi dans les siens.

— Tu crois... ? chuchota Tatum.

Nore se laissa envahir par l'espoir l'espace d'un instant. Un instant seulement. L'espoir, elle savait où ça la menait, ces derniers temps. C'était fini tout ça.

— Non.

Nore secoua la tête.

— James, décidant de quitter une source de revenus facile ? Même pas en rêve.

Tatum fronça le nez.

— Pas faux, mais, ajouta-t-elle en la tirant par le coude, il faut que nous allions vérifier pour être sûrs que ce n'est pas une hallucination. Qu'est-ce que ça peut vouloir dire ?

— Qu'il s'est installé dans le mien ? répondit Nore en ne plaisantant qu'à moitié.

Il en serait capable.

Tous trois empruntèrent le couloir et s'arrêtèrent devant la porte fermée du bureau de James. Bastian l'ouvrit, et Nore souffla très lentement en découvrant la pièce totalement vide, hormis le bureau, deux fauteuils et une armoire. Il ne restait rien de personnel. Elle sentit l'espoir renaître en elle, et mit plus de temps à l'étouffer, cette fois. Avant d'être de nouveau amèrement déçue.

Parce qu'elle connaissait James Whitehead. Il n'était pas du genre à partir comme ça. Pas alors qu'elle l'avait presque supplié de le faire.

Mais ce bureau vide, ça n'avait pas de sens.

— Où est-il allé ? demanda Bastian en chuchotant comme s'ils étaient dans une église.

— Au diable, j'espère, répondit Tatum.

Nore rit à nouveau.

— J'ai une mauvaise influence sur toi. Ta mère serait horrifiée si elle t'entendait parler comme ça.

Tatum sourit et haussa les épaules.

— James n'est pas là, et il ne reviendra pas.

Bon sang ! Cette voix...

Tatum et Bastian se retournèrent immédiatement, mais pas Nore. Cette voix. Cette texture grave et rugueuse qui avait résonné en elle la première fois qu'elle l'avait entendue, comme aujourd'hui. Elle lutta contre un frisson, refusant que ces yeux d'acier la voient dans cet état. Parce qu'ils voyaient tout. Toujours.

Elle se retourna lentement.

— Joaquin, dit-elle, fière de réussir à parler d'une voix calme alors que tout en elle hurlait. Que fais-tu ici ?

— Je suis là pour deux raisons. Pour t'apprendre que James quitte Main Event, dès aujourd'hui. Dès hier soir, en fait.

C'était forcément faux. Et elle le lui dirait dès qu'elle aurait recouvré la parole.

— Comment sais-tu cela ? demanda Tatum sur un ton un tantinet belliqueux.

Ce n'était pas surprenant puisque Nore venait de lui pleurer une semaine entière dans les bras à cause de lui.

Cela dit, elle au moins arrivait à parler, contrairement à Nore, toujours en train de lutter pour recouvrer une respiration normale.

Joaquin regarda Tatum puis Nore. Et ce regard la transperça jusqu'à l'âme. Peut-être même plus loin. Ce n'était pas juste. Il l'avait rejetée.

Il l'avait blessée.

Elle ne voulait pas qu'il la touche.

— Je le sais parce qu'il a signé un contrat hier soir, restituant ses 35 % dans la société à Nore, pour la somme de cinq cent mille dollars.

Elle allait s'évanouir. Un grondement lui envahit la tête.

Cinq cent mi...

Elle n'avait pas tout cet argent. Son entreprise fonctionnait bien, mais...

Oh ! mon Dieu !

— Toi ? réussit-elle à dire.

Joaquin hocha la tête, sans la quitter des yeux.

— Je suis étonnée que ce connard n'ait pas exigé plus, déclara Tatum.

— Clairement, renchérit Bastian.

— Il a essayé.

Joaquin sourit, et la chaleur de son sourire dissipa le choc de Nore.

— Mais je lui ai dit que c'était ça ou je le poursuivais en justice, vu qu'il a partagé des informations confidentielles sur mon lancement avec notre mère. Mon avocat m'a dit que je pouvais le poursuivre lui, personnellement, et pas Main Event. Il a donc eu la sagesse d'accepter.

— Tu ne lui as jamais proposé d'argent. Ni même de travail. Pourquoi maintenant ? demanda Nore tout bas.

Et cet espoir qui refusait de se taire ! Cette fois, Nore ne le repoussa pas. Joaquin la fixait, et son regard était comme un contact physique qui la fit trembler. Et elle ne fit rien pour le cacher.

— Parce que toi, ton bonheur, ta paix, tes rêves, sont plus importants pour moi que mon passé avec lui. Je veux me réveiller à côté de toi tous les matins. Regarder le soleil se lever avec toi. Te faire faire ta première promenade à moto. Être à tes côtés pendant que tu réussis ta vie professionnelle. Je veux tout ça. Et je le veux sans le chagrin et sans l'amertume. Je ne peux pas t'aimer comme tu le mérites et m'accrocher au passé. C'est aussi pour ça que j'ai payé James. Pour lâcher prise. Pour nous deux.

— Tu as dit que tu étais là pour deux raisons, murmura-t-elle. Quelle est la deuxième ?

Elle refoula les larmes qui lui montaient aux yeux. À côté d'elle, Tatum lui avait pris la main et la serrait.

Joaquin haussa les épaules.

— Toi. C'est aussi simple que ça. Toi. Je t'aime, Nore.

Une première larme roula ; elle l'essuya. Joaquin fit un pas vers elle mais elle leva la main pour l'arrêter.

— Non.

Elle secoua la tête.

— Tu m'as blessée.

— Je sais, bébé. Je suis vraiment désolé.

— Je ne suis pas une demoiselle en détresse qui a besoin d'être sauvée.

— Je le sais aussi. C'est un privilège d'être à tes côtés et de te regarder te battre.

Elle hocha la tête.

Puis elle sauta dans ses bras et écrasa la bouche contre la sienne. Il lui rendit son baiser avec une passion qui la laissa sans souffle et avide de trouver une heure devant elle et un bureau vide. Si possible. Justement, il y en avait un pas loin.

— Je t'aime, murmura-t-elle, en parsemant son menton et sa mâchoire de baisers. Je t'aime tellement.

Il rit et l'entoura de ses bras, la soulevant du sol.

— Bébé, je n'espérais plus entendre ces mots dans ta bouche. Je t'aime plus encore.

Il reprit sa bouche, et elle se laissa aller au plus doux, au plus chaud des baisers.

Elle leva la tête, sourit à Joaquin et laissa courir les doigts dans sa barbe.

— Demande-moi encore si je crois aux âmes sœurs et au destin, dit-elle, lui rappelant leur conversation à Disneyland.

Il sourit et posa un baiser sur son front, sur son nez et, enfin, sur ses lèvres.

— Tu y crois ? Aux âmes sœurs et au destin ?

— Quand je te regarde, oui. Oui, j'y crois.

Épilogue

— Enfin je revois cette fameuse broche.

Nore regarda par-dessus son épaule et vit Joaquin tenir la broche, qui paraissait encore plus délicate dans sa grande main.

Cette main qui venait de lui donner un orgasme tel qu'elle avait fait un aller-retour dans les étoiles.

Dieu qu'elle aimait cette main !

Et lui.

— Oui, et tiens.

Elle lui passa des feuilles de papier de soie blanc et une boîte blanc et argent.

— Tu veux bien l'emballer ? Je dois finir les bagages si je veux arriver à l'heure à l'aéroport.

Les yeux toujours fixés sur le bijou, Joaquin prit le papier et la boîte, et elle se remit à plier les vêtements dont elle aurait besoin pour Boston. Le mariage de Tatum n'aurait lieu qu'une semaine plus tard, mais il était prévu qu'elle arrive en avance pour aider aux derniers détails de l'organisation. Pour gérer la belle-mère, notamment.

— Tu crois vraiment à cette légende ? demanda-t-il.

Nore leva les yeux, les talons aiguilles qui iraient avec sa robe de demoiselle d'honneur à la main. Joaquin tenait toujours la broche, la tête penchée sur le côté, apparemment fasciné.

Elle s'éloigna de sa valise et se dirigea vers lui. Il avait encore les yeux fixés sur la broche. Incapable de ne pas le toucher, elle lui prit le poignet et sentit son pouls puissant vibrer sous sa peau.

Dieu comme elle l'aimait !

Cela ne faisait que deux semaines qu'il lui avait déclaré son amour après avoir débarqué à Main Event, comme dans une comédie romantique, et elle tombait un peu plus amoureuse de lui chaque jour. Elle soupçonnait qu'il en serait toujours ainsi, et comme elle envisageait de passer de longues années avec lui, elle avait encore du chemin devant elle.

Et ça lui allait très bien.

D'autant que ce chemin, ils le feraient ensemble.

— Je ne sais pas, répondit-elle. Elle m'a menée vers toi, quand même. Et ça n'a pas été simple.

Elle gloussa.

— Mais ce que je crois plus que tout, c'est que notre amour est vrai, et qu'il va durer.

Elle le regarda et lui sourit.

— Donc oui, je suppose que je crois à cette légende, conclut-elle.

Le regard grave de Joaquin passa de la broche à son visage, où il s'attarda quelques instants avant de se fixer plus précisément sur ses yeux.

— Moi aussi, bébé. Moi aussi, j'y crois.